ullstein

STEFAN
ULRICH

# Die Morde von Morcone

TOSKANA-KRIMI

Ullstein

Besuchen Sie uns im Internet:
www.ullstein-taschenbuch.de

MIX
Papier aus verantwortungsvollen Quellen
FSC® C083411

Originalausgabe im Ullstein Taschenbuch
1. Auflage Mai 2017

Umschlaggestaltung: zero-media.net, München
Titelabbildung: © Jaroslaw Blaminsky/Trevillion Images
Satz: Pinkuin Satz und Datentechnik, Berlin
Gesetzt aus der Galliard
Druck und Bindearbeiten: CPI books GmbH, Leck
ISBN 978-3-548-28924-3

»Furcht ist der Gegner, der einzige Gegner.«

Sunzi, *Die Kunst des Krieges*

# PROLOG

*Es konnte kein Zufall sein. Dieses Datum. Der 23. Mai. Es war das Zeichen. Das Zeichen an ihn, zu beginnen.*

*Da ruhte die Frau zwischen den Brombeerranken am Rand des Tümpels. Ihre Bluse war aufgerissen und gab zwei Brüste frei, überbordend wie die Kuppeln römischer Kirchen. Nur dass diese Kuppeln schwarz waren. Er sank auf die Knie und spürte die Steinchen nicht, die sich durch die Hose in seine Haut bohrten. Über dem Tümpel waberte Nebel in der Morgenkühle. Nebel, der nach Schwefel roch.*

*»Vade retro satana«, murmelte er mit einem Lächeln.*

*Ameisen marschierten das nackte Bein der Frau hinauf, überquerten Lederrock und Bauch und krabbelten in die Wunde unter der linken Brust. Sein Finger tauchte in das aufgerissene Fleisch. Kühl und klebrig fühlte es sich an. Plötzlich spürte er Wärme in seinem Gesicht. Er hob den Kopf, blickte nach Osten und schloss die Augen. »Also mögen umkommen alle deine Feinde, Herr! Aber die ihn lieben, sind wie die Sonne aufgeht in ihrer Kraft!«*

*Er nahm ein Jagdmesser aus der Lederschatulle an seinem Gürtel und beugte sich über die tote Frau.*

# EINS

Wahrscheinlich war es der Knoblauch. Er hatte zu viel davon aufgeschnitten gestern Abend und ihn zu kurz angebraten. Früher hätte ihm das nichts ausgemacht. Doch seit einiger Zeit schlief er schlecht nach Knoblauch. »Du wirst eben alt«, dachte Robert Lichtenwald, während er sich aus den Laken strampelte. »Und du hast zu viel getrunken.«

Der Morellino vertrug sich aber auch zu gut mit den Spaghetti aglio e olio. Das rächte sich. Lichtenwald war mehrmals aufgestanden in der Nacht, hatte die Fensterläden aufgeklappt und hinausgeschaut auf die mondbleichen Hügel der Maremma mit ihren Ölbäumen, Weinreben und Steineichenwäldchen. Aus der Ferne klang ab und an das Rauschen eines Autos, das die Via Aurelia hinauf nach Livorno oder hinunter nach Rom fuhr. Sonst wurde die Stille nur durch den Klageruf eines Käuzchens gebrochen. Wohlig schaurig erschien ihm dann das Land, wie ein Traum, den man noch nicht zu deuten weiß. Jetzt lagen die Hügel aufgeräumt in der Morgensonne, lockten zum Loslaufen, zum Entdecken.

Lichtenwald hielt sich die Hand vor den Mund und gähnte. Er würde es ruhig angehen lassen heute. Er brauchte Zeit, um alles zu verarbeiten und seinen Lebensplan umzuschreiben. Viel Zeit.

»*Dottore!* Wo stecken Sie?« – Ein dröhnender Bass riss

ihn aus seinen Tagträumen. Es war der Conte, der Conte di Montecivetta, dem das Gut gehörte, auf dem Lichtenwalds Rustico, sein altes Bauernhaus, stand. Lichtenwald hörte Schritte auf dem Kiesweg. Dann knallte der Türklopfer dreimal gegen das Kastanienholz. »Kann ich reinkommen?«, rief der Conte und trat ein.

Lichtenwald konnte sich gerade noch einen Morgenmantel überwerfen, schon stand ein Mann in Wanderstiefeln und Khakihosen in der Küche. Der Conte blickte amüsiert auf Lichtenwald, der unrasiert und schattenäugig am Gasherd hantierte. »Gerade erst aufgestanden, *Dottore*? Sie sind doch Deutscher. Da können Sie doch nicht an einem Montagmorgen bis elf Uhr im Bett bleiben. Sie sind mir ein Vorbild für uns Italiener!«

»Ich bin vor allem im Urlaub, Graf«, brummelte Lichtenwald verdrossen. »Und in der Selbstfindung.«

»Das sind Sie seit gut einer Woche. Allmählich müssten Sie sich doch gefunden haben.«

Lichtenwald zuckte mit den Achseln. »Ich habe keine Eile damit.« Er füllte Pulver aus einer Dose mit einem Indianerkopf in den Espressokocher und setzte ihn auf den Herd. »Möchten Sie einen Espresso, einen *caffè*?«

Der Conte nahm die Dose, schnüffelte hinein, riss die Augen auf und blickte auf den Indianerkopf. »Passalacqua! Alle Achtung. Das ist ein guter. Sie scheinen etwas von italienischer Kultur zu verstehen.«

»Schön, dass ich Sie noch überraschen kann, Conte. Aber welchem Grund verdanke ich die Störung zu so früher Stunde?«

»Wie ich bereits bemerkte: Es ist elf Uhr, *Dottore*. Ich selbst pflege ja um fünf Uhr aufzustehen. Jetzt wollte ich Sie zu einer Wanderung animieren, damit Sie Ihre neue Heimat würdigen lernen.«

Lichtenwald nahm den fauchenden Kocher von der Gasflamme und goss den Espresso in zwei Tässchen. »Zucker?«

»Niemals.«

»*Dio mio.* Aufstehen um fünf Uhr, wandern, Espresso ohne Zucker – wer von uns beiden ist hier der Deutsche?«

»Ich bin Conte, das verpflichtet. Außerdem haben wir die Deutschen immer geschätzt in der Familie, nur dass sie dann zu Nazis wurden und italienische Dörfer niedermachten, das haben wir nie verstanden.«

»Ich auch nicht.«

»Also, was ist jetzt? Kommen Sie mit?«

»Heute nicht. Ich muss nachdenken, Tagebuch schreiben …«

»*Das* fehlte gerade noch, dass Sie an so einem Frühlingstag in diesem Gemäuer versauern! Da werden Sie doch trübsinnig.« Der Conte legte zur Untermauerung seiner Worte seine rechte Hand schwer auf den Tisch. Ein Manschettenknopf funkelte im schräg durchs Fenster fallenden Sonnenlicht.

»Sie tragen Manschettenknöpfe zum Wandern?«, fragte Lichtenwald ehrlich erstaunt.

»Ich trage immer Manschettenknöpfe. Irgendwie muss ich mich ja von der Masse abheben.« Er lachte, als er den skeptischen Blick Lichtenwalds bemerkte. »Das war nur ein Spaß«, sagte er trocken. »So snobistisch bin ich auch wieder nicht. Die Manschettenknöpfe sind Familienerbstücke. Auf ihnen ist unser Wappen eingraviert. Sehen Sie?« Er schob den Ärmel seines Sportsakkos zurück, damit Lichtenwald das Schmuckstück besser betrachten konnte. Es zeigte eine Eule mit ausgebreiteten Schwingen auf einem stilisierten Hügel. »Montecivetta, Sie verstehen? Was heißt das auf Deutsch?«

»Eulenberg«, sagte Lichtenwald.

»Klingt gar nicht so hart wie eure Sprache sonst. Eher romantisch, und geheimnisvoll.«

»Passt das zu Ihnen, Conte? Romantisch? Und mysteriös?«

Der Conte schmunzelte. »Wir werden sehen. Aber jetzt kommen Sie doch mit. Es wird Ihnen guttun.«

Bald darauf gingen die beiden aus dem Haus. Der Conte fuhr seinen Geländewagen mit traumwandlerischer Sicherheit durch endlose Kurven hinab Richtung Meer. Er schwieg. Lichtenwald war es recht so. Er blickte auf die explodierende Frühlingslandschaft. Die Maremma, die schon in wenigen Wochen von der Sonne goldbraun gebrannt sein würde, war jetzt ein Mosaik aus Grüntönen. Weizenfelder, Obstbäume, Ginstersträucher und Feigenbüsche, gelbe und rosafarbene Blüten überall und quietschrote Geranien an den weißgetünchten Bauernhäusern mit den typischen Außentreppen. Maremma. Seine Maremma. Lichtenwald kurbelte das Fenster hinunter und sog die frühlingstrunkene Luft tief in sich ein. Seine Nase kribbelte. Er hätte sein Allergiespray mitnehmen sollen. Doch das hielt ihn nicht davon ab, die Fahrt in vollen Zügen zu genießen. Er war in diese Landschaft vernarrt, seit er vor fünfundzwanzig Jahren mit Stefanie erstmals hier durchgefahren war. Auch damals war es Frühling. Gleich am ersten Abend auf der Terrasse einer Pizzeria oben in Montiano mit Blick bis zum Meer versprachen sie sich, hier einmal ein Haus zu kaufen. Genauso war es nun gekommen, und doch ganz anders, als sich Lichtenwald das erhofft hatte.

Der Conte parkte an einem Feldweg bei einer Auffahrt zur Via Aurelia, der alten Römerstraße, die sich, heute vom Fernverkehr gemartert, am Meer entlangzieht. Zwei gebrauchte Kondome lagen am Boden. »Nachts ist die halbe Aurelia ein Straßenstrich«, sagte der Conte. »Wegen der vielen Fernfahrer. Aber auch einige Leute aus der Gegend kommen hierher. Leute, von denen Sie es nie ahnen würden. Es ist widerwärtig!«

Lichtenwald blickte auf die Kondome und dann auf den Conte. »Wieso ist hier mitten in der Landschaft ein Strich? Dafür gibt es doch Bordelle, in den Städten.«

Der Conte seufzte. »Italien ist anders. Extremer. Im Guten wie im Schlechten. Ja, auch wir hatten mal ganz offiziell Bordelle. Doch dann kam in den fünfziger Jahren eine Kämpferin gegen die Ausbeutung der Frauen, die Senatorin Lina Merlin, und setzte ein Verbot durch. Daraufhin wurden Aberhunderte *case chiuse* im ganzen Land geschlossen. Die Folgen können Sie sich vorstellen.«

»Die Prostitution verlagerte sich auf die Straße.«

»Genau. Heute warten in Italien Zehntausende *lùcciole* – Glühwürmchen, wie wir sie wegen ihrer kleinen nächtlichen Lagerfeuer nennen – an den Ausfallstraßen der Städte, aber auch an Verbindungsstraßen mitten auf dem Land. Achten Sie mal drauf, wenn Sie wieder die Via Aurelia entlangfahren. Das gilt nicht nur nachts, sondern rund um die Uhr. Viele der Frauen sind illegal im Land lebende Afrikanerinnen oder Albanerinnen. Sie sind den Zuhältern und allen Gefahren der Straßen schutzlos ausgeliefert.«

»Und die Behörden lassen das zu?«

»Pah! Die Behörden!« Der Conte schaute Lichtenwald mitleidig an. »Sie werden noch viel lernen müssen. Preisfrage: Was machen wir Italiener, wenn etwas auf dem Gehsteig liegt und stinkt? Wir halten uns die Nase zu und laufen darum herum.«

»Ausgerechnet im Land der großen Verführer ist also

Prostitution weiterhin ein Massenphänomen?«, fragte Lichtenwald.

»Klar, das hatte ich vergessen, weil es uns so selbstverständlich vorkommt. Millionen von Italienern gehen mehr oder weniger regelmäßig zu Prostituierten. Es ist ein Milliardenmarkt, auf dem es, nun ja, Spezialangebote für jeden Geschmack gibt: Transvestiten, Transsexuelle …«

»Übertreiben Sie jetzt nicht etwas?«

»Im Gegenteil. Ich untertreibe. Italien ist ein verlorenes Land …«

»Mag sein. Ich mag es trotzdem. Aber sagen Sie, Conte: Haben Sie mich hierhergeführt, um mich von meiner Italienliebe zu heilen?«

Der Conte lächelte müde. »Keineswegs. Das habe ich bei Toskana-Deutschen längst aufgegeben. Ich will Ihnen etwas Schönes zeigen. Ein Juwel aus Stein, wenn auch ein zerbrochenes. Und vielleicht finden wir unterwegs noch ein paar interessante Käfer.«

»Käfer?« Lichtenwald blickte den Conte fragend an.

»Ich sammle alles, was uns diese gesegnete Erde näherbringen kann.«

»Sie wollen tatsächlich Ihr Projekt von einem Maremma-Museum verwirklichen?«

»Sehe ich so aus, als ob ich nur Sprüche fabriziere? Natürlich werde ich das Museum errichten. Ein leeres Bauernhaus auf Gut Montecivetta wird sich schon finden.«

»Und so wollen Sie Touristen anziehen?«

Der Conte blieb stehen und schaute Lichtenwald an, als sei dieser nicht bei Trost. »Als ob hier nicht schon genug Deutsche, Schweizer und Engländer herumliefen, die viel Geld ausgeben, um so tun zu können, als seien sie Toskaner. Während die echten Toskaner seit der Krise kein Geld mehr haben und längst nicht mehr wissen, was sie sind.

Die Jungen ahnen doch nichts mehr von unserer Kultur und Geschichte, den Sagen, der Natur, der Religion, der Küche. Sie können einen Morellino nicht mehr von einem Chianti Classico unterscheiden. Stellen Sie sich das vor!«

»Für wen also bauen Sie das Museum?«

»Na, eben für meine ignoranten jungen Landsleute. Falls sie irgendwann einmal ihre Handys beiseitelegen und aus ihrer ›virtuellen Realität‹« – der Conte verzog das Gesicht – »auftauchen sollten, werden sie in meinem Museum sehen, wie reich die Wirklichkeit ist, die unser Schöpfer geschaffen hat.«

»Und dazu braucht es Käfer?«

»Unter anderem.«

Das Land war hier unten flach. Felder, deren Grün bereits einen gelben Schimmer bekam, zogen sich bis zu den dunklen Hügeln des Maremma-Naturparks, die unter der Sonne lagen wie schlummernde Drachen. Der Duft von Macchia und Pinien mischte sich mit dem Geruch von Kunstdünger. Der Conte führte Lichtenwald weg von den Feldern zu einem verwilderten Stück Land. Schilfbüschel umstanden einen versumpften Bewässerungskanal, in dem es von Libellenlarven und Kaulquappen wimmelte, und Lichtenwald gab acht, sich seine neuen khakifarbenen Turnschuhe nicht im Matsch zu ruinieren. Zweige der Macchia kratzten über seine Arme und ließen die Haut jucken. Der Conte deutete hier auf zartrosa blühende Zistrosen, dort auf zwei durch die Luft tänzelnde Segelfalter. Dies ist sein Land, dachte Lichtenwald. Ob es auch mein Land wird?

Er war viel gereist mit Stefanie, immer auf der Suche nach dem perfekten Ort. Nirgends waren sie ihm so nahe gekommen wie in der Maremma. Ein kleiner Wind vom

Meer strich über seine Erinnerungen und frischte die schwere Luft mit einer Brise Salz auf. Die Stimme des Conte verwob sich mit dem Sirren der Zikaden und dem Rauschen der Via Aurelia zu einem Klangteppich, der ihn schläfrig stimmte. Frühjahrsmüdigkeit gab es also auch hier. Das Ziehen tief in seinem Bauch, das sonst die Gedanken an Stefanie begleitete, verebbte. Ja, hier konnte er geheilt werden. Und doch störte ihn etwas. Lichtenwald blickte umher. Was war es? Die Gesellschaft des Conte? Eher nicht. Gewiss, er hatte seine Macken – die Rastlosigkeit, das Belehrende, das irritierend Selbstgewisse. Doch Lichtenwald hatte den Geist und die Bildung des Mannes schätzen gelernt, der ihm und Stefanie vor zwei Jahren dieses verfallende Bauernhaus auf dem Gelände der Tenuta di Montecivetta verkauft hatte.

Was störte ihn dann? Es war ein Geruch, der sich zwischen den Duft der Büsche und des Meeres drängte. Ein Geruch nach Fäulnis.

Sie erreichten eine Anhöhe. Der Conte zeigte geradeaus. Dort unten, auf einer Wiese zwischen ein paar Olivenbäumen, stand in stiller Größe eine Ruine. Die Apsis und die romanischen Rundbögen der Vierung waren noch erhalten, dazu bröckelnde Mauern. Erstaunlicherweise floss ein Bach, aus dem heller Dampf aufstieg, direkt aus der Ruine heraus. »San Rocco war im zwölften Jahrhundert ein blühendes Kloster«, erklärte der Conte. »Doch der Bau war zu schwer für diesen sumpfigen, vulkanischen, von Quellen und Fumarolen durchzogenen Boden. Deshalb sank er ein, was schließlich das Seitenschiff und die Querschiffe zum Einstürzen brachte. In der Apsis öffnete sich eine Quelle, die den Bach speist. Der Rest ist Geschichte.«

Lichtenwald liebte derartige Überraschungen, die die

ländliche Toskana in Hülle und Fülle bot. Ihn erregte der Gedanke, dass sich unter der Idylle dieser Region Abgründe auftaten, die in andere Zeiten mit anderen Welten führten. Er zog sein Smartphone aus der Tasche und schoss ein paar Fotos. »Die Sonne steht schon zu hoch«, sagte der Conte, »das ist kein gutes Licht.«

»Ich weiß«, sagte Lichtenwald. »Sie sind nur Gedächtnisstütze. Ich will wieder herkommen, und zwar mit Pinseln und Farbe.«

»Oh, ein deutscher Ruinenmaler«, sagte der Conte und lächelte in sich hinein. »Da sind Sie nicht der erste. Aber nehmen Sie sich in Acht. In vorchristlicher Zeit haben sich gleich hier drüben, bei dem uralten Olivenbaum, die Hexen getroffen. Heute zieht dieser Ort Satanisten an. Eine entweihte Abtei und ein Hexenbaum – das ist für die unwiderstehlich!«

»Als ob es hier in der Maremma Satanisten gäbe!«

»Die gibt es tatsächlich.«

»Ach was.«

»Fragen Sie Giada.«

»Wer ist das?«

»Die Zeitungshändlerin.«

»Die junge Frau mit den seltsamen Ohrringen?«

»Exakt.«

»Und die soll Satanistin sein?«

»Fragen Sie sie doch.«

Lichtenwald schaute den Conte an. Doch dessen wasserblaue Augen verrieten nicht, ob er wieder einmal spottete oder es ernst meinte. »Wollen Sie mein Haus günstig zurückkaufen?«, sagte er lachend. »Erst die Prostituierten, nun die Satanisten – ein bisschen dick aufgetragen, Conte.«

»Ist es überhaupt nicht, *Avvocato*! Dieser Boden ist getränkt mit Mythen, Spukgeschichten, Aberglauben. Über Jahrhunderte war die Maremma, wo einst in der Antike die Hochkultur der Etrusker blühte, ein rückständiges, abgelegenes Land, beherrscht von Räuberbanden und Malariamücken. Das nährte Geschichten von verborgenen Schätzen, Drachen, untoten Mönchen, Hexen und eben dem Teufel. Die Ausdünstungen der vielen Schwefelquellen der Gegend tragen das Ihre dazu bei. Labilen Geistern steigt das zu Kopf. Die Zeitungen hier berichten immer wieder von satanistischen Umtrieben junger Leute. An unheimlichen Orten, wie in der Ruine der Abtei von San Guglielmo, wurden Spuren satanischer Messen gefunden, Totenschädel und die Stummel schwarzer Kerzen zum Beispiel. Selbst Gräber auf Friedhöfen wurden geschändet. Wir leben in wirren Zeiten. Die Menschen sind verunsichert. Das macht sie anfällig.«

Lichtenwald hatte eigentlich keine Lust, sich den herrlichen Frühlingstag von solchen düsteren Geschichten trüben zu lassen. Doch da war er wieder, dieser Geruch. Und jetzt, da sie vom Teufel sprachen, war ihm auch klar, nach was es stank. »Es riecht tatsächlich nach Schwefel hier.«

Der Conte lachte. »Und wir haben weder ein Kreuz noch Weihwasser dabei. Im Ernst: Das Wasser der Quelle hier ist schwefelhaltig und reich an Mineralien. Seit vielen Jahren gibt es Pläne, ein Thermalbad zu errichten. Aber die Grundeigentümer und die Denkmalschutzbehörde können sich nicht darauf einigen, was dabei mit den Resten der Abtei geschehen soll.«

»Können wir uns die Ruine mit der Quelle anschauen?«

»Da gibt es nicht viel zu sehen. Ein Tümpel halt, aus dem es qualmt und stinkt.«

Es war heiß geworden. Lichtenwald tupfte sich mit einem schneeweißen Taschentuch die Stirn ab. »Ich würde die Quelle trotzdem gern sehen. Vielleicht kann ich einmal zum Baden herkommen, Thermalwasser täte meinem Rücken gut. Außerdem ist es ein idyllisches Plätzchen.«

»Na denn«, sagte der Conte. »Ich hätte Ihnen ja lieber noch was anderes gezeigt. Einen der Sarazenen-Türme am Meer. Aber wenn Sie sich unbedingt diesem infernalischen Gestank aussetzen wollen ...«

Sie stiegen den Abhang hinunter und überquerten die Wiese, die unter ihren Schritten federte. Hier und da wuchs Schilf in dichten Büscheln. Sie folgten einem Trampelpfad und traten in die Vierung der Abtei. Hinten in der Apsis öffnete sich ein kleiner Teich mit gelbtrübem Wasser. Lichtenwald wurde schwindlig von der Schwüle und dem Gestank nach faulen Eiern. »Lassen Sie uns heimgehen.«

»Kommen Sie. Dort drüben beginnt ein Fahrweg, der uns direkt zum Auto ...« Der Conte blieb so abrupt stehen, als sei er schockgefrostet worden. »Du lieber Himmel«, flüsterte er und hielt sich die Hand vor den Mund.

»Eine Schlange?«, fragte Robert Lichtenwald. Dann sah auch er den reglosen Körper im Schatten der Apsis liegen. Sie traten näher. Ein Schwarm Fliegen schwirrte vom blutverschmierten Bauch der jungen Schwarzen auf, um sich gleich darauf wieder gierig auf ihn hinabzustürzen. Das Summen schwoll in Lichtenwalds Kopf zu einem Dröhnen an, ein Schweißausbruch wie bei einem Saunaaufguss, er taumelte und übergab sich in den Tümpel. Der Conte half ihm auf die Beine. *»Dio mio«*, murmelte er immer wieder.

Ratlos starrten die beiden auf das Bündel Mensch, das nur mit einer zerrissenen Bluse, einem Leder-Mini und Stilettos bekleidet war. Robert Lichtenwald kam dieses Bild so unwirklich vor wie die Inszenierung eines Schock-Künstlers. Da war der schlaffe Penis, den der hochgerutschte Rock freigab. Da waren die rotgeschminkten Lippen des Schwarzen – oder der Schwarzen? Die große Wunde über dem Bauch, um die die Fliegen surrten. Und der volle Busen. Am meisten verstörte Robert Lichtenwald aber das Zeichen, das in die rechte Brust geschnitten war:

L

Es sah aus wie ein großes L. L wie *lucifero*? Oder was konnte das sonst bedeuten?

# ZWEI

Robert Lichtenwald fasste sich als Erster wieder. Als Strafverteidiger hatte er schon einige Mordopfer gesehen. Er beugte sich hinunter, fühlte am Handgelenk, dann am Hals nach dem Puls. »Sie lebt nicht mehr.«

»So ein Ende nach so einem Leben!« Der Conte warf einen mitleidigen Blick auf den toten Körper.

»Wie meinen Sie das?«

»Sehen Sie nicht, dass das eine Prostituierte war? Eine sehr spezielle Art von Prostituierter! Halb Mann, halb Frau. Das arme Geschöpf musste dafür herhalten, dass irgendwelche Scheißkerle mal schnell ihren Triebstau loswerden konnten. Und schließlich hat sie einer abgestochen, nachts, in der Fremde.« Die Empörung riss den Grafen fort, was dem Deutschen durchaus sympathisch war.

»Aber warum wurde er, äh, sie …«, Robert Lichtenwald stieg wieder der Schweiß auf die Stirn, »umgebracht? Und so brutal, mit einem Stich in die Brust? Ob es ein Raubmord war?«

Ohne es zu wollen, trat der Strafverteidiger in Lichtenwald in Aktion. Sein Blick tastete die Umgebung ab, auf der Suche nach einer Handtasche des Opfers oder einer Waffe des Täters. Nach einer Zigarettenkippe. Da entdeckte er Schleifspuren im Sand und Kies, die den Boden der Ruine bedeckten. »Aha. Die Frau« – Robert Lichtenwald hatte sich für die Brüste entschieden – »wurde nicht an dieser Stelle ermordet. Jemand hat sie hierhergezogen. Vielleicht, damit man sie nicht gleich findet. Lassen Sie uns nachsehen, woher die Spuren kommen.«

»Wollen Sie jetzt Kommissar spielen?«, unterbrach ihn der Conte unwirsch. »Dafür gibt es Profis. Ich rufe die Carabinieri in Morcone an.«

Der Conte zog sein Handy aus der Tasche. Er ließ es lange klingeln, schimpfte: »Taugenichtse! Sie sitzen sicher in der Osteria von Torrealta beim Mittagessen. Und nach Marias Pappardelle mit Wildschweinsugo können die *Signori carabinieri* ja nicht gleich an die Arbeit gehen. Da braucht es erst eine schwarz gebrannte Grappa zum Verdauen und dann eine Siesta …«

Er riss erneut sein Handy aus der Tasche, hackte eine andere Nummer ein. »*Pronto!* Hier spricht der Conte.«

Er stutzte …

»Welcher Conte? Als ob es hier von Grafen nur so wimmelte! Emanuele Cardi hier, der Conte von Montecivetta, falls Ihnen der Name geläufig sein sollte. Und ich bitte Euer Ehren, stante pede zur alten Schwefelquelle in der Ruine von San Rocco zu kommen, um eine Leiche in Empfang zu nehmen.«

Der Conte lauschte, riss die Augen auf, schnalzte empört mit der Zunge.

»Die Pappardelle? Die lassen Sie eben stehen. Es geht um Mord!« Er steckte das Handy weg und wandte sich wieder an Robert Lichtenwald. »Rindviecher! Und dann wundern sie sich, warum so viele Witze über die Carabinieri zirkulieren.«

»Und wenn es ein Selbstmord war?«, fragte der Deutsche, der sich auf einen Stein gesetzt hatte, weil ihm immer noch schlecht und schwindlig war.

»Ah! Ein Selbstmord! Und nach vollbrachter Tat hat

der Suizident seine Leiche hierhergeschleppt und die Waffe versteckt!«

Lichtenwald errötete. Es musste an der Schwüle liegen und an diesem Schwefelgestank. Eigentlich war er ein guter Strafverteidiger. »Wenn es ein Raubmord war, was soll dann dieses L auf der Brust?«

»Wer sagt, dass es ein Raubmord war? Sicher, in einer Nacht an der Aurelia lässt sich einiges verdienen. Aber so viel auch wieder nicht, um dafür ›lebenslänglich‹ zu riskieren. Vielleicht ist ein Freier mit ihm in Streit geraten …« Der Conte hatte sich für den Penis entschieden.

»Oder es waren die Satanisten. Die Schwefelquelle. Das Zeichen auf der Brust …« Lichtenwald schüttelte sich. »Mein Gott, das ist alles so entsetzlich …«

Endlich war eine Sirene zu hören. Bald darauf flackerte ein Blaulicht durch das Schilf – ein Fiat Panda brauste heran und hielt am Rand der Wiese. Ein Schlaks mit Nickelbrille entfaltete sich aus dem Fahrersitz, während sein kleiner, runder, mit einem Schnauzbart dekorierter Kollege vom Beifahrersitz kletterte.

Der Conte schüttelte den Kopf. »Das ist hart. Da gibt es einmal einen Mord in Morcone, und dann schicken sie Riggi und Brogi … Darf ich vorstellen«, der Conte deutete auf den Langen, »*Signor* Riggi. Er hat es im zarten Alter von zweiundvierzig Jahren bereits zum *vice brigadiere* gebracht, womit er den Höhepunkt seiner Karriere erklommen haben dürfte. Und das da«, der Conte, selbst ein großer Mann, zeigte nach unten, »ist der Brogi, dreißig Jahre alt, *carabiniere scelto* und wohl zu noch Höherem berufen. Und dies hier ist unser Neubürger Robert Lichtenwald, ein ebenso gefürchteter wie geschätzter Strafverteidiger jenseits der Alpen.«

Danach entstand eine Pause, während der sich die Genannten erwartungsvoll anstarrten. Schließlich räusperte sich *Vice Brigadiere* Riggi, der nun hier das Kommando führte, und sagte: »Da liegt ja die Leiche.«

»Gut beobachtet«, sagte der Conte. »Wenn Sie die Güte hätten, die Beweise zu sichern.«

»Ja, natürlich«, sagte Riggi mit kurzem Nicken. »Carabiniere Brogi, sichern Sie den Tatort ab.«

Brogi machte sich im Kofferraum des Panda zu schaffen und kramte ein rot-weiß gestreiftes Plastikband mit der Aufschrift *»CARABINIERI – AREA INTERDETTA«*, einige Holzpflöcke und einen Hammer hervor. Dann machte er sich schnaufend daran, den Tatort abzusperren. Riggi betrachtete das Werk seines Untergebenen mit Wohlgefallen und sagte: »Das wäre geschafft. Für die restliche Ermittlungsarbeit ist der *nucleo investigativo*, die Ermittlungseinheit in Grosseto, zuständig.«

Bevor der Conte etwas einwenden konnte, hatte sich Riggi wieder in den Panda gefaltet und zum Telefon gegriffen. »Die Kollegen sind im Anmarsch«, verkündete er anschließend.

»Dann können wir ja gehen«, sagte der Conte und nahm Lichtenwald am Arm.

Riggi klappte seinen Körper zu voller Höhe aus, drückte die Brust heraus und bestimmte: »Sie bleiben da, bis die Kollegen übernehmen.«

»Sie geben mir Befehle?«, fragte der Conte entgeistert. »Und weshalb, bei der gütigen Madonna, sollen wir noch länger in Ihrer illustren Gesellschaft an diesem gottverlassenen Ort bleiben?«

»Weil Sie und *questo tedesco*, dieser Deutsche, des Mordes an der da«, Riggi blickte genauer auf das Opfer und stockte, »oder an dem da verdächtig sind.«

Der Conte lachte auf. »Das ist ja großartig, *Commis-*

*sario*. Sie haben den Fall in Windeseile aufgeklärt. Da hat also der Conte di Montecivetta an diesem schönen Maienmorgen gemeinsam mit dem deutschen Strafverteidiger Lichtenwald beim Fernfahrerstrich an der Via Aurelia einen … Hermaphroditen umgebracht und dann praktischerweise gleich selbst die Polizei gerufen, um sich in aller Seelenruhe festnehmen zu lassen. Donnerwetter!«

Die Stimme des Conte wurde plötzlich schneidend, und eine Härte zeichnete sein Gesicht, die Lichtenwald an ihm nicht kannte. »Ja sind Sie denn völlig von Sinnen, *Vice Brigadiere*? Hat Ihnen Maria *funghi magici* – Zauberpilze – unter die Pappardelle gemischt? Wir werden jetzt gehen. Und Sie decken endlich die Leiche ab.«

Der Conte nahm Lichtenwald erneut am Arm und machte sich, ohne die beiden Carabinieri weiter zu beachten, auf den Weg zu seinem Auto.

»Halt! Stehen bleiben!«, rief Riggi, der vielleicht nicht der Cleverste in der *Arma dei Carabinieri* war, aber viel Ehre im Leib hatte.

Der Conte und Lichtenwald gingen weiter.

Für solche Situationen war Riggi, der erst vor einem halben Jahr nach Morcone versetzt worden war, ausgebildet worden. So tat er automatisch, was zu tun war. Der Unteroffizier zog seine Beretta 92 aus dem Halfter und brüllte: »Stehen bleiben, oder ich schieße.«

»Um Himmels willen, halten Sie an«, schrie Lichtenwald und packte den Conte, der trotz seiner dreiundsechzig Jahre durchtrainierter und kräftiger war als der sechzehn Jahre jüngere Anwalt.

Der Conte zog ihn einfach weiter. »Der blufft doch nur. Der schießt nicht.«

In diesem Augenblick zerriss ein Knall die Mittagshitze.

Lichtenwald ließ sich zu Boden fallen. Er riss den Conte dabei mit. Aus einem Eukalyptusbaum raschelten Blätter herab. Jetzt ging der Carabiniere mit gezogener Pistole auf die Gestrauchelten zu. »Halt! Hände über den Kopf! Da hinüber auf die Lichtung! Setzen Sie sich hin, und zwar zehn Meter entfernt voneinander!«

Lichtenwald gehorchte augenblicklich. Der Conte trottete schimpfend hinterher. »Das werden Sie büßen, *Vice Brigadiere*. Sie werden sehen, was es heißt, auf einen Conte di Montecivetta zu schießen. Ich bin mit Ihrem Kommandanten in Morcone, *Maresciallo* Bartolami, befreundet. Und falls das nicht reichen sollte …«

»Es war nur ein Warnschuss«, unterbrach ihn Riggi auf einmal verunsichert. »Ich habe mich genau an die Dienstvorschriften gehalten. Und jetzt schweigen Sie, bitte!«

Brogi beobachtete die Szene regungslos, mit aufgerissenem Mund, voller Bewunderung für seinen Chef. Jetzt wagte er es zu sprechen. »Soll ich ihnen die Handschellen anlegen, *Brigadiere*?«

»Das wird nicht nötig sein. Decken Sie lieber die Leiche ab, sonst fressen sie noch die Fliegen.«

Dann holte Riggi zwei Klappstühle, eine Tupperdose und Gabeln aus dem Kofferraum. Während die Gefangenen in der Sonne brüteten, setzten sich die Carabinieri in den Schatten ihres Dienstwagens und beendeten den Verzehr der Pappardelle, den der Conte mit seinem Anruf unterbrochen hatte.

Der Nachmittag zog so träge herauf, wie der Mittag geendet hatte. Lichtenwald strich sich immer wieder die feuchten Strähnen seiner vollen, mittellangen Haare aus dem Gesicht, während der Conte reglos dasaß und zu meditieren schien. Ein Dunsthauch dämpfte das Blau des

Himmels. Weit im Hinterland, über dem Monte Amiata, quollen Wolken nach oben wie Schlagsahne aus der Dose.

Dann hörten sie ein Motorrad. Es musste eine schwere Maschine sein. Eine BMW mit funkelndem Lack rollte auf die Wiese. Der Fahrer, in dunkler Ledermontur, stieg ab und nahm seinen Helm vom Kopf. Die vier Männer am Rande des Schwefeltümpels starrten auf die Erscheinung, als sei es die Heilige Jungfrau. Eine schlanke, hochgewachsene Gestalt mit irritierend blauen Augen und pechschwarzen, zu einem Zopf geflochtenen Haaren ging auf sie zu. »Wer hat hier das Kommando?«

Die Männer starrten noch immer.

»Ach ja, ich muss mich vorstellen«, sagte die Frau, die Lichtenwald für um die dreißig Jahre alt gehalten hätte, wenn nicht einige Fältchen um die Augenwinkel und das abgeklärte Auftreten auf ein Jahrzehnt mehr hingedeutet hätten. »Ich bin Donatella Laganà, *Primo Capitano* Laganà genau genommen. Vom *nucleo investigativo* in Grosseto.« Sie nickte mit dem Kinn in Richtung der Leiche. »Lassen Sie mal sehen!«

Brogi erhob sich und zog das weiße Tuch zur Seite. Die Carabinieri-Offizierin bückte sich und betrachtete das Opfer aufmerksam. »Transsexueller. Prostituierter. Stich ins Herz. Tatzeit vermutlich die vergangene Nacht«, sagte sie wie zu sich selbst. »Glatte Wundränder. Wahrscheinlich Hieb mit einem Messer. Rigor mortis vollständig eingetreten. Haben Sie Papiere gefunden?« Laganà wandte sich an Riggi und Brogi. »Eine mögliche Tatwaffe?«

»Nein«, antwortete Riggi. »Wir haben die Leiche nicht angerührt. Wir wollten der Spurensicherung nicht vorgreifen.«

»Ausgezeichnet«, sagte Laganà. »Sie müssen gleich da sein.«

Kurz darauf kümmerten sich Männer in weißen Overalls mit Handschuhen und Gesichtsmasken um die Leiche und den Tatort. Sie glitten wie Gespenster in der Ruine umher. Das Opfer hatte keine Papiere bei sich, nur etwas Geld. Der Gerichtsmediziner meinte, es handle sich um einen Westafrikaner Mitte zwanzig. Der Tod müsse zwischen 1 Uhr und 4 Uhr in der vorigen Nacht eingetreten sein. Der Täter sei wahrscheinlich mit einem relativ langen Messer auf den Afrikaner losgegangen. Dieser habe sich gewehrt, das zeigten Schnittverletzungen an der rechten Hand und am Unterarm. Das Messer sei dann wohl direkt ins Herz eingedrungen. Näheres werde die Obduktion ergeben.

Die Carabinieri folgten den Blutstropfen und Schleifspuren und entdeckten einen kleinen Platz zwischen Oleanderbüschen, zu dem ein ungeteerter Fahrweg von der Via Aurelia her führte. Hier lagen etliche gebrauchte Kondome herum, Zigarettenkippen, zerknüllte Taschentücher, die Kappe eines Lippenstiftes. Wo die Schleifspuren endeten, war der Boden aufgewühlt, und ein dunkler Fleck zeigte, wo das Opfer wohl erstochen worden war. Eine Tatwaffe fanden die Carabinieri nicht. Dafür entdeckten sie etwas anderes in der Apsis neben der Leiche. Robert Lichtenwald und der Conte konnten nicht erkennen, was es war. Sie sahen nur, wie ein Beamter etwas aufhob und in einen Plastikbeutel steckte. Er tuschelte mit Laganà. Die Offizierin zog ihre schmalen, stark geschwungenen Augenbrauen in die Höhe und studierte eingehend das Objekt. Dann ging sie zum Conte hinüber. »Sie haben die Leiche gefunden?«

»So ist es. Gemeinsam mit diesem Herrn dort, Robert Lichtenwald, einem *tedesco*, der ein Ferienhaus bei mir auf der *tenuta* besitzt.«

»Das Gut liegt in der Nähe?«

»Gut sechs Kilometer östlich von hier, etwas außerhalb von Morcone. Können wir jetzt endlich gehen?«

»*Con calma* – immer mit der Ruhe. Ich habe ja gerade erst angefangen. Wann haben Sie die Leiche gefunden?«

»So gegen 13 Uhr.«

»Und warum waren Sie beide hier unten bei der Ruine von San Rocco unterwegs?«

»Wollen Sie mich etwa verhören? Ich bin der Conte di Montecivetta ...«

»Niemand sagt, dass Sie tatverdächtig sind. Aber es gibt eine gewisse Systematik, mit der Ermittler am Tatort vorgehen müssen. Wenn Sie auf Ihrem Gut Wein erzeugen, lassen Sie ja auch nicht irgendeinen Arbeitsschritt, sagen wir die Gärung, aus. Also, nochmals: Warum sind Sie hier?«

»Ich wollte dem *tedesco* die Ruine der Abtei und die Schwefelquelle zeigen. Ich möchte, dass er die Maremma wirklich kennenlernt. *Avvocato* Lichtenwald hatte zuletzt in seiner Heimat, in München, eine schwierige Zeit. Nun will er sein Leben umkrempeln. Deswegen ist er hier.«

»Um Weinbauer in der Toskana zu werden, der Traum aller Nordmänner?«

Die Befragung Lichtenwalds, der passabel Italienisch sprach, auch wenn es Laganà schmerzte, wie tief im Rachen er das »R« krächzte, bestätigte die Version des Conte. Die Frau *Capitano* beschloss, es fürs Erste dabei zu belassen. In dem Motorradanzug begann selbst sie zu schwitzen, obwohl sie aus ihrer Heimat Kalabrien Hitze gewohnt war. »Wir werden die Befragung in meinem Büro in Grosseto fortsetzen, *signori*. Wann können Sie kommen?«

Sie verabredeten sich für den folgenden Vormittag.

# DREI

Die Bürger von Morcone sagen, ihr Hügelstädtchen sei der ideale Ort. Nah genug am Meer, um in fünfzehn Minuten an den Strand zu fahren, aber weit genug entfernt, um vom Sommerchaos an der Küste verschont zu bleiben. Malerisch anzuschauen mit seiner trutzigen Stadtmauer und dem alten Borgo, aber ohne herausragende Sehenswürdigkeiten, so dass zwar etliche Besucher kamen, der Massentourismus aber fernblieb. Klein genug, um überall zu Fuß hinzukommen, und groß genug, um alles Wichtige vor Ort zu haben: Post, Bank und Carabinieri-Station, Bar, Zeitungsladen, Friseur, die Osteria Da Anna und einige Lokale, von denen eines sogar vom Gambero Rosso mit zwei Gabeln gewürdigt wurde. Und dann dieser Ausblick über die rollenden Hügel hinweg bis zum Monte Argentario, zum Meer und, bei klarem Wetter, zur Insel Giglio. Kurzum: Morcone in der Toskana – der Zusatz ist wichtig, damit es keine Verwechslungen mit Morcone in Campania gibt – ist das Paradies. Meinen die Morconesi; und die müssen es ja wissen.

Giada Bianchi allerdings fand, Morcone sei die Hölle. Nach zwei, drei Pisco Sour, ihrem Lieblingsdrink, behauptete sie sogar, sich hier bereits zu Tode gelangweilt zu haben, als sie ihren Kopf aus dem Mutterleib drückte und sah, wohin sie geraten war. Gia', wie ihre Freunde sie nannten, langweilte sich durch Kindergarten, Grundschule und Mittelschule. Danach jobbte sie im Schreibwarengeschäft ihrer Eltern und lernte nebenbei ihre Wirkung auf die männliche Jugend des Ortes kennen. Das fand sie eine Weile spannend, doch bald schon langweilte sie sich auch mit den *ragazzi*, in jeder Beziehung. Nach einem Ausbruch nach Rom, der ihr zwölf Jahre Freiheit und einen Sohn bescherte, war Giada nun wieder in Morcone gefangen. Da stand sie im Schreibwarenladen, dem einzigen Erbe ihrer verstorbenen Eltern, hinter Jäger-Zeitschriften, Fußballbilder-Sammelalben und Glasbehältern mit Lotterielosen und blickte durch die verkratzte Glastüre auf die menschenleere Via Aldobrandeschi hinaus. Die beiden Hexen aus schwarzer Lava, die von Giadas Ohrläppchen baumelten, lümmelten lustlos auf ihren Besen. Und das war definitiv kein gutes Zeichen.

Die Tür öffnete sich zu den ersten Klängen des Faschistenliedes *Faccetta Nera* – eine Marotte von Giadas Vater, die sie aus Nachlässigkeit noch nicht abgestellt hatte –, und ein zappeliger kleiner Mann mit kahlrasiertem Kopf stürmte herein. »Gia'! Du musst mir helfen! Unbedingt!«, krakeelte Matteo Nerozzi, der Chefredakteur der Lokalzeitung *Il Maremmano*, in dem Befehlston, den er sich beim Wehrdienst angewöhnt hatte. »Ich brauche dich! Sofort! Als Reporterin! Wegen dem Mord an der Aurelia, du weißt schon. Ein erdolchter Zwitter! Auf unserem Gemeindegebiet! Das ist die krasseste Story, seit der Pirat Barbarossa und seine Sarazenen halb Morcone massakrierten.«

»*Vaffanculo, coglione*«, fauchte Giada vulgär den Zappeligen an.

Der Mann hob beschwichtigend die Hände. »Schon gut, schon gut. Ich weiß, dass du sauer bist, Giada-Maus, weil ich dir noch was schuldig bin. Aber ich verspreche dir:

Diesmal bekommst du dein Honorar sofort, einschließlich der Außenstände.«

»Verpiss dich endlich«, brüllte Giada und schlug mit der Faust so heftig auf den Verkaufstresen, dass der Behälter mit den Losen zu Boden krachte. Dann stemmte sie die Arme in die Hüften und funkelte ihn herausfordernd an. »Du glaubst also, dass du mich wieder rumkriegst? Weil mir hier so scheißlangweilig ist? Das kannst du vergessen. Und nenn mich nie wieder Giada-Maus, sonst …«

Die beiden Hexen begannen auf und ab zu wippen, weil Giada Bianchi, wenn sie erregt war, unbewusst mit den Ohren wackelte. Sie deutete mit dem linken Zeigefinger auf die Stelle, wo die Beine des Zappeligen zusammentrafen, und machte mit der Kante ihrer rechten Hand eine Schnittbewegung. Das wirkte. »Ich geh ja schon, *Principessa*«, sagte Nerozzi mit gequältem Spott. »Aber überleg es dir noch mal. Du bist mein bestes Mäuschen in der Manege. Und noch was: Die orangefarbenen Haare stehen dir ausgezeichnet. Sieht aus wie Karottensalat …«

Der Briefbeschwerer verfehlte den Chefredakteur nur knapp.

Wieder allein, sank Giada in die reizarme Tundra eines Morcone-Nachmittags zurück. Wäre es nicht besser gewesen, auf Nerozzi einzugehen? Eine Mord-Recherche – das bekam man nicht alle Tage. Aber sie konnte gar nicht. Sie musste den Laden hier schmeißen. Außerdem wollte sie sich mehr um Leo kümmern, er brauchte sie.

*»Faccetta nera, bell'abissina …«* – schon wieder erklang der Marsch der Schwarzhemden von der Tür. Dabei war die Toskana schon immer tiefrot. Kein Wunder, dass ihr Vater mit dem Laden kaum Geld verdient hatte. Wer in Morcone wollte schon bei einem Faschisten einkaufen? Antonio Giusti vielleicht, der Haarschneider. Die Hexen

tanzten wieder. Und Giada Bianchi vertiefte sich trotzig in die Lektüre der *Umanità Nova*, des Magazins der italienischen Anarchisten.

*»Bon dschorrrno.«* Die Stimme riss Giada Bianchi aus ihrer Lektüre.

*»Buona sera«*, hörte sie sich selbst unerwartet artig antworten.

»Hätten Sie vielleicht deutschsprachige Zeitungen?« Das Italienisch des Mannes war korrekt. Grammatikalisch. Doch es hörte sich an, als geige jemand auf einer Laubsäge.

»Nur den *Völkischen Beobachter*«, sagte Giada Bianchi. Ihr Lieblingsfach war Geschichte gewesen, das hatte sie ein paar Semester in Rom studiert.

»Den habe ich schon zum Frühstück verschlungen«, antwortete der Mann mit unbewegtem Gesicht. »Aber wenn Sie sonst keine deutschen Zeitungen haben, dann nehme ich halt«, Lichtenwald blickte rasch auf die Zeitung, die neben der Kasse lag, »die *Umanità Nova*.«

»Sie lesen Italienisch?«, fragte Giada mit gespielter Überraschung und klappte ihre schwarz bemalten Augenlider auf.

»Normalerweise nur anarchistische Gedichte«, antwortete der Mann, diesmal mit einem Lächeln. »Zu mehr reicht es noch nicht. Aber vielleicht wollen Sie mir Nachhilfe geben?«

Die Hexen an Giadas Ohrläppchen, die der Fremde verstohlen betrachtete, begannen leicht zu wippen. »Abgemacht«, rief sie unvermittelt und hielt dem Mann die offene Rechte hin. »Was zahlen Sie pro Unterrichtsstunde?«

»Ich?« Die Backen des großgewachsenen Mannes röteten sich.

Er könnte etwas mehr trainieren, dachte Giada, während sie ihn von oben bis unten musterte. Aber es ließe sich was aus ihm machen. Die Designerjeans und das auberginefarbene Leinenhemd – nicht ihr Stil, aber auch nicht völlig daneben. Natürlich war er viel zu alt für sie. »Sagen wir dreißig Euro. Dreißig Euro pro Stunde. Pro volle Stunde«, sagte Giada Bianchi und hielt dem Mann noch immer die Rechte hin.

Er kam jetzt kaum mehr darum herum, einzuschlagen. Warum auch nicht? Lichtenwald hatte derzeit kein Auge für Frauen. Ihm wandelte immer nur Stefanie im Geist herum. Doch diese Zeitungshändlerin, die aussah wie Raffaels *La Fornarina*, wenn man sich die orangefarbenen Haare, die Hexen und den grünen Stein im linken Schneidezahn wegdachte, interessierte ihn intellektuell. Natürlich war sie viel zu jung für ihn. Doch ein bisschen weibliche Gesellschaft und italienische Konversation könnten ihn aufmuntern …

»Abgemacht«, sagte der Deutsche.

»*D'accordo!* Wo treffen wir uns? Wo wohnen Sie überhaupt? Auf einem Agriturismo? Ich könnte kommenden Montagabend, da fährt mein Sohn für eine Woche ins Schullandheim am Monte Amiata. Sind Sie dann noch da?«

»Das hoffe ich. Ich möchte länger hierbleiben. Würde es Ihnen etwas ausmachen, zu meinem Rustico zu kommen?«

»Ihr Rustico! *Mamma mia* – Sie wollen hier Wurzeln schlagen! Und wo steht die Hütte?«

»Auf Gut Montecivetta. Die erste Abzweigung nach der Einfahrt rechts. Nach fünfhundert Metern kommen Sie direkt zu meinem Häuschen.«

»Montecivetta? Ich kenne den Conte. Arroganter Kerl. Von seinem Intellekt berauscht. Aber sonst ganz okay. Man kann mit ihm über Philosophie diskutieren.«

»Sie interessieren sich für Philosophie?«, fragte Lichtenwald verblüfft.

»Nein, nur für cool aussehende Philosophen«, antwortete Giada genervt, weil sie dieser Deutsche anscheinend für eine geistlose Provinzpomeranze hielt.

Die Hexen ritten wieder. Jetzt fiel Lichtenwald sein Gespräch mit dem Conte bei der Abteiruine ein. Er ließ seinen Blick wie suchend über die Ständer mit den Büchern und Karten über Morcone und die Maremma schweifen. Dann fragte er beiläufig: »Sie haben nicht zufällig etwas über Satanismus in der Toskana?«

Eine kleine Falte bildete sich zwischen Giadas sorgfältig gezupften Augenbrauen. *Che cazzo vuole*, was zum Teufel will er, dachte sie. »Über Satanismus? Nein. Dafür gibt es hier keinen Markt.« Dann deutete sie mit einer Handbewegung an, Lichtenwald dürfe jetzt verschwinden.

»Bis bald«, sagte Lichtenwald mit seinem rachalen R und ging gesenkten Kopfes zu den Klängen von *Faccetta Nera* hinaus. Hatte er seine neue italienische Bekanntschaft schon wieder vergrault? War er zu plump, zu phantasielos? Andererseits: Wie sollte ein mittelalterlicher Münchner Strafverteidiger denn mit einer italienischen Halb-Punkerin parlieren, die Faschistenlieder spielte?

Um Punkt 19 Uhr schloss Giada den Laden ab und schlenderte die Via Aldobrandeschi entlang zur Piazza dei Mille. Eine Frau schaute aus einem Fenster im zweiten Stock des Palazzo Aldobrandeschi und winkte ihr zu. »*Buona sera, Signora* Nagy«, rief Giada Bianchi hinauf. Dann trat sie in die Kirche an der Ostseite der Piazza. Sie mochte das gedämpfte Licht und die kühle, nach Weihrauch duftende Luft. Sie schaute sich um. Kein Mensch war in der Kirche. Rasch schritt sie zu einer Statue des heiligen Antonius, zündete eine Kerze an und murmelte ein Gebet. Nicht, dass sie auf einmal gläubig geworden wäre. Aber es ging hier nicht um sie, sondern um Leo. Der Junge konnte ja nichts dafür, dass seine Mutter manchmal seltsame Wege ging. Und sie ahnte, dass sie dieser Mord in der Abtei noch beschäftigen würde.

Paolo Rossi klebte gerade ein neues Poster der AS Roma an die Wand, als Giada in die Bar trat. »Da, ich hab dir was mitgebracht«, rief sie und warf die aktuelle Ausgabe der Tageszeitung *La Repubblica* auf den Tisch.

»Hast du von dem Mord gehört?«, fragte Rossi, ohne einen Blick auf die Zeitung zu werfen.

»Ich bin ja nicht taub«, antwortete Giada. »Nerozzi war schon bei mir und wollte, dass ich für ihn recherchiere.«

»Und du hast sicher angenommen, Gia'«, sagte Rossi, während er eine Limette auspresste und den Saft mit Eiweiß, Zuckersirup, Pisco und Eiswürfeln in einen Cocktailshaker gab.

»Ts, ts, ts! Natürlich nicht.«

»Klar, das ist keine angenehme Geschichte. Aber du könntest das Geld doch gut gebrauchen, zum Beispiel um ...«, Rossi guckte in einen Block unter dem Tresen, »... die siebenunddreißig Pisco Sour zu bezahlen, die du noch schuldig bist.«

»Krämerseele! Du willst doch, dass ich dich wieder mal zu deinem Vater nach Grosseto begleite, damit du den Sohn auf Brautschau spielen kannst, oder?«

Rossi dachte an seinen Vater, der Schwule hasste, seufzte und stellte ihr den achtunddreißigsten Pisco Sour in diesem Jahr auf den Tresen. »Ich meine es nur gut mit dir, Gia'. Du willst doch nicht ewig im Laden deiner Eltern stehen. Du bist Journalistin, eine gute Journalistin.«

Giada Bianchi rieb sich mit dem Zeigefinger über den Schneidezahn mit dem Schmuckstein. »Du hast ja recht. Aber meinst du, eine Frau, die für die *Repubblica* in Rom geschrieben hat, möchte für Nerozzi und sein Provinzschmuddelblatt schreiben? Über einen Mord im Strichermilieu? Pah!«

Sie nahm einen kräftigen Schluck aus dem Glas und leckte sich über die Oberlippe. Ein Mann, noch länger als der *Vice Brigadiere* Riggi und dürr wie ein Flamingo, trat an den Tresen, streckte die Rechte zum Faschistengruß aus und schrie: *»Chinaglia è il nostro grido di battaglia!«* Es war ein Schlachtruf des als ultrarechts bekannten Fußballvereins Lazio Rom, dem Herzensklub des Friseurs Antonio Giusti.

»*Forza Roma*, alter Fascho«, rief Rossi zurück. Er widmete einen beträchtlichen Teil seines Lebens Lazios großem Stadtrivalen AS Roma, der traditionell von den Linken unterstützt wurde, dessen Fankurve aber mittlerweile von Rechtsextremen mitgeprägt war.

Giusti und Rossi waren in kaum etwas einer Meinung. Außer dass sie einander mochten und dass Gia' seit Schultagen ihre beste Freundin war, auch wenn sich Gia' und Giusti in Sachen Politik immer wieder in die Haare gerieten.

»Ciao, Antonio«, sagte Giada Bianchi. »Ich geb' dir einen aus. *Barista*! Ein Bier für den *signore*!«

»Als ob du das bezahlst«, brummte Rossi und öffnete ein Peroni.

»Erzähl mir was, Antonio«, bettelte Giada. »Mir ist so langweilig. In deinem Friseursalon passiert doch immer was.«

»Nicht heute. Da haben alle nur über den Mord gesprochen. Willst du meine Theorie wissen? Es waren die

Muslime. Sie haben den Stricher abgemurkst, um ein Zeichen gegen den verdorbenen Westen zu setzen. Wofür ich in diesem Fall sogar ein gewisses …«

»Du spinnst doch«, sagte Rossi.

»So, ich spinne? Und warum hat dann der Vater eines Freundes meiner Großcousine in der Mordnacht an der Aurelia den Ruf ›*Allahu akbar!*‹ gehört?«

»Du hast wohl zu viel an deinen Haarsprays geschnüffelt, Antonio.«

»Ihr werdet schon noch sehen, wenn hier auf der Piazza das erste Minarett steht …«

»Hört auf zu streiten!«, stöhnte Giada. »Ihr langweilt mich zu Tode! Erzähl von etwas anderem, Antonio.«

»Sag du mir lieber, warum du die alte Hexe gegrüßt hast!«

»Was?«

»Na, die Nagy. Du hast sie gegrüßt.«

»Erstens ist sie nicht alt und zweitens keine Hexe, davon versteh ich ein bisschen was, wie du weißt. Sie hat mir zugewunken.«

»Na und?«, protestierte Giusti. »Du weißt, was mir diese *straniera*, diese Ausländerin, angetan hat. Mein Weingut hat sie mir weggenommen. Wegen ihr muss ich jetzt davon leben, Chaotinnen wie dir die Haare orange zu färben!«

Rossi legte ihm die Hand auf den Arm. »Du weißt, dass das nicht stimmt, Antonio. Dein Vater hat das Weingut versoffen und verspielt. Und Ágnes Nagy ist eine brave Person.«

»Mann, seid ihr langweilig«, quengelte Giada und trank ihren Pisco Sour aus. »Ihr redet immer dasselbe. Vielleicht recherchiere ich doch lieber für Nerozzi über diesen Mord.«

*Capitano* Laganà stand auf und gab dem Conte die Hand. »Besten Dank für Ihre detaillierte Aussage. Sie sind ein guter Beobachter. Ich denke, wir werden Sie nicht mehr wegen dieser Geschichte belästigen müssen. Und entschuldigen Sie bitte das, nun ja, etwas forsche Verhalten des Kollegen Riggi.«

»Schon in Ordnung, *Capitano*«, sagte der Conte geschmeichelt. Dann nahm er die ausgestreckte Rechte der Carabinieri-Offizierin und deutete einen Handkuss an.

»Und wenn Sie nun noch so liebenswürdig wären und Ihrem Freund sagen, er möge hereinkommen«, sagte Laganà und setzte sich wieder.

Lichtenwald sah sich gespannt in dem Dienstbüro der Ermittlerin um. Als Strafverteidiger hatte er viel Erfahrung im Umgang mit Polizei und Justiz. Aber in Italien, seiner möglichen neuen Wahlheimat, hatte er noch nie mit ihnen zu tun gehabt. Der Linoleumboden, die abgestoßenen Holzmöbel und vergilbten Mappen zeigten, dass die italienische Justiz auf Diät gesetzt war. Dafür hingen reichlich Orden und Urkunden an der Wand. Auf einem Foto war Donatella Laganà mit dem Innenminister zu sehen. Sie sah hinreißend aus in ihrer Galauniform. Doch auch in Zivil machte dieser *capitano bella figura*. Nur dass ihr grünblaues Kostüm eine Spur zu körperbetont geschnitten war, um absolut seriös auszusehen.

Laganà deutete auf den Sessel vor ihrem Schreibtisch und blickte kurz in ihre Akte. »*Buon giorno, Dottore*. Sie sind Arzt?«

»Nein. Ich bin Jurist. Strafverteidiger in München, um es genau zu sagen.«

»Richtig, der Conte sprach davon. *Avvocato* also. Dann sind Sie sicher ein guter Zeuge. Sie wollen länger hierbleiben, hörte ich?«

Lichtenwald atmete tief ein und aus. »Das ist eine komplizierte Geschichte.«

»Einen Espresso?«

Lichtenwald nickte.

Capitano Laganà griff zum Telefon. »Zwei Espressi und Wasser bitte.«

»Also, sagen wir es so, ich glaube, dass ich mein Leben umkrempeln muss. Die Maremma fasziniert mich schon lange. Nun will ich hier malen üben und schreiben und besser Italienisch lernen …«

»Ihr Italienisch ist vorzüglich, besonders die Aussprache.«

Klang da eine leichte Ironie mit? Er wusste es nicht und sagte: »Danke, *Capitano*.«

»Sie haben Familie?«

»Ja. Das heißt: Nicht hier. Meine Frau ist in Deutschland. Und meine Tochter verbringt ein Jahr mit Sozialarbeit in Bolivien. Ich bin allein hier.«

»Beschreiben Sie mir doch bitte den Vormittag, als Sie und der Conte die Leiche fanden.«

Robert Lichtenwald erzählte nüchtern, nicht zu ausschweifend und nicht zu knapp. Laganà nickte zufrieden. »Das deckt sich mit dem Bericht des Conte. Wie ich ihm auch schon sagte: Wir werden Sie in der Sache sicher nicht mehr belästigen müssen.«

»Sie wollen nicht wissen, wo ich in der Tatnacht war?«, fragte Robert Lichtenwald mit einem Lächeln.

»Nein. Ich weiß ja, was Sie antworten würden: Sie waren im Bett, und da Sie von Ihrer Familie getrennt sind, schlief niemand bei Ihnen. Oder irre ich mich, *Avvocato*?«

»Sie irren sich nicht. Nach Abenteuern ist mir derzeit kaum zumute. Und daran wird sich auch so schnell nichts ändern, *Capitano*«, antwortete Robert Lichtenwald.

»Schade!«, sagte Laganà kühl und musterte den Deutschen mit leicht zusammengekniffenen Augen. »Denn dann werden Sie wieder kein Alibi haben, falls sich noch mal ein nächtliches Verbrechen ereignen sollte.«

Robert Lichtenwald errötete. Was sollte er davon halten? Er fühlte sich einem Schlagabtausch auf Italienisch noch nicht gewachsen. Hatte er Laganà beleidigt? Wer weiß, wie sich in Italien ein Mann gegenüber einer Frau zu verhalten hatte, die er anziehend fand, ohne etwas von ihr zu wollen. Oder hielt sie ihn tatsächlich für verdächtig?

»Falls Ihnen noch irgendetwas einfällt, was von Bedeutung sein könnte, so melden Sie sich bitte.« Ihre Stimme klang jetzt ganz geschäftsmäßig. Bildete er sich zu viel ein?

Die Offizierin stand auf. »Leben Sie wohl, *Dottore*. Ich hoffe, wir finden den Mörder bald.«

Auch Robert Lichtenwald erhob sich. »Haben Sie denn schon einen Verdacht?«

»Dafür ist es zu früh. Sie und der Conte fallen als Verdächtige vorläufig weg. Ein Raubmord ist unwahrscheinlich, da das Opfer in der Tasche seines Rockes mehr als 200 Euro bei sich trug. Wahrscheinlich das Geld von Freiern. Sonst haben wir noch keine Indizien, die auf ein Motiv hindeuten.«

»Aber die Spurensicherung hat etwas im Gestrüpp hinter der Leiche gefunden?«

»Ja. Ermittlungsgeheimnis. Sie kennen das ja.«

»Eines sollte ich Ihnen vielleicht noch sagen. Der Conte erzählte mir, dass die Ruine der Abtei Treffpunkt von Satanisten ist oder zumindest war.«

Robert Lichtenwald beobachtete die Offizierin genau, während er sprach. So entging ihm nicht, wie sie kurz zusammenzuckte, sich aber gleich wieder unter Kontrolle hatte. Sie lachte. »Glauben Sie nicht alles, was man Ihnen hier erzählt. Die Toskana ist eine Region der Mythen und Legenden. Je abstruser sie klingen, desto lieber werden sie geglaubt.«

»Sie selbst sind nicht von hier?«

»Ich komme aus Kalabrien.«

»Der Heimat der 'Ndrangheta ...«

»Nicht sehr originell, dass Ihnen die Mafia als Erstes zu Kalabrien einfällt, *Avvocato*. Aber Sie haben natürlich recht. Und falls es Sie interessiert: Ich stamme sogar aus Platì, einem der Eckpunkte des Dreiecks des Todes.«

»Aus Platì.« Lichtenwald schaute sie ernst an. »Ich habe davon gelesen. Da war es sicher nicht leicht für Sie, den Weg in die Justiz einzuschlagen. Nun, ich will dann mal gehen. *In bocca al lupo*, wie man, glaube ich, in Italien sagt, oder auf Deutsch: Toi, toi, toi!«

»*In bocca al lupo*, auch Ihnen, *Avvocato*. *Arrivederla*!«

Zwei Abende später flatterte Giada Bianchi aufgeregt in die Bar an der Piazza. Paolo Rossi und Antonio Giusti diskutierten gerade darüber, welche Mannschaft dieses Jahr den *scudetto*, die italienische Meisterschaft, erringen würde. Außenstehende hätten das Gespräch als handfestes Zerwürfnis deuten können. Doch die beiden spielten nur. Es war ohnehin klar, dass weder Lazio noch Roma zum Zuge kommen würden.

»Themenwechsel!«, schrie Giada Bianchi. »Es gibt Neuigkeiten!«

»Jetzt hüpf mal nicht rum wie ein Huhn, sondern setz dich an die Bar«, sagte Giusti. »Soll ich dir einen Pisco Sour ausgeben?«

Rossi machte sich ans Mixen.

»Also«, begann Giada, »ich hab noch nicht mit Nerozzi gesprochen. Aber mit gewissen Vorrecherchen begonnen.

Ratet mal, was die Carabinieri am Tatort gefunden haben.«

»In der Kabine des AS Roma?«, fragte Giusti ehrlich interessiert. »Eine CD, auf der die dreckigen Deals mit den Schiedsrichtern aufgezeichnet sind? Ich habe es mir immer gedacht …«

»Halt's Maul!«, herrschte Giada ihn an. »Hier geht es ausnahmsweise mal nicht um deinen blöden Fußball. Ich meine den Mord.«

»Und?«, fragten Giusti und Rossi synchron, wobei sie beide den Kopf einzogen und besorgt auf das Glas mit Pisco Sour schauten. Denn Giada Bianchi war dafür ortsbekannt, unvermittelt ruhende Massen in Bewegung zu versetzen, wenn sie erregt war, was häufig vorkam.

»Jetzt seid ihr neugierig, ihr Schlaumeier.« Sie kicherte. »Ich will euch nicht in eurem Unwissen ersaufen lassen. Wisst ihr, was die Carabinieri in der Nähe der Leiche gefunden haben?« Giada machte eine effektvolle Pause. »Ein Medaillon mit den Ziffern 666. So eins, wie ich es früher als Anhänger um den Hals trug. Ich habe es dir damals als Andenken dagelassen, Antonio, bevor ich nach Rom ging.«

Giusti nickte. »Es liegt immer noch bei mir im Friseurladen.«

»Und du weißt auch, was es bedeutet?«

»Klar«, sagte Giusti, der nicht die geringste Ahnung hatte, aber vermutete, es habe etwas mit Sex zu tun.

Rossi überlegte laut: »666 – ist das nicht die Nummer eines kultigen Highways in den Vereinigten Staaten? Vielleicht war der Mörder ein amerikanischer Trucker …«

»Kluges Kerlchen«, lobte Giada auf dem Barhocker und trommelte vor Ungeduld mit ihren alten schwarzen Chucks gegen den Tresen. »Nur: Das Ding heißt *Route 66.*

Mit zwei Sechsen. Hier sind es aber drei. Na? Kennt einer von euch Folklore-Christen zufällig die Stelle aus der Offenbarung des Johannes: ›Wer Verständnis hat, berechne die Zahl des Tieres. Und seine Zahl ist sechshundertsechsundsechzig.‹«

Giusti rieb sich die rechte Seite seines kurzgehaltenen Vollbartes. »Ein Tier und sechshundertsechsundsechzig? Ein Tausendfüßler!«

*»Complimenti!«*, höhnte Giada. »Du solltest dich bei *L'Eredità* bewerben!«

»Tu nicht so neunmalklug«, wies Rossi sie zurecht. »Ich weiß jetzt, was du meinst: 666 – die Zahl steht für das Böse. Den Satan.«

»Bingo«, sagte Giada. »Dann wollen wir mal kombinieren: In der Abteiruine von San Rocco wird eine Leiche mit, nun, sagen wir mal, ungewöhnlichen Geschlechtsmerkmalen gefunden. Daneben liegt ein Medaillon mit dem Symbol des Diabolischen. Und das an einem Ort, an dem sich gern Satanisten treffen. Nun, meine Brüder: Sind die Flammen der Erkenntnis endlich auch über euch gekommen?«

»Woher weißt du, dass sich bei der alten Abtei Satanisten treffen?«, fragte Rossi.

»Und wer hat dir verraten, dass die Carabinieri ein solches Medaillon gefunden haben?«, legte Giusti nach.

»Ich habe so meine Erfahrungen und meine Quellen!«

»Das wissen wir«, sagte Rossi. »Bist du dir sicher, dass es Satanisten waren?«

»Totsicher«, sagte die junge Frau und ließ sich vom Barhocker gleiten. »Alles Weitere könnt ihr bald im *Maremmano* lesen.«

# VIER

Als Robert Lichtenwald am frühen Morgen vor sein Haus trat, spürte er plötzlich dieses Gefühl. Es stieg hoch in ihm wie Champagner aus einer Flasche, überflutete Brust, Hals, Gehirn. All seine Zellen schienen zu funken: Es ist gut, wie es ist. Er sog die Morgenluft ein und vermeinte, tausend Düfte darin zu erkennen, Pinien zuerst, dann Gräser, Rosen, Thymian, feuchte Erde, sogar ein wenig Wildschwein.

Lichtenwald spürte den Morgenhauch auf seinen nackten Unterarmen, hörte die Kiesel des Weges unter seinem Schritt knirschen, sah die Palette von Rot- und Blautönen, die die aufgehende Sonne auf den Himmel malte. Er blieb stehen und tat nichts. Kein Gestern. Kein Morgen. Er hatte dieses Gefühl schon ein paarmal erlebt, nur ein paarmal in seinem Leben. Als Junge, nachdem er stundenlang im kalten Frühjahrswasser vor der kroatischen Küste geschnorchelt hatte, um sich dann auf heißem Fels durchwärmen zu lassen. Eines Nachts als Student in einem muffigen Liegewagen von München nach Süden, als er aus leichtem Schlaf schreckte und die Bahnhofslautsprecher vom Süden sangen: »Verona, stazione di Verona.« Damals irgendwo in Arabien, als Stefanie und er sich voneinander lösten, um sich wieder zu vereinen, während der Muezzin zum Morgengebet rief. Und später, Lea. Sie saß auf ihrem Tripp-Trapp, mampfte Brei, und als sie ihn durchs Fenster im Garten erblickte, ließ sie den Löffel sinken und strahlte ihn an, als sei er ihre Sonne. Er wusste heute, dass sich diese Momente nicht festhalten ließen. Man musste sie auskosten, wenn sie da waren.

Und so stand er vor dem Haus und empfing den Morgen, und alles war gut, obwohl er wusste, dass nichts gut war. Stefanie, seine Frau? Verschwunden. Lea, seine Tochter? Weit weg in Südamerika. Morcone, sein Arkadien? Schauplatz eines grausigen Mordes. Seine Karriere als Anwalt suspendiert, seine Freunde in der Ferne, sein Rustico noch halb Ruine, im Garten mehr Brombeerranken als Blumen, sein Rücken zwickte – und er war glücklich. Durfte das sein? Lächelnd entließ er die dümmste aller Fragen.

Er ging zurück ins Haus, holte Skizzenblock und Farben, setzte sich in den Garten, begann zu malen. Den Himmel, voller Wasserblüten, wie Monets Teich in Giverny. Doch er war ein Dilettant. Er würde als Maler niemals so gut werden wie als Jurist. Dennoch tat es ihm leid, dass er es damals, als junger Mann, nicht wenigstens versucht hatte. Verdammte Zauderei. Ärgerlich riss er das Blatt aus dem Block. Die Rottöne hatten den Himmel verlassen, platt und blau überspannte er nun den neuen Tag. Lichtenwald packte die Malsachen weg und machte sich noch einen Espresso. Dann begann er, mit wütender Geduld, das Beet zu jäten, das seine Terrasse umrahmte. Dornen zerkratzten seine Hände, dem Stich eines Skorpions entging er. Doch er kam voran. Bald würde er in die Baumschule in Grosseto fahren, um Rosen zu kaufen und Lavendel, Ginsterbüsche und einen Lorbeerstrauch.

Der Morgen zerfloss zur Mittagshitze, er ging ins Haus und wählte die Nummer der besten Freunde in München. Hatte sich Stefanie endlich gemeldet? Sie würden ihn doch sofort informieren, sagten sie. Aber Lea hatte ihnen eine lange E-Mail geschrieben, mit vielen Fotos aus Lateinamerika. Hatte sie ihm denn nicht geschrieben? Er machte es kurz und legte auf. Freiheit, das war immer das Thema in seinem Leben gewesen. Doch was ist Freiheit ohne Bindung?

# FÜNF

*»Gib mir die Kraft für den Weg, den Du gewiesen hast.*
*Gib mir die Härte, dem Wimmern der Sünder zu trotzen.*
*Gib mir die Weisheit, Dein Werk zu vollenden.«*

*Er kniete auf dem Felsboden und blickte auf das Bildnis des Meisters, das im Lichtkegel einer Kerze lag. War es wirklich sein Wille, dass er den Weg weiterging, den er vor einer Woche eingeschlagen hatte? Immerhin hatte der Meister auf dem Bildnis nie getötet. Jedenfalls nicht direkt. Und er sollte nun das tun, was die Menschen Mord nannten?*

*Der Meister hatte sein Gesicht halb zur Seite gewandt, seine Augen blickten ihn prüfend an. Und skeptisch. Hielt er ihn für einen Schwächling? Er wollte doch nur, dass er sein Werk guthieß.*

*»Meister! Wie steht geschrieben in der Schrift, die am Anfang war?«*

*Und das Bildnis sprach zu ihm: »Schwefel und Feuer regnen herab auf Sodom und Gomorrha.«*

# SECHS

Morcone ist auf weichem Fels erbaut. Das erleichterte es den Morconesi seit Urzeiten, Höhlen, Vorratskammern und Fluchtgänge aus dem Gestein zu schlagen. Mehr als einmal konnten sie so feindlichen Belagerern entwischen. Nun dienten die unterirdischen Räume, sofern sie nicht verschüttet oder vergessen waren, als Weinkeller. Niemand hatte mehr den Überblick über diese Unterwelt. Niemand außer ihm.

Der Tag war ideal für sein Vorhaben. Der regenreiche, aber warme Mai hatte die Pflanzen mächtig wachsen lassen. Der Nordhang des Hügels, auf dem Morcone lag, war so zugewuchert, als hätte der Verpackungskünstler Christo ihn mit einer grünen Decke überspannt. Auch er selbst hatte sich verkleidet. Er trug einen weißen Overall, Gummistiefel und einen Imkerhut. Ohne Hast ging er die Landstraße entlang, die von Scansano hinunter zum Meer führt. Kurz vor Morcone bog er links in einen Weg ein, der sich zu einem Trampelpfad verjüngte. Bald hatte ihn das Grün verschluckt. Der Pfad stieg steil an, und er musste aufpassen, auf dem von Wurzeln überzogenen feuchten Boden nicht abzurutschen. Die niedrige, in den Fels eingelassene Eisentür war verrostet. Doch sie quietschte nicht, als er sie aufsperrte und öffnete. Auch daran hatte er gedacht. Die Luft in dem grob in den Fels gehauenen Gang war muffig und kalt. Er zog eine Taschenlampe aus dem Overall. Gebückt ging er weiter, ließ drei Abzweigungen hinter sich, durchquerte eine geräumige Felshöhle, die früher mal als Vorratskammer gedient haben mochte. Von dort ging es viele Steinstufen nach oben.

Er erreichte eine weitere Eisentür, sperrte sie auf und trat leise in den Keller des Palazzo Aldobrandeschi. In dem Raum, in dem er sich nun befand, stapelte sich das Gerümpel von Generationen. Ein Spinnrad, aufgeplatzte Polstersessel, halbblinde Spiegel und Kisten mit Büchern, die niemand mehr lesen würde. Er zog die Gummistiefel aus, streifte sich schwarze Latexhandschuhe über und schlich vom Keller bis zum ersten Stock.

Es war ein heiterer Frühlingsabend. Der Scirocco hatte sich gelegt, und die Luft war weniger feucht als in den vergangenen Tagen. Er öffnete die Tür des Salons lautlos einen Spalt und spähte hinein. Ágnes Nagy saß bei offenem Fenster am Schreibtisch ihres Arbeitszimmers und widmete sich offensichtlich ihrer Buchführung. Von der Piazza klangen die Rufe spielender Kinder herauf. Die Ungarin sah zufrieden aus.

Ende vierzig dürfte sie nun sein, und ihre Geschäfte liefen gut, sehr gut sogar. Da hatte er sich genau informiert. Der rote Morellino und die weiße Cuvée aus Sauvignon Blanc und Traminer, die sie erzeugte, erzielten immer höhere Preise. Und immer mehr Nordeuropäer wollten Urlaub auf ihrem Agriturismo bei Morcone machen. Trotzdem zahlte sie den Schwarzarbeitern aus Nordafrika, die es nun in Hülle und Fülle gab, nur Hungerlöhne. Dabei hatte sie selbst einst ihr Heimatland Ungarn als junges, bettelarmes Mädchen verlassen, um nach Italien zu gehen und sich als Pferdepflegerin in der Maremma durchzuschlagen. Weit hatte sie es seither gebracht, das musste er ihr lassen. Ein Vierteljahrhundert harter Arbeit,

Verschlagenheit und Geiz zahlten sich eben aus. Doch an ihrem Vermögen klebte Blut. Sie hatte dem alten, versoffenen Giusti immer weiter Geld geliehen, damit er seiner Spielsucht frönen konnte. Irgendwann waren seine Schulden bei der Ungarin so hoch, dass er ihr sein kleines Weingut verkaufen musste. Dass Giusti sich noch vor der Übergabe in seiner Cantina erhängte, hatte ihr offensichtlich nie Gewissensbisse bereitet. Ihr nicht. Und dann hatte sie, zu Beginn der Krisenjahre, auch noch der Gemeinde den leerstehenden und baufälligen Palazzo Aldobrandeschi für einen Spottpreis abgeschwätzt. In gewisser Weise war sie, die *straniera*, jetzt die Herrin von Morcone.

Während von der Piazza lauter Torjubel heraufklang, schlich er sich gewandt wie ein Raubtier hinter sie, legte seine Rechte mit dem schwarzen Gummihandschuh auf ihr Gesicht und hielt ihr die Nase zu. Als sie den Mund aufriss, um zu schreien, drückte er ihr mit der Linken eine Handvoll Münzen in Mund und Rachen. Dann presste er auch ihren Mund zu. Ágnes Nagy strampelte mit den Beinen, doch die Geräusche gingen im Lärm der Kinder auf der Piazza unter. An was sie jetzt wohl dachte? An all das Geld, das ihr nichts mehr nützte?

Er wartete noch eine Weile, bis er sich ganz sicher war, dass sie nicht mehr lebte. Dann ließ er den schlaffen Körper zu Boden gleiten. Er zog ein Messer aus einer Tasche seines Overalls und schnitt das Zeichen

A

in die helle Haut ihres rechten Unterarms.

# SIEBEN

Giada Bianchi hasste Routine. Die Tage vergingen so langsam wie die Wartezeit auf einem Bahnsteig in der Provinz. Heute war es besonders schlimm. Sie blickte auf ihre Armbanduhr. Noch eine Viertelstunde. Dann konnte sie dichtmachen und zu Paolo in die Bar gehen. Na gut, eigentlich schlossen die Geschäfte erst um zwanzig Uhr. Aber wer würde nach sieben in Morcone noch eine Zeitung kaufen? Oder Buntstifte? Oder ein Lotterielos? Außerdem brauchte sie jetzt einen Drink.

Giada war überzeugt, dass sie ein feineres Gespür für die Dinge hatte als die meisten anderen Menschen in Morcone. Eine Art siebten Sinn. Wie ihre Großmutter. Als sie noch ein Kind war, hatte ihr die alte Frau im Rollstuhl gern erzählt, wie sie als Mädchen mit ihren Freundinnen nachts um den *Olivo della Strega* tanzte, den Olivenbaum der Hexen. Das war, in den Zeiten Mussolinis, ihre Art achtundsechziger Revolution. Die Großmutter hatte ihr auch verraten, dass es mehr gab als Augen und Ohren, Nase, Mund, Finger und Haut. Irgendwo im Inneren des Menschen wartete noch ein anderes Wahrnehmungsorgan. Nur dass es bei den meisten Menschen schlief. Ihre Großmutter aber hatte ihr verraten, wie man dieses Sinnesorgan aufwecken konnte. Letztlich war es eine Frage des Vertrauens.

Seither überließ die Zeitungsverkäuferin ihrer Intuition

einen Teil ihres Gehirns. Sie tat es nicht gern, aber manchmal spürte sie, dass es Zeit dafür war. Jetzt zum Beispiel verriet ihr das Gefühl in ihrer Brust, dass es zwischen ihr hier im Laden und dem *tedesco* in seinem Rustico irgendeine Verbindung gab. Was für eine, das konnte sie nicht sagen. Doch eine Verbindung war es auf jeden Fall.

Dann war da noch etwas. Giada schloss die Augen. Tief unter ihr schritt etwas voran, und sie wollte es stoppen. Aber was ... und wie ...

*»Faccetta nera ...«* – Giada schreckte hoch. Eine unglaublich dicke Frau zwängte sich durch die Tür.

»Guten Abend, Giaddina«, sagte Maria Pianigiani. »Habe ich dich aufgeweckt?«

»Nicht die Spur! Ich dachte nur gerade an ... deine Pappardelle.«

»Der Traum ist der Bruder der Wahrheit«, sagte Maria Pianigiani. »Pappardelle hin oder her. Aber sag mal: Hast du schon die Juni-Nummer von Alice?«

»Die Kochzeitschrift? Tut mir leid. Ich bekomme sie erst morgen rein. Seit wann brauchst du denn Kochzeitschriften? Da steht doch nichts, was du nicht ohnehin besser kannst.«

»Ach, Giaddina, *amore mio*. Sie behaupten, sie würden das beste Rezept der Maremma für *Pappardelle sul cinghiale* veröffentlichen.«

»Das kann nicht sein! Das ist doch dein Geheimnis.«

»Genau, aber man muss seine Feinde kennen, um sie vernichten zu können.« Maria drehte sich geschmeidig wie eine Rumba-Tänzerin um die eigene Achse und ging hinaus.

Giada schaute ihr amüsiert nach. Dann schloss sie die Kasse, zupfte ihre enge Bluse straff und riss das Blatt für Montag, den 30. Mai, von dem Kalender mit den Sinnsprüchen ab. Der Spruch des Tages lautete: »Es ist besser, eine Kerze anzuzünden, als die Dunkelheit zu verfluchen.«

Giada erreichte die Piazza, als die Kirchturmuhr gerade begann, sieben Uhr zu schlagen. Es war einiges los an diesem Abend. Junge Frauen standen plaudernd vor Paolo Rossis Bar, Waffeln mit Eis in den Händen. *Ragazzi* jagten einem Fußball hinterher, während zwei Kinder versuchten, das Garibaldi-Monument in der Mitte der Piazza zu erklimmen. Auf den Bänken ließen alte Männer mit Gesichtern, die an Olivenstämme erinnerten, den Tag passieren. Giada überquerte den Platz, ohne hinauf zu den Fenstern des Palazzo Aldobrandeschi zu schauen. Sie wollte nicht wieder einen Rüffel von Antonio kassieren, weil sie die Nagy grüßte. In diesem Augenblick schlug mit einem dumpfen Knall ein Körper unmittelbar neben ihr auf den Steinplatten auf. Der Kopf sackte zur Seite, Münzen kullerten aus dem halb geöffneten Mund. Der rechte Arm stand wie das Glied einer Puppe verdreht vom Körper ab.

Giada Bianchi war die Erste, die zu schreien begann.

Matteo Nerozzi warf die Kippe in den Becher mit kaltem *caffè lungo*, wo sie mit einem Zischen ihr kurzes Leben aushauchte. Dann gönnte er sich eine Linie des weißen Pulvers, das er für besondere Anlässe bereithielt. Besondere Anlässe gab es viele im Leben des Verlegers und Chefredakteurs. Während weltweit Zeitungen dichtmachten, hatte er vor ein paar Jahren den *Maremmano* gegründet, eine Wochenzeitung für die Provinz Grosseto, die wider alle Prognosen Erfolg hatte.

War es der Fortsetzungsroman, den Nerozzi selbst verfasste und großzügig mit Erotik und anderen Anspielungen auf die Provinznotabeln spickte? Oder waren es die beigefügten Nummernlose, die als Hauptgewinn einen Auftritt in einer Fernsehshow verhießen? Oder zog die Wundertüte mit Klatsch, Lokalgeschichten, Kochrezepten, Horoskopen, frei erfundenen Enthüllungs-Stories und, zwischendurch, seriös und gut recherchierten Berichten, die der *Maremmano* über seine Leser ausschüttete? Nerozzi wusste es selbst nicht. Seine Neider behaupteten, im Zeitalter des Internets liefere der *Maremmano* halt noch günstig saugfähiges Papier, um Kaninchenställe auszulegen und nasse Schuhe auszustopfen. Wie auch immer: Die Auflage des 66-Cent-Blattes stieg langsam aber stetig, und damit wuchsen die Werbeeinnahmen. Und da der Verleger die Personalkosten gering hielt – die Redaktion bestand aus ihm selbst und einem Häuflein »freier Mitarbeiter« –, konnte sich Nerozzi mittlerweile die eine oder andere Line leisten.

Der Chefredakteur ließ sich in seinem Chefsessel zurücksinken und legte die Füße auf den Schreibtisch. Er war ein gemachter Mann. Und dennoch war er heute Abend so unruhig, dass er den *caffè lungo* umstieß und mit ein paar Blättern *Maremmano* aufwischen musste. Dieser Mord auf der Piazza von Morcone. Der zweite binnen acht Tagen im Gebiet des sonst so verschlafenen Dorfes. Da würden sich seine Konkurrenten wie die Piranhas darauf stürzen; die Reporter von *La Nazione* und *Il Terreno* sowieso, aber auch die Sonderkorrespondenten der nationalen Blätter *Corriere della Sera*, *La Stampa*, *La Repubblica* – wie sollte er da mithalten? Blut würde überall von den Titelseiten an den Kiosken rieseln. Da war nicht viel zu gewinnen. Was könnte er draufsetzen? Einen Serienmörder? Die Mafia? Islamisten?

Nerozzi tippte sich ärgerlich an die Stirn. Da würden die anderen auch draufkommen. Plötzlich hob sich der

Nebel in seinem Gehirn, und er sah sternenklar. Wenn er sich abheben wollte, half nur eines: eine wahre Geschichte, mit echten Informationen von wirklichen Ermittlern. Und wer schrieb solche Geschichten beim *Maremmano*? Giada natürlich, diese arrogante Schlampe. Er hasste ihren verächtlichen Blick und ihre spöttischen Reden. Nur weil sie mal bei *La Repubblica* gearbeitet und in Rom gelebt hatte, fühlte sie sich allen überlegen. Dabei musste sie mit ihrem kleinen Scheißer wieder bei den Eltern einziehen, weil ihr der Mann davongelaufen war. Aber eines musste man ihr lassen: Sie war eine richtig gute Journalistin.

Sein Handy klingelte.

*»Eh?«*

»*Pronto*. Ich bin's. Giada.«

»Giada-Mausi! Hallöchen! Wunderbar, dass du anrufst, mein Goldschatz.«

»Dir haben sie wohl ins Gehirn geschissen und vergessen runterzuziehen.«

»Du klingst verführerisch, wenn du so vulgär bist.«

»Noch ein bescheuertes Wort und ich leg auf …«

»Okay, okay. Aber im Ernst: Ich habe gerade an dich gedacht.«

»Das war zu befürchten. Du brauchst jemanden, der dir für deinen behämmerten *Maremmano* eine richtig geile Geschichte schreibt, über die Morde, nicht wahr? Eine Geschichte mit Fakten, die stimmen und die sonst keiner hat.«

»Du kannst Gedanken lesen, Giada-Mäu…«

»Das ist in deinem Fall nicht schwer. Mal angenommen, ich schreibe dir diese Geschichte. Wie viel zahlst du?«

»Zweihundert Euro plus die dreihundert, die ich dir noch schulde, macht zusammen fünfhundert.«

»Vergiss es …«

»Zweihundertzwanzig Euro, aber verrat's nicht meinen anderen Autoren.«

»Ciao, Nerozzi …«

»Halt. Warte. Ich biete dir dreihundert, macht zusammen sechshundert, die ich dir noch heute Nacht in den Briefkasten werfe. Denk doch mal nach: Als Korrespondentin des *Maremmano* kannst du von den Behörden Auskunft verlangen, auch von den Carabinieri. Und wie ich dich kenne, interessiert dich der Fall brennend.«

»Ich warte gerade bei den *sbirri*, den Bullen. Soll als Zeugin vernommen werden. Das werde ich nutzen, um die zu vernehmen, ohne dass sie es merken. Also …«, Giada machte eine dramatische Pause, »wie viel?«

»Wie viel willst du?«

»Fünfhundert Euro plus die dreihundert, heute Nacht im Briefkasten, dann bekommst du die Geschichte morgen.«

»Wenn's denn sein muss, Blutsaugerin!«

Nerozzi hörte ein Kichern in der Leitung, dann brach die Verbindung ab.

Sei's drum. Er würde eine Story bekommen, die niemand anderes hatte.

Die Carabinieri-Station von Morcone lag nur ein paar hundert Meter von der Piazza dei Mille entfernt, knapp außerhalb der Stadtmauern aus dem 15. Jahrhundert. Das apricotfarbene Haus mit den dunkelgrünen Fensterläden und dem Ziegeldach sah aus wie ein ganz gewöhnlicher Mehrfamilien-Palazzo. Nur eine Marmorplatte neben dem Eingang und eine Blechplakette an der Fassade wiesen darauf hin, dass hier die Carabinieri residierten, jene vor mehr als zweihundert Jahren gegründete Gendarmerie, die sich als Elite-Polizei verstand und doch ein Quell ungezählter Spottgeschichten war. In Morcone sorgten, unter dem Befehl des Kommandanten Federico Bartolami, die Carabinieri Riggi, Pucci und Brogi sowie einige weitere Kameraden für Sicherheit und Ordnung in der Gemeinde. Ihr Alltag bestand darin, den Verkehr zu kontrollieren, Unfälle aufzunehmen, Streit zwischen Nachbarn zu schlichten, Kleinkriminelle dingfest zu machen, über den Wochenmarkt zu patrouillieren und in ihren schmucken Uniformen mit den roten Längsstreifen an den Hosen die Omnipräsenz der Staatsmacht zu demonstrieren.

An diesem Frühlingsabend aber befand sich die Carabinieri-Station von Morcone im Ausnahmezustand.

»Zwei Morde in acht Tagen in diesem Kaff, das ist ja schlimmer als in Kalabrien«, sagte Donatella Laganà, die mit ihren Leuten von Grosseto heraufgefahren war.

»Nun übertreiben Sie mal nicht, *Capitano*«, schnarrte *Maresciallo* Bartolami, ein ehrgeiziger Oberstabsfeldwebel, den eine Laune des Schicksals hierher verschlagen hatte. Manche im Ort raunten, er habe einst als Ausbilder einem übergewichtigen Rekruten, der bei einem Leistungsmarsch zusammengeklappt war, seine Dienstpistole an den Kopf gehalten und gedroht: »Wenn du nicht weiterläufst, dann ist die erste Kugel für dich und die zweite für mich.« Da sei er hierher strafversetzt worden.

»Dies ist kein Kaff, sondern ein Juwel der Südmaremma«, ereiferte sich der *Maresciallo* nun. »Und von Kalabrien sind wir sehr weit entfernt, das kann ich Ihnen sagen, ich war mal dort stationiert.«

Laganà versuchte, es sich auf dem Holzstuhl in Bartolamis Büro bequem zu machen, und streckte ihre langen Beine von sich. Schweigend musterte sie den Kollegen hinter dem Schreibtisch. Gepflegt, durchtrainiert, selbstbewusst, ein Alphamännchen, was zum Teufel machte er hier? Sicher war es für ihn ein Alptraum, dass sie, eine Frau und jüngere Kollegin, aber mit höherem Dienstgrad, nun die Ermittlungen leitete und er ihr zuarbeiten musste. Jetzt, wo endlich was passierte in Morcone, womit man sich profilieren konnte.

Der *Maresciallo* wischte sich einen imaginären Fussel von der Uniformjacke und ordnete die drei Kugelschreiber auf seinem Tisch parallel zueinander an. Laganà gab sich einen Ruck. »Ich bin sehr glücklich, mit Ihnen in diesem Fall zusammenarbeiten zu dürfen. Im Innenministerium heißt es, Sie seien ein ausgezeichneter Mann.«

Der *Maresciallo* zog sein Kinn zur Brust. Eine leichte Röte legte sich auf seine glattrasierten Wangen. »Sie haben schon mit dem Innenministerium gesprochen?«

»Man rief mich an, als ich heraufgefahren bin. In einer anderen Sache. Ich erzählte es. Nun ist Rom besorgt. Zwei Morde am selben Ort binnen weniger Tage, und das zu Beginn der Touristensaison in der Maremma. Sie fragten, ob wir schon einen Verdacht hätten. Haben wir schon einen Verdacht?«

»Noch nicht wirklich«, sagte Bartolami düster. »Wir waren sofort am Tatort. Meine Männer stürmten den Palazzo Aldobrandeschi, aus dem die Leiche geflogen war. Wir entdeckten den Fluchtweg. Die Kellertür stand offen, und aus einem Kellerraum führt ein Tuffsteingang durch den Berg hinaus ins Freie. Sie wissen ja, der Fels hier ist voller Höhlen und Gänge. Der Täter muss sich sehr gut auskennen.«

»Spuren?«

»Die Spurensicherung ist doch mit Ihnen gekommen, wie soll ich da mehr wissen als Sie. Womöglich gibt es Fingerabdrücke auf den Geldstücken. Oder Fusseln von der Kleidung des Täters. Jedenfalls keine Kampfspuren. Das Opfer muss völlig überrascht worden sein.«

»Was wissen Sie über sie?«

»Ágnes Nagy? Eine *straniera*, Ausländerin. Kam aus Ungarn hierher, kaufte sich nach und nach ein Unternehmen zusammen. Weingut, Ferienwohnungen und dann den Palazzo an der Piazza. Tüchtige Person, aber eben eine *straniera*.«

»Beliebt?«

»Kann man so nicht sagen. Viele Leute nervt es hier, dass alles von Ausländern aufgekauft wird. Klar, einige verdienen prächtig. Aber die anderen fühlen sich allmählich fremd im eigenen Land.«

Laganà verschränkte die Hände hinter dem Kopf und kam zur Sache. »Bitte finden Sie heraus, ob sie Feinde hier hatte.«

»Ich bin zwar nur ein kleiner Provinz-*Maresciallo*, aber die Idee hatte ich auch schon«, brummte Bartolami. »Meine Leute hören sich bereits um.«

»Hm. Zwei Tote … beides Frauen … Ausländerinnen, die, aus einer völkischen Perspektive betrachtet, hier nichts zu suchen haben. *Maresciallo*, recherchieren Sie doch bitte mal, ob es gewaltbereite Neofaschisten in der Gemeinde gibt. Und wenn Sie schon dabei sind: Prüfen Sie nach, ob die Mafia hier schon auffällig wurde. Prostitution und Tourismus, das ist auch ihr Terrain. Womöglich stecken die Clans aus dem Süden, die in die Toskana eindringen, gerade ihre Reviere ab.«

»Nur weil Sie aus dem Süden kommen, brauchen Sie nicht gleich überall die Mafia am Werk zu sehen«, polterte Bartolami los. »Und Neofaschisten in der roten Toskana? Das glauben Sie doch selbst nicht. Bislang spricht nichts dafür, dass die beiden Taten zusammenhängen.«

»Nichts außer den Zeichen, die den Opfern eingeritzt wurden. Erst das L und jetzt das A. Ach ja, und dann wäre da noch dieses Amulett. 666. Das alles könnte auch auf Satanismus hindeuten. Wären Sie so freundlich, sich auch noch über Teufelsjünger in Ihrer Gemeinde kundig zu machen?«

Bartolami schwieg. Der Punkt ging an Laganà.

Endlich wurde Giada Bianchi hereingerufen. Sie sah sich um. In dem Verhörraum mit dem graugeäderten Linoleumboden saß der *Maresciallo*, der alte Macho, und schaute drein, als müsste er sich gleich einer Prostata-Operation unterziehen. Ihm zur Seite kämpfte der Carabiniere Brogi, nicht der Hellste der Truppe, mit einem Blatt Papier, das er in eine Olivetti-Schreibmaschine einspannen wollte. Und dann war da noch diese Frau mit den Model-Beinen, der griechischen Nase und dem angriffslustigen Blick unter schmalen, gewölbten Augenbrauen. Giada fand sie, gegen ihren Willen, sofort sympathisch.

»Giada Bianchi?«, fragte der *Maresciallo* unnützerweise, denn sie kannten sich. So groß war Morcone nicht.

»Kennen Sie den schon?«, antwortete Giada und sprudelte los: »Warum ist das Klopapier der Carabinieri doppelt so lang wie das gewöhnliche? – Weil auf der ersten Hälfte die Gebrauchsanweisung steht.«

»Was erlauben Sie sich …?«, brüllte Bartolami los. Laganà brachte ihn mit einer schneidenden Handbewegung zum Schweigen.

»*Signora* Bianchi, Sie brauchen hier kein *teatrino* aufzuführen«, sagte die Offizierin. »Ich merke auch so, dass Sie nicht so sein wollen wie alle anderen. Bestimmt haben Sie genauso wenig Zeit zu verlieren wie ich. Wie gut kannten Sie die Tote?«

Giada rieb mit dem Zeigefinger über ihren Nasenrücken. Dieser *capitano* war wie ein Tiger, geschmeidig, kraftvoll, tödlich. Das gefiel ihr. Sie änderte die Strategie, gab jetzt die brave Zeugin.

»Um es kurz zu machen: Ich kannte sie so, wie man sich in einem kleinen Ort kennt. Wir grüßten uns, plauderten mal beim Einkaufen im *alimentari* oder auf der Piazza. Ich war nie bei ihr zu Hause und sie nicht bei mir. Es imponierte mir, wie sie sich hier durchgesetzt hat. Aber ich mochte sie nicht besonders, weil sie so verbissen und ziemlich geldgierig war. Bin ich damit schon verdächtig?«

»Keine Spur«, lachte Laganà. »Es sei denn, Sie sind Neofaschistin, Mafiosa oder …«, der *capitano* blickte auf ihre Ohrringe, »… Satanistin.«

Die kleinen Hexen an Giada Bianchis Ohrläppchen begannen zu hüpfen. »Das, *Signora Capitano*, werden Sie selbst herausfinden müssen.«

»Job ist Job«, antwortete Laganà. »Welche Feinde hatte Ágnes Nagy im Ort?« Und dann, ohne ihr Zeit zu lassen: »Sie hat rasch ein Vermögen zusammengerafft. Dabei gab es doch Verlierer!«

Giada erschrak. Zum ersten Mal, seit ihr Nagys Leiche vor die Füße flog, musste sie an Antonio denken. Ja, er hasste die Nagy. Aber er war eine Seele von Mensch und ihr alter Freund. Sie musste ihn sofort aus der Schusslinie nehmen.

»Sie werden es ohnehin schnell herausfinden«, sagte Giada ruhig. »Nagy hatte etliche Feinde, weil sie sehr geschäftstüchtig, man könnte auch sagen: gerissen, war. Ihr Weingut, auf dem sie einen Agriturismo betrieb, gehörte einst der Familie Giusti. Der alte Giusti war ein Spieler. Er hat sein kleines Gut buchstäblich verzockt. So bekam es die Nagy. Für einen Spottpreis.«

»Und nun sinnt der alte Giusti auf Rache?«

»Jedenfalls nicht mehr hier. Er erhängte sich am Tag vor der Übergabe in seinem Weinkeller. Sein Sohn Antonio, unser Friseur hier, hasst die Nagy seither.«

»Er hat also ein Motiv.«

»Womöglich, wenn die beiden Morde nicht zusammenhängen. Doch sie gehören ja zusammen.«

Laganà war verblüfft. »Woher wollen Sie das wissen?«

»Nun, die *Signora* Nagy segelte mir geradewegs vor die Füße. Da kam ich nicht umhin, das Zeichen auf ihrem Unterarm zu sehen. Und auf der Brust der Leiche von San Rocco wurde ebenfalls ein Zeichen entdeckt.«

»Wie kommen Sie darauf?«

»Ich bin Journalistin. Ich habe meine Quellen.«

»Sie arbeitet für ein Drecksblatt namens *Maremmano*«, schaltete sich der *Maresciallo* ein. »Von uns hier erfährt sie gar nichts.«

Laganà ignorierte ihn. »Nehmen wir an, Sie hätten recht, und die Morde gehörten zusammen«, sagte sie unverbindlich. »Dann könnte Ihr Freund Giusti ein Doppelmörder sein. Womöglich war er ein Freier, der mit der Prostituierten in Streit geriet ... Und wenn einmal die Schranken gefallen sind ...«

»Niemals«, zischte Giada. »Antonio geht nicht zu Prostituierten.«

»Woher wollen Sie das wissen?«

»Ich weiß es eben.«

»So.«

»Er ist in mich verknallt, seit wir zusammen in die Volksschule gingen. Er würde nie eine Nutte anrühren.«

»Das eine schließt das andere nicht aus.«

»In diesem Fall schon. Und Sie? Sie sind sich also sicher, dass es ein Doppelmord ist.«

»Keineswegs«, fiel *Maresciallo* Bartolami ein.

»Ziemlich«, sagte Laganà gedehnt. »Wegen der Zeichen, die Sie ja selbst erwähnten.«

»Und das Motiv?«

Laganà seufzte. »Wir stehen am Anfang.« Dann spannte sich der Körper der Offizierin an. Wie ein Tiger vor dem Sprung, dachte Giada.

»Ich persönlich tippe auf Satanismus«, sagte Laganà. »Sie waren doch mal Satanistin, nicht wahr?« Dann, als sie Giadas verdutztes Gesicht sah, fügte sie hinzu: »Auch ich habe meine Quellen.«

Die beiden Hexen an Giada Bianchis Ohren schaukelten heftig, während sie den Kopf schüttelte. »So einfach wird es nicht, *Capitano*. Ja, ich weiß, welche Geschichten im Ort umgehen. Zugegeben: Ich hab als junges Mädel, bevor ich nach Rom gegangen bin, mal auf Hexe und mal auf Satanistin gemacht und mich mit Freunden nachts an der Schwefelquelle getroffen. Das war das Einzige, womit man noch provozieren konnte. Als Linksradikale, Fascho oder Feministin hätte ich keinen Hund hinterm Ofen hervorgelockt. Das war alles längst … Mainstream.«

»Und was haben Sie in der Abteiruine getrieben?«

»Uns splitternackt ausgezogen und gewartet, bis uns Satan besamte. Danach haben wir dann Transen an der Aurelia gefangen, dem Teufel geopfert und Amulette mit drei Sechsen danebengelegt, der Zahl des Tieres, des Antichristen. Zufrieden, *Capitano*?«

Laganà faltete die Hände über Mund und Nase und blickte Giada Bianchi lange an. Dann sagte sie: »Ich muss Sie bitten, sich als Zeugin weiter zur Verfügung zu halten und die Provinz nicht ohne meine Einwilligung zu verlassen. Wir sprechen uns wieder.«

»Amen.«

# ACHT

Sosehr Giada Bianchi das Provinzielle an Morcone nervte, so sehr liebte sie die Landschaft. Jetzt, im Frühling, wogten die Hügel der Südmaremma, mit ihren Höfen auf den Kuppen und den immergrünen Wäldern in den Senken, wie grüne Wellen vom Monte Amiata aus dem Meer entgegen. Giada lebte mit ihrem Sohn in einem winzigen Haus an der Stadtmauer. Der Blick aus dem Fenster ihres früheren Kinderzimmers unter dem Dach tröstete sie über einiges hier hinweg. Sie hockte sich auf den Schreibtisch, öffnete das Fenster, sog die Frühlingsluft ein und genoss den Duft der Akazien, die im Tal schon verblüht waren, weiter oben in den Hügeln aber noch ihre weißen Dolden wie Feenschleier aus dem Grün hängen ließen. Die Unruhe auf der nahen Piazza hatte sich gelegt. Die Morconesi saßen beim Abendessen, während der Fernsehsender Rai Tre Neuigkeiten zu den Morden brachte. Und da gab es nicht viel, jedenfalls nichts, was Giada nicht bereits wusste. Sie blickte über die Landschaft, schloss die Augen, horchte in sich hinein und erschrak, weil es dort drinnen brodelte wie in einem Geysir. Die Morde, ihr Auftrag für den *Maremmano*, die Befragung bei den *sbirri*, es war wohl selbst für sie etwas viel. Sie musste mit jemandem sprechen. Und ausgerechnet jetzt war Leo im Schullandheim. Sie rief ihn an.

»Mama, was gibt's denn?« Giada hörte im Hintergrund

Rufe, Gläserklirren, Musik. Sie kannte den Song: *»Non so più amare.«* Die *ragazzi* waren am Feiern. Disco-Abend, wie es zu ihrer Zeit geheißen hätte. Wahrscheinlich nannten sie es heute »Club-Abend«. Und natürlich war Leo sauer, dass seine Mutter ausgerechnet jetzt anrufen musste.

»Nichts Besonderes, wollte nur mal hören, wie es dir so geht, Leo.«

»Alles in Ordnung, Mama. Ich komm ja bald wieder. Ciao.«

Leo wurde flügge. Er war ein selbstbewusster und eigensinniger Junge, und er hasste es, wenn ihn seine Mutter wie ein Kind behandelte. Aber er war doch auch noch ein Kind, ihr Leo. Und konnte er nicht auch ein bisschen respektieren, was seine Mutter alles für ihn aufgegeben hatte? Rom, *la dolce vita*, eine Journalistenkarriere ... Giada merkte plötzlich, dass sie ihr *telefonino* noch immer in der Hand hielt.

Drei Minuten später saß sie in ihrem Auto und zuckelte die Hügelstraße Richtung Scansano hoch. Wobei Auto etwas hochgegriffen war. Giada hatte eine *ape* von ihren Eltern geerbt, ein dreirädriges Rollermobil. Ein Freund aus ihrer Schulzeit, der heute als Automechaniker arbeitete, hatte das Gefährt auf ihre Bitte hin entrostet, knallrot lackiert und eine schwarze Rose auf die Front gespritzt. Vielleicht sollte sie ihn bitten, dachte sie, statt der Rose drei Sechsen draufzumalen, um die Carabinieri zu verwirren ...

Es war schon dunkel, als Giada Bianchi ihre *ape* auf dem Kiesplatz vor der Osteria Da Anna in dem Weiler Torrealta sechs Kilometer von Morcone entfernt abstellte. Der Kettenhund der benachbarten Ölmühle lärmte sofort los, was wiederum die Jagdhunde in ihren kleinen Drahtkäfigen außer Rand und Band versetzte. In der Gaststube glomm noch Licht. Maria Pianigiani saß in ihrem Lesesessel neben dem Kamin. Als Giada eintrat, legte die Wirtin ihr Buch zur Seite. *V. I. Lenin Che fare?* stand auf dem Einband. Giada schmunzelte. Die gute Maria war ihren politischen Überzeugungen treu geblieben und hatte keine der vielen Häutungen des *Partito Comunista Italiano* mitgemacht. Das war sie ihrem Vater schuldig, der 1944 als kommunistischer Partisan bei der Befreiung Grossetos von den Deutschen gefallen war. Und da Maria zwar nie über die Provinz Grosseto hinausgekommen war, aber über einen regen Geist verfügte, vertrieb sie sich die Zeit neben dem Kochen in ihrer Osteria mit der Lektüre kommunistischer Klassiker, die ihr der Vater hinterlassen hatte. Außerdem leitete sie die Ortsgruppe des *Partito della Rifondazione Comunista* von Torrealta, deren einziges Mitglied sie war.

»Maria, ich muss mit dir reden, sonst platzt mir der Kopf«, sprudelte es aus Giada heraus.

»Was ist denn mit dir los, mein Kind, du siehst ja ganz verstört aus.«

»Weißt du denn nicht …«

Nein, Maria Pianigiani hatte noch nichts mitbekommen von der Toten auf der Piazza. Sie schaute wenig Fernsehen, und außer einer Bauernfamilie aus der Gegend waren an diesem Abend keine Gäste da gewesen.

Giada erzählte ihr alles, so wie sie es schon als Kind gehalten hatte, wenn sie etwas verwirrt hatte. Maria war für sie Freundin, Zweitmutter und Wahlgroßmutter in einer Person. »Und jetzt muss ich heute Nacht auch noch den Artikel für Nerozzis Schmierblatt schreiben. Aber schlafen kann ich sowieso nicht.«

*»Mondo strano«*, seufzte Maria, »seltsame Welt. Alles gerät aus den Fugen. Selbst in unserer Maremma werden

nun die Leute umgebracht. Aber jetzt mach ich dir erst mal was zu essen.«

Ohne auf den pflichtschuldigen Widerstand Giadas zu achten, wuchtete sie ihren schweren, alten Körper aus dem Sessel. Während sich Maria in der Küche zu schaffen machte, betrachtete Giada die Schwarzweißfotos an den Wänden aus Zeiten, als die Maremma noch *amara* war, bitter, rückständig, bettelarm und malariaverseucht. Ein Bild zeigte spindeldürre Burschen in zerschlissenen Hosen beim Holzaufschichten. Da merkte Giada, wie hungrig sie war.

»Setz dich, mein Kind, das wird dir guttun. Heiß, kräftig, aber nicht zu schwer für diese späte Stunde.«

Giada hob mit einer Serviette den Deckel von dem Tontopf und schnupperte. Ein Eigelb, Tomatenstücke, Brotbrocken, Zwiebeln, Sellerie und Flocken sich auflösenden Pecorinos schwammen in dem würzigen, nach Olivenöl duftenden Sud. *Acquacotta*, die Arme-Leute-Suppe der Maremma. Maria machte sie schlicht und einfach, ohne den modischen Schnickschnack der jungen toskanischen Gabel-Köche, die Spargel, Rosenblätter oder, im Herbst, Steinpilze hinzufügten. Giada liebte die alte Maria auch dafür. Sie ließ es dankbar zu, dass die Wirtin zu einer Flasche Morellino griff, dem Blut dieses Landes, und merkte, wie sie sich langsam entspannte und den weichen, kraftvollen Rotwein, die Suppe und das Plaudern mit Maria genoss. Dann fuhr Antonio Giusti vor.

Grußlos polterte der Friseur herein, wobei er mit dem Kopf fast den Türsturz rammte. Giusti lief auf Giada zu, fuchtelte mit den Armen und schrie: »Hast du den Arsch offen, Gia'? Was fällt dir ein? Mich derart bei den Bullen anzuschwärzen. Weißt du, was die gemacht haben? Aus der Wohnung geklingelt haben die mich und wie einen

Verbrecher auf die Wache geschleppt. Mich. Wie einen Verbrecher … Als ob ich die Nagy gekillt hätte, die hinterhältige Schlange. Als ob ich so blöd wäre. Wo doch der Verdacht wegen der Sache mit meinem Vater sofort auf mich fallen würde. Und da musst du die mit der Nase auf mich stoßen, Verräterin …«

Die Wirtin stellte sich wie ein Wellenbrecher zwischen den Rasenden und Giada. Dann hielt sie ihm ein Glas Morellino hin. Giusti schob ihre Hand wütend beiseite. »Du hältst dich da raus, rotes Ungeheuer, Partisanenbastard!« Die Familie Giusti hatte während des Faschismus auf der anderen Seite gestanden. Antonios Großvater diente dem Duce als *podestà*, als Bürgermeister von Morcone, während Marias Vater in der Resistenza kämpfte. Die alte Fehde wirkte bis heute fort, wie ein Fluss, der im Karst verschwindet, unterirdisch weiterfließt und plötzlich wieder an die Oberfläche quillt.

Nun sprang Giada auf. Eine heiße Welle brandete ihr ins Gesicht, ihr Herz hämmerte unter ihrem Sweatshirt. Sie brüllte den Friseur an: »Hast du zu viel am Festiger geschnüffelt, du Vogelscheuche, du faschistische?« Sie griff nach der Flasche Wein auf dem Tisch. »Wenn du noch einmal Maria beleidigst, fliegt dieser Tropfen an deine Birne. Gerade weil ich wusste, dass der Verdacht auf dich fallen würde, habe ich den Bullen von der Sache mit Nagy und deinem Vater erzählt, um ihnen dann zu erklären, dass du als Täter ausscheidest. Weil es doch ein Doppelmord war und du …«

»Wie bitte? Du hast mich auch noch mit einem Doppelmord in Verbindung gebracht?« Antonio Giusti begann zu zittern. »Ich habe dich geliebt, Giada, seit wir zusammen in die Volksschule gingen. Ich habe dich weitergeliebt, obwohl ich wahrscheinlich der Einzige in diesem Kaff war, der nicht bei dir landen konnte. Ich habe dir die Treue gehalten in all den Jahren, die du in Rom warst …« Dem Friseur schossen Tränen in die Augen. »Und ich habe immer geglaubt, wir könnten einmal zusammenkommen, später, wenn du ruhiger geworden bist.« Antonio schnappte nach Luft. »Und jetzt stempelst du mich zum Doppelmörder! Du kannst mir künftig gestohlen bleiben, Gia', samt deinem roten Nilpfe…«

»Du kapierst überhaupt nichts«, schrie Giada. Die Weinflasche schoss wenige Zentimeter an Giustis linkem Ohr vorbei und zerbarst an einem hölzernen Joch an der gegenüberliegenden Wand.

# NEUN

Robert Lichtenwald nahm sein Allergiespray für die Nase und machte sich daran, Blütenblätter der Glyzinien von der Natursteinterrasse zu fegen. Er arrangierte die Terrakottatöpfe neu und bewunderte seine Engelstrompeten, die hier schon viel früher blühten als zu Hause in München. Fortan würde er in der lauen Abenddämmerung hier sitzen und den berauschend-schweren Duft der weißen Trompetenblumen einatmen, die für ihn für den Süden standen, seit er sie zum ersten Mal als Kind während eines Urlaubs an der ligurischen Riviera gerochen hatte. Davon hatte er geträumt, deshalb hatte er sich vor zwei Jahren so für den Kauf und die Restaurierung dieses Rusticos eingesetzt. Wie hätte er ahnen können, dass er diese mediterranen Abende nun alleine hier verbringen würde. Ohne Stefanie, ohne Lea.

Lichtenwald ging in die Küche und drapierte auf einem Teller den geschmeidigen Toskana-Schinken, den er unten in Talamone gekauft hatte. Da erlosch der Sonnenstreifen, der durch die Küchentür auf die Granitspüle fiel. *»Buon giorno, Dottore«*, sagte eine sanfte Stimme.

Lichtenwald drehte sich um und sah einen Hünen in der Küche stehen. Sein kahler Schädel reichte fast bis zur Decke. Hellbraunes Leinenhemd, Khakihosen, Sandalen. Der Riese streckte seine Rechte aus, die Lichtenwald zögernd ergriff.

»Ich bin Luigi La Torre. Meine Freunde nennen mich ›der Philosoph‹. Aber das ist untertrieben«, sagte die sanfte Stimme, die nicht aus diesem Körper zu kommen schien.

Lichtenwald ahnte, dass er gerade kein besonders intelligentes Gesicht machte, denn der Fremde brach in Gelächter aus. »Sie dürfen es nicht zu ernst nehmen, was ich daherrede. Ich bin ein alter Mann und lebe seit langem allein in einem Taubenschlag. Da kann man wunderlich werden.«

Der Conte hatte Robert Lichtenwald von dem Philosophen erzählt, der auf seinen Ländereien hauste. Die beiden waren in Grosseto zusammen aufs Gymnasium gegangen und hatten in Pisa gemeinsam studiert. Jahrzehnte später, als der Conte auf das verwahrloste Gut seiner Vorfahren zurückkehrte, trafen sie sich wieder. La Torre lebte in einer *colombaia*, einem runden Taubenturm, den der Großvater des Conte in Apulien entdeckt und hier hatte nachbauen lassen. Alle Versuche des Conte, seinen alten Freund zum Umzug in eines der Bauernhäuser des Guts zu bewegen, waren vergeblich. La Torre entgegnete jedes Mal: »Wenn Diogenes in einer Tonne lebte, ist eine *colombaia* Luxus genug für mich.« Der Taubenturm helfe ihm, seine Gedanken fliegen zu lassen.

Lichtenwald war neugierig auf diesen Mann. Und er wollte ein gutes Verhältnis zur Nachbarschaft aufbauen, so wie er es immer gehalten hatte. Also hatte er den Conte zum Brunch eingeladen und ihn gebeten, La Torre mitzubringen.

»Sie haben aber prächtige Engelstrompeten«, sagte der Gast, als er sich an dem Bistrotisch auf der Terrasse niederließ. »Die werden Sie ganz schön einnebeln diesen Sommer.«

»Sie kennen Engelstrompeten? Es sind meine Lieblingsblumen.«

»Interessant. Betörend und giftig. Wie die Frauen …«

Robert Lichtenwald goss Espresso in zwei Tässchen. Er fühlte sich ein wenig unwohl, weil sein Italienisch nicht ausreichte, der Ironie La Torres auf Augenhöhe zu begegnen. »Sollen wir schon mal anfangen mit dem Frühstück? Oder auf den Conte warten?«

»Allgemein ist die Hast, weil jeder auf der Flucht vor sich selbst ist.«

»Epikur?«, fragte Lichtenwald.

»Nietzsche«, antwortete La Torre.

Nun hörten sie Schritte, die sich auf dem Feldweg näherten. Kurz darauf tauchte der Conte auf. Er bedankte sich für die Einladung und musterte Garten und Terrasse. Seine Leute kümmerten sich um das Rustico, wenn Lichtenwald in Deutschland war. »Gut haben Sie Ihre Pflanzen in Schuss«, brummte er anerkennend. Doch Lichtenwald fiel auf, dass er ungewöhnlich schlechter Stimmung war. »Sie haben schon davon gehört?«, fragte der Conte nun, nachdem er an seinem *caffè* genippt hatte.

»Wovon?«, fragte La Torre, während Lichtenwald Schälchen mit Papayastücken auf den Tisch stellte.

»Na, von dem Mord.«

»An der Aurelia?«

»Es gab gestern Abend einen zweiten Mord. *Signora* Nagy, die Ungarin, fiel tot aus dem Palazzo an der Piazza. Die Zeitungen sind voll davon. Es wird wild spekuliert. Angeblich steckt die Mafia hinter beiden Morden. Der Ungarin sollen übrigens Geldstücke aus dem Mund gekullert sein, das haben Augenzeugen der Presse erzählt. Und Würgemale am Hals habe sie auch gehabt.«

»Das ist ja furchtbar«, sagte Lichtenwald erschüttert,

»zwei Morde in so einer kleinen Gemeinde? Da müssen die Leute ja außer sich sein.« Leise fügte er hinzu: »Und ich wollte hier meinen Frieden finden.«

»Wer Mord und Schmerz sät, kann nicht erwarten, Liebe und Freude zu ernten«, sagte La Torre.

»Was wollen Sie denn sagen?«, entfuhr es Lichtenwald.

»Nicht ich. Pythagoras. Aber was damals galt, gilt auch heute: Wir alle leben über unsere Verhältnisse. Essen importierte Papayas, statt uns an heimischen Erdbeeren zu erfreuen, um nur ein Beispiel zu nennen. Und je mehr wir verzehren, umso hungriger werden wir.«

»Da hast du leider recht«, antwortete der Conte. »Wir überfordern nicht nur die Erde, sondern auch uns selbst. Zu viel Tempo, zu viel Wandel. Und zu viele Verlierer.«

»Wozu Sie und ich ja eher nicht zählen«, sagte Lichtenwald gereizt, während er eine ausgreifende Armbewegung machte – sein Haus, der gedeckte Tisch, die Rebgärten und Weizenfelder des Conte rundherum. War es nicht wohlfeil, ständig nur das Leid der Welt zu beklagen? Hatten die Glücksverwöhnten nicht die Pflicht, glücklich zu sein? Immerhin war Glück ansteckend. Genauso wie Unglück. Laut deklamierte er: »Lebt und liebt in Jugendwonne, bald schon modern wir im Grunde …«

»Epikur?«, fragte La Torre erstaunt.

»Nein, Luigi, das müsstest du doch wissen«, warf der Conte ein. »Lorenzo de Medici, *il Magnifico*. Er wurde nur dreiundvierzig Jahre alt. Und bald nach seinem Tod musste Florenz vor den anrückenden Franzosen kapitulieren. Ein bisschen weniger carpe diem wäre vielleicht besser gewesen …«

»Was machen Sie eigentlich so den ganzen Tag über in Ihrem Taubenschlag?«, wandte sich Lichtenwald jetzt an La Torre.

Der Philosoph machte sich gerade über die Papaya her. »Ich denke nach. Über mich. Über andere. Über das Leben.«

»Dann haben wir ja was gemeinsam. Aber wovon leben Sie, während Sie über das Leben nachdenken?«

»Das bisschen Brot und Wein, das er braucht, bekommt er von der *tenuta*. Das hat Luigi mehr als verdient. Schließlich kann sich nicht jedes Landgut rühmen, einen eigenen Philosophen zu haben«, sagte der Conte vergnügt. Doch dann verdüsterte sich seine Miene wieder. »Diese Morde. Dabei läuft eigentlich alles so erfreulich hier. Mein Gut kommt in Schwung. Und mit den Gewinnen kann ich mein Projekt weitertreiben …«

»Ihr Projekt?« Lichtenwald schob seinen Teller beiseite und beugte sich vor.

»Emanuele sucht im Großen, was ich in meiner *colombaia* längst habe«, sagte La Torre, während er mit der Messerspitze eine Fliege rettete, die in seinen Orangensaft gefallen war. »Harmonie, Schönheit, das richtige Leben. Also muss Morcone dran glauben, der Ort seiner Väter. Emanuele möchte daraus ein Musterdorf machen. Wo alle nett miteinander umgehen und im Einklang mit sich und der Natur leben. Sie kennen die Fresken von der guten Regierung im Rathaus von Siena?«

Lichtenwald nickte. Er hatte sich die berühmten allegorischen Bilder Ambrogio Lorenzettis im »Saal des Friedens« schon öfter angesehen.

»So ungefähr, wie Lorenzetti die Effekte einer guten Regierung dargestellt hat, mit fruchtbaren Feldern und heiteren Menschen, stellt sich der Conte sein künftiges Morcone vor. Deshalb verwendet er sein Geld, um den Ort zu verschönern. Haben Sie gesehen, wie prächtig die Stadtmauer restauriert ist? Daran hat er sich beteiligt. Und die Fassade der Kirche Santa Lucia geht allein auf sein Konto. Der Kindergarten bekommt Hilfe von ihm, und die Seniorengruppe genauso. Die Sache hat nur einen Haken: die Morconesi. Sie tun Emanuele einfach nicht den Gefallen, zu besseren Menschen zu werden. Und jetzt kommen auch noch diese Morde hinzu. Kein Wunder, dass das unserem Freund die Stimmung trübt.«

»Aber vielleicht haben die Morde ja gar nichts mit Morcone zu tun«, versuchte Lichtenwald ihn aufzumuntern. »Die Opfer stammen doch nicht von hier.«

»Da habe ich meine Zweifel«, sagte der Conte. »Klar, unten an der Aurelia, das könnte irgendwer gewesen sein. Aber im Palazzo Aldobrandeschi an der Piazza, im Herzen Morcones? Wie sollte ein Fremder überhaupt in das Haus gekommen sein? Nein, dieser Mörder muss einer von hier sein.«

Die drei waren so in ihr Gespräch vertieft, dass sie die gelbgrüne Schlange nicht bemerkten, die vom Garten her über die Terrasse mäanderte und in einem Loch unter dem Steintrog mit den Kräutern verschwand.

Giada Bianchi hatte bis in den frühen Morgen an ihrem Artikel für den *Maremmano* gearbeitet. Die Szene in Marias Osteria hatte sie verstört. Nicht, dass sie Antonio irgendwie verdächtigte, sie wusste doch, dass er im Grunde ein sehr guter Kerl war. Aber diese Gereiztheit, dieser so rasch auflodernde Zorn zwischen ihnen beiden; und dabei waren sie so alte Freunde. Die Morde hatten sie alle aus der Balance gebracht. Morcone war nicht Neapel, Chicago oder Bogotá. Ein Mord hier hatte eine Wirkung wie anderswo ein Vulkanausbruch. Hoffentlich fanden die Carabinieri bald den Täter. Oder die Täter. Die Offizierin hatte schon recht: Zwei Leichen mit eingeritzten Buchstaben, da musste es einen Zusammenhang geben. Ein »L« und ein »A« … A wie *assassino*, Mörder? Könnte sein. Aber das »L« – keine Ahnung. Es war ja auch nicht ihre Aufgabe, das Rätsel zu lösen. Dafür gab es die Polizei. Und doch spürte sie diese Erregung, die sie von früher kannte, wenn sie als Journalistin in Rom an einem wichtigen Fall saß. Nun, zumindest hatte sie jetzt schon einmal einen blitzsauberen Artikel für den *Maremmano* geschrieben, der immer dienstagabends erschien. Nicht so ein Geschwafel, wie es zu viele ihrer Kollegen liebten, so ein Gewirr aus Behauptungen, Spekulationen, erfundenen Zitaten, Rückblenden und Anspielungen, in dem man die Fakten mit der Lupe suchen musste. Sie dagegen hatte den Artikel über die beiden Morde so geschrieben, dass er auch im *Guardian* oder der *New York Times* abgedruckt werden könnte. Jedenfalls war sie mit sich zufrieden, als sie um ein Uhr endlich aus dem Bett kam. Gut, dass sie am Abend noch ihre Freundin Mara gebeten hatte, heute für sie im Laden zu stehen.

In diesem Moment fiel ihr ein, dass sie etwas anderes vergessen hatte. Die Italienischstunde mit dem Deutschen. *Porca miseria*, verdammt, daran hatte sie nicht mehr gedacht. War ja auch klar, angesichts des Mordes an der Nagy. Dreißig Euro pro Stunde hatte sie mit dem reichen Kerl ausgemacht. Da konnte sie mit Leo essen gehen, wenn er vom Schullandheim zurückkam. Und, wer weiß, vielleicht brauchte der Deutsche ja regelmäßig Stunden. Sah so aus, als wollte er eine Weile in Morcone bleiben. Giada Bianchi betrachtete sich nach dem Duschen im Spiegel und beschloss, ein bisschen Sport würde ihr guttun. Also ließ sie die *ape* stehen und holte ihr Trekkingrad aus dem Keller. Eine Viertelstunde später strampelte sie den Feldweg auf der Tenuta di Montecivetta entlang, den ihr der Deutsche beschrieben hatte.

Es war heiß jetzt, am frühen Nachmittag. Robert Lichtenwald saß im Schatten einer Pinie und las *La Storia* von Elsa Morante. Herrlich, für dicke Romane Zeit zu haben – wie einst als Student. Sachte Schritte ließen ihn aufblicken. Vor ihm stand, etwas außer Atem, eine Frau in dunkelblauen Leggings und weißem Herrenhemd. Er erkannte sie im ersten Moment nicht. Sie hatte ihre Haare straff zurückgebunden, so dass ihr graziler Hals und die klaren Züge voll zur Geltung kamen. Gewölbte Stirn, große, mandelförmige rabenschwarze Augen unter gezupften Brauen, die aussahen wie Möwenschwingen, hohe Wangenknochen, eine leichte Stupsnase, volle, aber nicht übertrieben volle Lippen und kurzes, aber weich abgerundetes Kinn. Ihr Teint war klar, ihre Wangen von der Anstrengung gerötet. Winzige Schweißperlen zeigten sich unter ihrem Haaransatz. Sie erinnerte ihn an jemanden … an die Carmen aus dem Film von Carlos Saura. Wer war diese Erscheinung? Hatte sie der Himmel geschickt? Oder der Teufel? Dann fiel sein Blick auf die Hexen an ihren Ohrläppchen.

»Ciao. Tut mir leid, dass ich Sie gestern Abend versetzt habe. Aber Sie wissen sicher, was passiert ist.«

»Der Conte hat es mir erzählt. Und dann habe ich im Internet darüber gelesen. Ein scheußliches Verbrechen. Sie kannten das Opfer bestimmt.«

»Flüchtig. Sie war keine Freundin.«

»Die Online-Zeitungen schreiben, wahrscheinlich stecke die Mafia dahinter. Oder eine Gruppe von Neofaschisten. Ich wusste gar nicht, dass Neofaschisten in Italien noch eine Rolle spielen.«

»Politisch bislang kaum. Aber es gibt sie, und sie bekommen Zulauf, wegen der Krise, den Flüchtlingen, Europa und so. Doch geben Sie bloß nicht zu viel darauf, was diese Zeitungen schreiben. Sie schreiben besonders viel, wenn sie wenig wissen.«

»Woher wissen Sie das?«

»Ich schreibe selber gelegentlich für eine, so neben meiner Arbeit im Laden.«

»Und was würden Sie über diese beiden Morde schreiben?«

Giada Bianchi lachte. »Das können Sie heute Abend im *Maremmano* lesen. Aber … ich will Sie nicht schmoren lassen: Die Polizei hat keine heiße Spur. Sie hegt einen gewissen Verdacht gegen den Friseur, aber das ist Unsinn. Sicher ist nur, dass beide Leichen mit Buchstaben gekennzeichnet wurden, einmal mit ›L‹ und einmal mit ›A‹. Sie wurden ihnen ins Fleisch geschnitten.«

Robert Lichtenwald hörte ihr aufmerksam zu. Sie standen mittlerweile auf der Terrasse und genossen die Aussicht. Doch nun packte ihn dieser Mordfall. Auch die zweite Tote mit einem Buchstaben gezeichnet – das war in der Tat bizarr. Robert fröstelte plötzlich in der Nachmittagswärme.

»Wurden die Buchstaben den Opfern schon vor ihrer Ermordung eingeschnitten oder danach?«, hörte er sich fragen. »Haben die Carabinieri das schon herausgefunden?«

»Keine Ahnung«, sagte Giada Bianchi. »Lässt sich denn so was ohne weiteres feststellen?«

»Ohne weiteres nicht. Das bedarf einer genauen Untersuchung. Dabei geht es um die Blutung. Wunden bluten, solange der Kreislauf noch funktioniert, der Mensch also lebt. Schnittwunden bluten allerdings oft nur wenig.

Manchmal können auch Wunden bluten, die postmortal, also nach dem Tod zugefügt wurden. Generell gilt aber: Das vergossene Blut eines lebenden Menschen gerinnt, Leichenblut nicht. Kurz nach dem Tod ist allerdings auch Leichenblut noch gerinnungsfähig. Daher sind weitere Untersuchungen nötig ...« Robert Lichtenwald merkte, dass er dozierte, und verstummte. Die junge Frau sollte ihn nicht für einen »typisch deutschen« Besserwisser halten, der er womöglich war.

Giada Bianchi zog die Augenbrauen hoch und blickte ihn an. »Sie sind vom Fach? Ein Arzt vielleicht? Den könnten wir hier brauchen. Der alte *Dottore* Pera ist nicht mehr *up to date*, und die Wartezeiten sind furchtbar lang. Kann ich mal meinen Sohn bei Ihnen vorbeischicken? Er klagt ständig über Kopfschmerzen. Außerdem«, die junge Frau lachte, »leidet er an Pubertät.«

Jetzt war Robert Lichtenwald überrascht. »Sie haben einen Sohn in der Pubertät? Sie sehen so jung aus.«

»Jugend schützt vor Torheit nicht.« Giada Bianchi zuckte mit den Achseln. »Nachdem ich aus Morcone abgehauen und nach Rom gegangen war, hatte ich meine wilden Jahre. Viel gefeiert, getrunken und so. Da hab ich schon mal die Pille vergessen. Warum ich dann nicht abgetrieben habe? Nun, ich mag Babys. Leider werden sie größer.« Giada Bianchi lachte wieder, und Robert Lichtenwald lachte mit. Dann spürte er ein flaues Gefühl im Bauch. Wann hatten er und Stefanie zuletzt so miteinander gelacht. Die letzten Monate – oder waren es Jahre? – war es nur noch ein Kampf gewesen.

»Also, kann ich Ihnen Leo schicken?«

»Gern zum Deutschunterricht. Dann wären wir quitt. Aber nicht zur Untersuchung. Ich bin kein Arzt, und Pubertät kann ich auch nicht heilen.«

»Was sind Sie dann? Ein *sbirro*, äh, Polizist? Staatsanwalt?«

»Fast. Aber ich verfolge keine Menschen und klage sie auch nicht an. Ich verteidige sie.«

»Was nicht immer besser ist. Wenn ich zum Beispiel an unsere Politiker denke … oder an die Hurensöhne, die die nigerianischen Nutten an der Aurelia ausbeuten … oder an den *stronzo*, das Arschloch, das mich mit Leo hat sitzenlassen …«

»Ich muss schon lange keine *stronzi* mehr vertreten. Ich verteidige nur noch Mandanten, von denen ich annehme, dass sie es verdienen. Und: kein Blut mehr, keine Sexualdelikte, keine Drogen.«

»Sondern?«

»Wirtschaftsstrafrecht.«

»Um Himmels willen! Das sind die Schlimmsten.«

»Aus der Ferne betrachtet vielleicht. Aber wenn Sie sie näher kennenlernen, dann sind es oft verzweifelte, ausgebrannte Menschen, deren Leben in Scherben liegt und die nie gelernt haben, dass es außer Erfolg, Macht und Geld noch andere Dinge im Leben gibt.«

»Und damit Sie nicht so enden, haben Sie sich für viel Geld ein Rustico in der Toskana gekauft?«

»Unter anderem deshalb.«

»Warum noch?«

»Ist das ein Verhör?«

»Nein, eine Recherche!« Giada musste wieder lachen. Dieser Toskanadeutsche war gewiss auch nur ein Snob mit Sehnsucht nach dem Süden. Aber etwas in seinen Augen deutete noch auf etwas anderes hin. Etwas Trauriges oder Verletzliches. Als ob da ein Geheimnis wäre. Und Geheimnisse hatten sie schon immer angezogen. Allerdings gab es derzeit ein viel dringenderes Mysterium zu entschlüsseln.

»Da Sie Strafverteidiger sind: Was halten Sie also von der Sache mit den Zeichen auf den Leichen?«

»Womöglich wollte der Täter die Ermittler verwirren und auf eine falsche Fährte locken. Oder er wollte eine Botschaft aussenden, die entschlüsselt werden soll. ›L‹ und ›A‹ scheinen jedoch noch keinen Sinn zu geben. ›La‹, ›Al‹ … Vielleicht ist das nur der Anfang eines Wortes?« Ihm schauerte bei der Vorstellung, was das bedeuten würde. Dann sagte er: »Es könnte sich aber auch um etwas anderes handeln … aber … das ist zu abseitig.«

»Jetzt sagen Sie schon, *Avvocato*!«

»Nun – es könnte sich um ein Ritual handeln. Um Ritualmorde. Aber hier? In der Maremma? Wenn das Sein das Bewusstsein mitbestimmt, müssten hier vor allem heitere, ausgeglichene Menschen leben.«

»Haben Sie eine Ahnung! Eine Quelle hat mir übrigens erzählt, dass neben der Leiche an der Aurelia ein Amulett aus drei Sechsen gefunden wurde. Sechs, sechs, sechs.«

»666? Das ist die Zahl des Antichristen. Das könnte zu *des Pudels Kern* führen«, Letzteres sagte er auf Deutsch, »wenn nicht gerade das ein Teil der falschen Fährte ist.«

»Wie bitte?«

»Ich dachte nur an einen deutschen Dichter, Goethe … *Faust*, da geht es um einen Hund.«

»Ah, ich verstehe, der schwarze Hund …«

»Sie kennen *Faust*?«

»Nicht gelesen. Aber gesehen. In einem kleinen experimentellen Theater im Re-di-Roma-Viertel von Rom.«

»Sie beeindrucken mich.«

»Das war nicht meine Absicht.« Giada hatte inzwischen ihre orangefarbenen Haare gelöst und kräftig zerzaust. Sie sah jetzt nicht mehr aus wie Carmen, sondern eher wie ein Kobold. Die Hexen an ihren Ohrläppchen wippten.

Da kam Lichtenwald eine Idee. »Warum tragen Sie eigentlich Hexen als Ohrringe?«

»Weil ich eine bin. So halte ich die Tradition hoch in Morcone. Das war immer eine Hochburg der Hexen.«

»Wie entzückend.«

»Nein, nein, ich mache keine Witze.« Sie deutete Richtung Meer. »Da unten liegt die Ruine einer alten Abtei. Gleich daneben steht ein uralter, total verwachsener Olivenbaum, der *Olivo della Strega*. Er soll dreitausend Jahre alt sein und ist der älteste Baum der Toskana, ja vielleicht ganz Europas. Im Mittelalter trafen sich dort alle Hexen der Maremma zum Hexensabbat. Sie tanzten wie toll um den Baum und zwangen ihn so, sich in alle Richtungen zu verrenken und zu verdrehen. Daher sieht er jetzt so aus, wie er aussieht. Wenn Sie in der Abenddämmerung kommen, wenn die Schatten lang sind, schauen Gesichter aus dem Stamm.«

»Eine tolle Geschichte.«

»Sie glauben nicht daran? Vielleicht führe ich Sie einmal dorthin.«

»Ich war schon dort. Zusammen mit dem Conte. – Aber sagen Sie: Tanzten Sie auch um diesen *Olivo della Strega*?«

»Früher. Mit ein paar Freundinnen. Um die Alten im Ort zu schocken und die Jungs zu foppen. Ein Kinderspiel. Ungefähr so.« Sie zog ihre Turnschuhe aus und begann auf der Terrasse herumzuhüpfen, wobei sie einen Ritt auf einem Besen imitierte.

»Sie sind also gar keine richtige Hexe«, sagte Lichtenwald in gespielter Überraschung.

»Wer weiß«, sagte Giada. »Aber da Sie ein richtiger *avvocato* sind und jetzt hier sicher sehr viel Zeit haben: Wollen Sie mir nicht bei diesem Fall helfen? Ich werde weiter im *Maremmano* darüber berichten …«

»Um Gottes willen, nein!« Robert Lichtenwald streckte die Hände von sich. »Ich bin hier, um zu klären, wie ich mein Leben künftig führen will, das beansprucht mich vollkommen. Mir ist kein bisschen langweilig. Die Strafrechtsfälle, die ich bearbeitet habe, reichen für mehr als ein Leben. Möchten Sie auch etwas trinken?«

Lichtenwald ging in die Küche, öffnete zwei *San Pellegrino Limonata*, goss sie in Gläser, steckte Strohhalme hinein und trug sie hinaus. Giada nahm ein Glas und sog begierig am Strohhalm. »Fehlt nur noch *menta*«, sagte sie. Sie blickte sich um, ging zu dem Trog mit den Gewürzkräutern und bückte sich, um ein paar Blätter von dem Pfefferminzstrauch zu pflücken. Plötzlich fühlte sie einen heftigen Schmerz an der Wade. Etwas Langes, Grüngelbes wuselte zwischen ihren Füßen. Giada sprang zur Seite, fasste sich mit der Rechten an die Wade und sah, wie die Schlange unter dem Trog verschwand. Eine ausgewachsene Zornnatter. Giada war nicht abergläubisch. Aber sie glaubte doch, dass es Dinge gab, die sich mit Menschenverstand nicht erklären ließen. Eine Zornnatter hatte sie gebissen. Warum?

Nachdem Lichtenwald die kleine Wunde desinfiziert und mit einem Pflaster versehen hatte, begannen sie doch noch mit dem Italienischunterricht. Und als sie damit fertig waren, verabschiedete Giada sich mit einem »Ciao, Robert. Du machst Fortschritte«. Und Lichtenwald antwortete: »Dank deiner Hilfe. Ciao, Giada.«

Auf der Fahrt nach Hause bremste Giada an einer Kurve abrupt ab. Das Licht war klar. Zu ihrer Linken blickte sie auf Morcone, das hinter seinen Mauern auf einem langgestreckten Hügel thronte. Vor sich sah sie die Halbinsel des Monte Argentario mit ihren Lagunenseen. Zur Rechten ragte die Tenuta di Montecivetta aus Weinbergen, Olivenhängen und Zypressen hervor. Was für ein Land! Giada ertappte sich dabei, wie gern sie die Maremma mittlerweile mochte. Unwirsch strich sie sich die Haare aus dem Gesicht. Sie wurde alt. Sie tippte eine Nummer in ihr *telefonino* und gab Nerozzi einige Änderungen für ihren Artikel durch.

# ZEHN

Der *Maremmano* erschien am Spätnachmittag mit der Schlagzeile: »Exklusiv: Die Morde von Morcone« und dem Untertitel: »Wie die Bluttaten von der Aurelia und der Piazza zusammenhängen – Von unserer Sonderkorrespondentin Giada Bianchi«.

In dem Artikel wurden Details der Ermittlungen erwähnt, die noch nirgends gestanden hatten: dass die getötete Prostituierte an der Via Aurelia ein Hermaphrodit war. Dass in beide Leichen mysteriöse Schriftzeichen eingeritzt waren. Und dass die Carabinieri neben dem Hermaphroditen ein Amulett mit den Ziffern 666, dem Zeichen des Satans, gefunden hatten. Einiges deutete damit auf Ritualmorde hin, womöglich begangen von einer satanischen Sekte. Die Zeichen könnten zugleich Teil einer Botschaft sein, einer Botschaft, die noch nicht fertig buchstabiert war. Der *Maremmano* würde weiter berichten.

Der Artikel brach in das beschauliche Morcone ein wie ein Wolf in eine Schafherde. Beim Bäcker, beim Friseur und natürlich auf der Piazza redeten sich die Leute die Köpfe heiß. Sie wussten, dass Giada ihre Quellen bei den Behörden hatte. Also musste was dran sein an dem Bericht. Der alte Carlo Carmine, dem die Baufirma Carmine F.lli Edile am Ortsrand gehörte, deutete mit seinem versilberten Spazierstock auf das Fenster des Palazzo Aldobrandeschi, aus dem Ágnes Nagy gestürzt war, und rief: »Das ist erst der Anfang, meine Freunde. Unser Ort ist von einem Teufel besessen, und wir haben es nicht anders verdient. Haben wir nicht gehurt und gesoffen, gerafft und betrogen, Völlerei getrieben und Gott geflucht? *Porca miseria*!« Die Hand des Alten, dürr wie eine Hühnerkralle, die den Stockknauf hielt, zitterte vor Erregung.

»Klappe, alte Unke! Du schreist nur das Unglück herbei«, herrschte ihn Massimo Ferrera an, der Besitzer der Immobilienagentur des Ortes. Schnell bildete sich um die beiden eine Menschentraube, jeder hatte irgendeine Meinung. Waren die Morde als Strafe Gottes über den Ort gekommen? Gewiss, riefen ein paar. Unsinn, hielten die meisten dagegen. So schlimm sei Morcone doch nicht. Es gehe hier vergleichsweise gesittet zu. Wenn Morcone gestraft würde, dürfe Rom gar nicht mehr existieren. »Genau«, fiel Massimo Ferrera ein. Im Vergleich zu Rom sei Morcone wie das himmlische Jerusalem. Zwei Engländer, die die Wappen an der Fassade des Palazzo Aldobrandeschi mit Hilfe eines Reiseführers studierten, schauten verdutzt auf den Aufruhr. »Die streiten bestimmt über Fußball«, sagte der Mann. »Typisch Italiener«, pflichtete ihm die Frau bei.

Ein kleiner Mann mit kurzen krausen Haaren, dessen Gesicht fast so dunkel war wie seine Soutane, trat aus der Kirche Santa Lucia auf die Piazza und gesellte sich zu der Gruppe. Don Désiré war vor zehn Monaten aus dem Bistum Popokabaka im Kongo nach Morcone geschickt worden, um den Italienern das Evangelium zu bringen, wie sein Bischof gesagt hatte. Die Italiener seien ein neuheidnisches Volk, das die Götzen Geld, Sex und Drogen verehre. Italien sei daher ein finsteres Land und schwieriges Missionsgebiet. Doch er, Désiré Lofotu Mutumbo, sei ein Auserwählter Gottes und werde, vielleicht, durchhalten.

Der Bischof hatte nicht übertrieben, dachte sich Don Désiré, während er den Aufruhr auf der Piazza beobachtete. Morcone hatte ihn mit einem afrikanischen Fest empfangen, bei dem die Mädchen des Kindergartens in Baströckchen tanzten und der *alimentari* Bananen und Kokosnüsse verschenkte. Für die musikalische Untermalung sorgten eine therapeutische Trommelgruppe aus Grosseto und eine an der Aurelia engagierte Afrikanerin, die das Lied *»Il coccodrillo come fa?«* schmetterte.

Dann folgte der Alltag. Zur Morgenandacht kam eine Handvoll alter Frauen, die Don Désiré nicht mehr zu missionieren brauchte, auch wenn ihn ihre ekstatische Heiligen- und Reliquien-Verehrung zu dem Schluss brachte, dass in Morcone das Christentum einfach auf ältere heidnische Bräuche aufgepfropft worden war. An den Sonn- und Feiertagen war die Kirche dagegen gut besucht, auch von den Jüngeren, doch Don Désiré hatte den Verdacht, dass dies mehr Ausfluss des Brauchtums denn der Frömmigkeit war. Im Alltag konnte er beobachten, dass sein Bischof recht hatte: Die Leute klagten ständig über zu wenig Geld, obwohl sie in Häusern mit Ziegeldächern, Klimaanlagen und vollen Vorratskammern lebten. Und, ja, einige nahmen Drogen, wie er den Spritzen im Gebüsch vor einem der Stadttore entnahm und dem süßlichen Geruch, der von einer Gruppe junger Leute ausging, die abends gern vor dem Kino herumlungerten. Und der Sex? Da wusste Don Désiré in seinen Briefen in die Heimat nichts aus eigener Anschauung zu berichten. Doch das, was ihm die armen Schwestern beichteten, die an der Aurelia arbeiteten, war mehr als genug.

Zu missionieren gab es also viel. Nur: Der Stamm der

Morconesi ließ all seine Versuche ins Leere laufen. Zu den Gebetsgruppen, Filmvorführungen und Vortragsabenden, die Don Désiré im Pfarrhaus organisierte, kamen immer die gleichen Alten, und manche hatte der Pfarrer im Verdacht, sie täten es in erster Linie wegen der Kekse, die er selbst buk. Wenn er die Leute direkt im Ort ansprach, etwa in der Bar gegenüber der Kirche, wo er sich ab und an ein Tonicwater gönnte, wichen sie ihm aus und ließen ihn bald alleine stehen. Nicht, dass er unfreundlich behandelt worden wäre. Doch die anfängliche Neugier hatte sich in ein gutnachbarliches Desinteresse verwandelt, das nur dank der Ministrantengruppe bisweilen aufgebrochen werden konnte. Manchmal fanden sich am Pfarrhaus morgens Schmierereien wie »Nein zu schwarzen Schafen – und schwarzen Hirten« und »Morcone ist kein Affenhaus«. Ausgerechnet der *parucchiere* Antonio Giusti, der so gern faschistische Sprüche klopfte, half ihm dann, das Gekritzel zu übertünchen. Seltsame Leute, die Morconesi. Widersprüchlich. Unberechenbar.

Don Désiré gesellte sich zu den wild gestikulierenden, durcheinanderredenden Leuten. Carlo Carmine zog jetzt ein Exemplar des *Maremmano* aus dem Lodenmantel, den er das ganze Jahr über trug, außer im Juli und August. Mit sich überschlagender Stimme las er aus der Zeitung vor, wobei er die Worte »Schriftzeichen«, »Ritualmorde« und »satanische Sekte« besonders betonte. Dann erinnerte er die Umstehenden daran, dass diese Erde schon immer verflucht gewesen sei. Hier stehe der *Olivo della Strega*. Und die Ruine der Abtei von San Rocco, von der ja bekannt sei, dass sich dort Satanisten träfen. »Gottes Fluch liegt auf Morcone«, zeterte er. »Wir sind gerichtet und werden bestraft.«

»Sie können doch nicht Gott für diese Scheußlichkeiten

verantwortlich machen«, mischte sich Don Désiré ein. »Was für ein Gott wäre das, der solche Verbrechen wollte? Jedenfalls nicht der Gott des Neuen Testamentes.«

»Halten Sie sich da besser raus und beten Sie«, blaffte ihn eine pummelige Mittvierzigerin an. »Was wissen Sie denn von Morcone …« Der Rest ging in Zwischenrufen der Umstehenden unter, die sich auf die eine oder andere Seite schlugen. Plötzlich trat ein Herr in cognacfarbenem Kordsakko hinzu und lüpfte den Hut. »Guten Abend miteinander. Was treibt ihr denn hier? Revolution?«

»Lesen Sie das da, Conte«, krächzte der alte Carmine. »Dann wissen Sie, was die Stunde geschlagen hat.«

Der Conte überflog den Artikel im *Maremmano* und murmelte dabei: »Seltsam … seltsam … auch auf der Nagy so ein Zeichen … eine Botschaft? Womöglich …« Laut sagte er: »Das ist in der Tat verstörend. Womöglich müssen wir mit noch mehr schlechten Nachrichten rechnen. Aber das mit der Botschaft und einer Satanssekte ist doch bislang nur Spekulation. Wichtig ist jetzt, dass wir ruhig Blut bewahren und zusammenstehen. Die Carabinieri werden ihre Arbeit tun. Bei so spektakulären Verbrechen ist der Ermittlungsdruck hoch.«

Die Umstehenden murmelten beifällig und zerstreuten sich bald.

*»Grazie«*, sagte der Pfarrer lächelnd. »Sie haben die Autorität, die mir fehlt.«

»Ach, Don Désiré! Wenn Sie wüssten, wie wenig meine Autorität vermag. Und ich stamme von hier, bin einer von ihnen … Wir müssen schauen, dass jetzt keine Hysterie ausbricht. Soweit das nicht schon der Fall ist.«

»Manche tun ja alles dafür«, seufzte Don Désiré.

»Sie meinen den alten Carmine? Den dürfen Sie nicht zu ernst nehmen. Er war mal ein tüchtiger Unternehmer.

Doch dann starb seine einzige Tochter, Donnata, bei einer Party in einer Villa unten am Meer, am Monte Argentario. Da wurde wohl viel Kokain geschnupft – und dann ging Donnata spät in der Nacht zum Schwimmen und ist nie wieder aufgetaucht. Seither sieht ihr Vater Gespenster und wähnt überall den Teufel am Werk.«

»Die arme Seele. Ich werde für sie beten. Aber was können wir tun, um die Leute zu beruhigen? Soll ich einen Bittgottesdienst abhalten, um den Herrn um Frieden für Morcone anzuflehen?«

»Das wird in diesem Fall nicht reichen. Ich kenne meine Morconesi. Die Idee von einer satanischen Sekte ist in Umlauf und wird von den Leuten fortgesponnen. Da müssen Sie einen kräftigen Zauber entgegensetzen. Kennen Sie die Abtei San Rocco?«

Der Pfarrer nickte. »Ich war mal mit dem Rad dort. Schöner Ort.«

»Schön schon. Aber verrufen. Im Volksmund heißt es, in der Gegend hätten sich früher die Hexen getroffen. Einige Jugendliche machten sich später einen Spaß daraus, das nachzuahmen, um ihre Eltern zu schocken. Und vor ein paar Jahren begannen ein paar junge Leute aus Grosseto, in der Ruine dem Teufel zu huldigen. Das artete aus, und eines Tages fanden Spaziergänger ein Schaf in der Apsis.«

»Es hatte sich verlaufen?«

»Es war gekreuzigt worden. Daraufhin war buchstäblich die Hölle los. Die Carabinieri ermittelten wegen Gotteslästerung, Diebstahls und Tierquälerei, die Presse putschte sich an den ›Bestien des Satans‹ auf, und am Ende bekamen zwei, drei Burschen Strafbefehle. Seitdem ist der Spuk vorbei. Doch jetzt …«

»Ich verstehe«, sagte Don Désiré. »Was soll ich tun?«

»Wie wäre es mit einer Prozession? Sagen wir kommenden Sonntagabend. Wir feiern erst Ihren Bittgottesdienst hier in Santa Lucia. Dann sammeln wir uns auf der Piazza zum Umzug. Vorneweg tragen vier kräftige Männer die Heiligenfigur Santa Lucias, dahinter folgen Sie und die ganze Gemeinde. Wir halten Kerzen in den Händen und singen, während wir hinunter nach San Rocco wandern. Zwei Stunden wird das dauern. Unten in der Abteiruine halten wir dann Andacht. Sie schwenken Weihrauch und spenden Weihwasser. Dann sind alle müde und hungrig, und ich gebe eine Brotzeit aus.«

»Sie haben Ideen, Conte! Eine Prozession gegen Satanisten und böse Gerüchte! Fördern wir so nicht noch den Aberglauben?«

»Ich weiß, ich weiß. Voltaire hat ja recht, wenn er sagt, der Aberglaube sei für die Religion, was die Astrologie für die Astronomie sei: die verrückte Tochter einer klugen Mutter. Nur, Don Désiré: Manchmal muss man dem Glauben des Volkes auf die Sprünge helfen. Ganz ohne Aberglauben kommen Sie dabei hier nicht weiter. Wir Italiener sind ein sinnliches Volk, wir wollen nicht nur verstehen, sondern auch begreifen.«

»Das darf aber nicht den Glauben verwässern. ›Ich bin der Weg, die Wahrheit und das Leben‹, sagt Christus. Die Wahrheit steht in der Mitte, im Zentrum.«

»Gewiss. Nur: Auch Christus verwendete Gleichnisse. Und er wirkte gesundheitspolitisch eher fragwürdige Wunder – die Verwandlung von Wasser in Wein zum Beispiel –, um der Wahrheit zum Durchbruch zu verhelfen.«

»Ich muss darüber nachdenken. Vielleicht haben Sie recht. Eine solche Prozession könnte unsere Gemeinde zusammenschweißen und zum Glauben führen. Aber werden die Leute mitmachen, Conte?«

»Das lassen Sie meine Sorge sein. Ich werde meine Ministranten aktivieren. Das ganze Dorf wird auf den Beinen sein.«

Giada mied die Piazza an diesem Abend, sie war Berichterstatterin, nicht Protagonistin. Besser, als auf der Bühne zu stehen, war es, im Hintergrund Regie zu führen und alle zu überraschen. Ihr Artikel hatte ordentlich eingeschlagen, sogar die TV-Nachrichten auf Rai Tre hatten sich darauf bezogen. Jetzt hatte sie sich einen Drink verdient. Sie näherte sich über die Seitengassen der Bar Roma und trat rasch ein. Es war laut und voll, Rossi hatte alle Hände voll zu tun, um Bier über den Tresen zu reichen, Weingläser zu füllen und Drinks zu mixen. Keiner bemerkte sie. Giusti ragte aus einer Gruppe junger Leute heraus, die natürlich nur über das eine diskutierte: die Morde von Morcone. »Nur weil die beiden Toten Ausländerinnen waren, stecken noch keine Faschisten dahinter«, erregte er sich. »Das wäre doch völlig kontraproduktiv. Gerade jetzt, wo die nationale Sache so viel Zustimmung erfährt … *Col Duce fino alla morte*«, rief er, ein wenig angetrunken, und reckte seine Bierflasche empor.

»Natürlich waren es Faschisten«, überschrie ihn ein Mann in olivgrünem Anzug, dessen Hemd drei Knöpfe weit offen stand. »Eure ganzen Hasskampagnen tragen jetzt Früchte, mörderische Früchte.« Dann begann er, während er sein Rotweinglas hochhielt, zu singen: *»Bandiera rossa trionferà«*.

Giada ging an den Tresen, holte ein paar zerknitterte Scheine aus der Gesäßtasche ihrer zerrissenen Jeans und bezahlte zur großen Überraschung Rossis ihre Schulden. »Dafür bekommst du heute einen doppelten Pisco Sour aufs Haus«, raunte er ihr zu. Giada nickte nur. Er machte sich ans Werk.

Plötzlich rief einer der Streithähne: »Da ist ja Giada! Ciao, Gia'!«

»Ciao, Gia'«, riefen nun alle und zogen die junge Frau in ihre Mitte. »Ist ja der Hammer, dein Artikel. Erzähl mal: Wer steckt hinter den Morden? Die Faschisten oder Satanisten?«

Giada Bianchi ließ die gespannten Blicke an sich abprallen und nippte ungerührt an ihrem Pisco Sour. Dann sagte sie: »Die Carabinieri gehen davon aus, dass der amerikanische und der russische Geheimdienst da gemeinsame Sache machen …«

Die Spannung im Raum wich fröhlichem Gelächter. Und dann fand die Runde sogar noch andere Themen als die Morde. Sie sprachen über den weithin berühmten Rosenmontagszug von Morcone, der im Februar wegen einer Terrorwarnung abgesagt worden war und nun – auf Drängen der Restaurant- und Ladenbesitzer – am 13. Juni nachgeholt werden sollte. Giusti versprach, an diesem Montag seinen Salon zu öffnen und jedem eine kostenlose Karnevalsfrisur zu verpassen.

Giada Bianchi ging früh, wenigstens für ihre Verhältnisse. Sie hatte nicht zu Abend gegessen, und der doppelte Pisco Sour zeigte Wirkung. Bevor sie ins Bett ging, brauchte sie noch ein wenig frische Luft. Sie schlenderte hinaus in die klare Nacht und trottete die Stufen zum Wehrgang auf der Stadtmauer empor. Oben war das Metallgatter verschlossen. Giada schwang sich hinauf und sprang auf der anderen Seite hinunter. Dann ging sie den Wehrgang entlang bis zur Plattform auf einem der Türme. In der Ferne sah sie die Lichtnester der Orte am Meer, Port'Ercole, Porto Santo Stefano. Der Mond spendete dem Wasser einen bläulichen Schimmer, und Giada freute sich darauf, schon bald wieder darin zu schwimmen und sich dann im glühenden Sand trocknen zu lassen. Erst jetzt merkte sie, dass sie fröstelte. Direkt unter ihr krümmten sich die Stämme und Äste der Olivenbäume, als hausten gemarterte Seelen in ihnen. Sie schloss die Augen und versuchte, an nichts zu denken. Und da wuchs das Gefühl in ihr an, dass da draußen, in den Hügeln, etwas lauerte.

Es war noch nicht vorbei. Vielleicht hatte es gerade erst begonnen.

Sie zog ihr Handy aus der Tasche und wählte die Nummer von Dario, ihrem Ex aus der Zeit vor Rom. Er war ein Schatz. Er hatte ihr vergeben. Und jetzt machte er auch noch bei den Carabinieri in Grosseto Karriere. Für sie natürlich ein Glücksfall.

»*Pronto*! Dario? ... Ja, ich bin's. ... Wollte dich nur fragen, ob es was Neues gibt. ... Die Nagy wollte das Gelände um San Rocco kaufen und dort ein Thermalhotel bauen? Mit Investoren und Baufirmen aus Ungarn? ... Bist du sicher? ... Ja, das ändert tatsächlich einiges. ... Richtig. Damit wäre wieder die Mafia im Spiel. ... Oder ... Klar, ich verrate nie meine Quellen. ... Ciao, Dario – *e grazie mille*!«

Der Conte hielt Wort. Er trommelte seine Ministrantengruppe zusammen, die er als Vorsitzender des Pfarrgemeinderats seit seiner Rückkehr auf das Gut seiner Väter aufgebaut hatte. Rund vierzig Ministranten hatte er inzwischen zusammen, genaugenommen waren es Ministranten und Ministrantinnen. Don Désiré hatte ihn davon überzeugt, dass es keinen guten Grund gab, die Mädchen auszuschließen. Und seine Sorge, die *ragazze* könnten die *ragazzi* vom Dienst am Herrn ablenken, hatte sich als unbegründet erwiesen, jedenfalls soweit er wusste. Die

Mädchen waren sogar besonders eifrig dabei, wenn es darum ging, die Kirche Santa Lucia zu schmücken, eine Armenküche einzurichten oder in den Ferien Zeltlager auf dem Gelände der Tenuta di Montecivetta zu organisieren. Auch jetzt legten sich wieder die Mädchen besonders ins Zeug, nachdem der Conte alle Ministranten im Empfangssaal seines Schlösschens auf die Prozession nach San Rocco eingeschworen hatte. Sie liefen von Haus zu Haus und verteilten die Einladungen, sie verpflichteten ihre Familien und deren Freunde zur Teilnahme, säuberten den Weg von Unkraut und Brombeerranken und halfen dem Conte, Unmengen von Platten mit Pecorino, Wildschweinsalami mit Fenchel, eingelegten Auberginen und marinierten Artischockenherzen zu belegen, die später in einem Kühlwagen zur Abteiruine transportiert wurden. Der Conte selbst übernahm es, den *Maresciallo* zu informieren, der wiederum die Carabinieri Riggi, Pucci und Brogi abstellte, Geleitschutz für die Prozession zu geben, denn man wusste ja nie …

Morcone hat dreieinhalbtausend Einwohner. Eintausendvierhundertneunundsiebzig von ihnen beteiligten sich an der Lichter-Prozession nach San Rocco, ein phänomenaler Erfolg. Sogar Giada Bianchi, die ein, nun ja, ambivalentes Verhältnis zur Kirche hatte, aber gut mit dem Conte konnte, war gekommen, um einen, für ihre Verhältnisse, liebevollen Artikel über den Umzug zu schreiben. »Morcone trotzt der Barbarei«, lautete die Schlagzeile auf Seite eins des *Maremmano*, die diesmal sogar in den Nachrichtensendungen von Rai Uno eingeblendet wurde.

# ELF

*Ein Steg führt hinüber zur Stätte des Martyriums. Der Meister wird, nebst seinen Brüdern, an das Kreuz darüber gekettet. Hoch lodern die Flammen, dass herabfallen Arme und Beine. Die Asche karren die Schergen des Herrn der Huren zum Fluss, um sie zu zerstreuen für alle Zeiten. Engel werden zu Zeugen. Er ist geschlagen, aber nicht besiegt. Nun kehrt er wieder, in seinem Fleische, sein Werk zu vollenden.*

*Er zieht die handgenähten Schuhe aus und die Strümpfe, schreitet über die Feuer und berauscht sich am Duft gebratenen Fleisches.*

*Meister, Dein Wille geschehe. So wie Du unschuldig gelitten hast, so werden Unschuldige leiden müssen, um Deines Reiches willen.*

# ZWÖLF

Maria Pianigiani drehte das Radio lauter, während sie den Gasherd putzte und mit Krepppapier das alte Öl aus den Pfannen wischte. »*Gente di mare.*« Sie hatte das Lied oft gehört im vergangenen Vierteljahrhundert. Und jedes Mal hatte es ihr einen Stich versetzt. Neunundsiebzig Sommer hatte sie erlebt und noch nie die See gesehen, von der alle sangen und erzählten. *Il mare.* Das Meer. Irgendwie hatte sie es immer verpasst. In ihrer Kindheit war es nicht üblich, dass die Dörfler in den Hügeln runter ans Wasser fuhren. »Ertrinken oder Erde fressen«, hatte ihr Vater immer gesagt. Sie entschieden sich für die Erde. Nach dem Krieg ging es um anderes als Badefreuden. Überleben. Nicht verhungern. Wieder Erde fressen. Dann kamen die Kinder und später die Idee, mit einem Lokal etwas dazuzuverdienen. Sie nannte es nach ihrer Mutter: Osteria Da Anna. Statt Erde gab es nun Pappardelle mit Wildschweinsugo – der Fortschritt. Endlich war genug zu essen da, doch immer noch keine Muße. Die alte Wirtin bückte sich ächzend nach dem Wischlappen unter der Spüle. Und wenn doch mal, dann war ihr nicht nach Bewegung, nach Veränderung zumute. Lieber saß sie mit Mann und Genossen zusammen, um von der Revolution zu träumen. *Maremma rossa.* Und als der Mann tot war und die Genossen verschwunden, las sie die alten Schriften. Ans Meer fahren? Sie hatte keinen Führerschein. Mit dem Bus? Zu umständlich. Jemanden bitten? Dann hätte sie zugeben müssen, noch nie am Strand gewesen zu sein.

Nun kroch die Gicht durch ihre Knochen. Der Tod wartete ein paar hundert Meter weiter, auf dem Friedhof von Torrealta, an der Straße nach Morcone. Und ihre Religion kannte keinen Trost. *Gente di mare.* Sie sang leise mit: *»Il mare ci fa sempre un po paura, per quella idea di troppa libertà.«* Blödsinn, Grillen, Opium für das Volk. Und doch war da diese Einladung. Er würde sie am frühen Morgen abholen, sie würden einen *caffè* und einen Toast mit Marmelade in der Gaststube essen und dann hinunterfahren an den Strand. Die Wasserfläche würde glatt und grau wie gegossenes Blei vor ihnen liegen. Und dann würde ein rötlicher Streifen darüberziehen, und die Fläche würde anfangen, in allen Purpur-, Orange- und Rottönen zu glühen. Ein leichter Wind würde die Wasseroberfläche streicheln und ihre Gesichter. Schließlich würden alle Farben zu Blau zerlaufen, zu einem unendlichen Blau. *»Questo grande fratello blu.«*

*»Buon giorno, ragazzi, una bellissima giornata di primavera, con questi sconti davvero eccezionali! Eccezionali! E CCE ZIO NAAAAALI!«* Das Werbegeplapper aus dem Radio schreckte Maria Pianigiani aus dem Wachtraum, in den sie im Stehen gefallen war. Ihre Hände streiften über ihr Gesicht. Was hatte sie bloß dazu gebracht, dieses Angebot anzunehmen? Höchste Zeit, ins Bett zu gehen. Die Wirtin der Osteria schleppte ihren schweren Körper die Treppe hinauf.

Giulio Allegro genoss die ersten Sonnenstrahlen auf seinem von den Elementen rotbraun gegerbten Gesicht. Seine *Victoria* glitt ruhig über das Wasser, nur das Ruckeln des Dieselmotors ließ seine Hände zittern, die das Steuerrad umfassten. Sein scharfer Blick tastete wie ein Scanner die Küste des Maremma-Nationalparks ab. Er hätte die Linien der steilen, in einen dichten Pelz immergrünen Niederwaldes gehüllten Hügel im Schlaf nachzeichnen können. Er kannte jede Bucht, jeden Weg und natürlich jeden Sarazenenturm. Er war hier aufgewachsen, hier hatte er mit dem Vater in einer Unterwassergrotte Hummer gefangen, die es längst nicht mehr gab, und Wildschweine geschossen, was im Park heute verboten war. Allegro hätte sich überhaupt nicht vorstellen wollen, etwas anderes zu werden als Fischer und Parkranger. Beides zusammen verschaffte ihm ein gutes Auskommen, obwohl die Fischgründe nicht mehr so reich waren wie zu Zeiten des Vaters. Doch der *Pescaturismo*, dessen Pionier in Italien er war, brachte zusätzliche Einnahmen. Die Touristen liebten es, morgens von Talamone aus in See zu stechen, seinen Erklärungen über das Ökosystem der Maremmaküste zu lauschen und zuzusehen, wie er die Netze einholte und die glitschigen, schillernden, vielgestaltigen Meerestiere aus den Nylonfäden befreite und in Eimer und Styroporkisten warf. Mittags bereiteten Allegro und seine Freundin den Fang in einer improvisierten Küche im Niederwald hinter einem versteckten Strand zu. Es wurde gegrillt und gebrutzelt, Rotwein aus Plastikbechern getrunken, geplaudert und gelacht.

Jetzt aber war noch Vorsaison, und Allegro war allein auf seinem Boot. Ihm war es recht so. Heute musste er nicht erklären, warum die Kraken unbedingt in einen Eimer mit Deckel sollten oder weshalb der *pesce civetta* zwar wie ein Vogel aussieht, aber nicht fliegen, sondern nur schwimmen kann. Allegro hatte seine Netze an diesem Morgen bereits eingeholt, die Calamari, Doraden und Seebarsche würde er später an ein Restaurant in Talamone verkaufen, den

Steinbutt dagegen am Abend mit Kartoffelstücken, Knoblauch, Petersilie, Butterflocken und ein bisschen Weißwein im Ofen schmoren und dann mit seiner Freundin verspeisen. Ihm lief schon das Wasser im Munde zusammen, und er merkte, wie hungrig er war. Zeit für ein Hörnchen und einen Cappuccino in der Bar il Porto. Doch irgendetwas trieb ihn dazu, noch ein Stückchen weiterzufahren bis zu der Stelle, wo die Hügel zurücktraten und der fünfzehn Kilometer lange einsame Strand von Marina di Alberese begann. Allegro konnte später selbst nicht sagen, warum er an diesem Morgen bis dorthin fuhr. Womöglich hatte sein Auge etwas in der Ferne erblickt, was nicht bis zu seinem Bewusstsein drang, aber dennoch auf ihn einwirkte.

Der helle, feine Sandstrand lag um diese frühe Stunde verlassen da. Aus dem Sand ragten von Wasser, Salz und Sonne gebleichte Äste und Baumstämme, Traumbilder eines surrealistischen Künstlers. Für Allegro war es ein gewohnter Anblick, und er wollte gerade abdrehen, als er den Wal entdeckte. Es musste ein junges Tier sein, das sich in diese Gewässer verirrt hatte und gestrandet war. Womöglich war es noch am Leben, und er konnte es mit seinem Boot zurück ins Wasser ziehen. Langsam tuckerte die *Victoria* näher. Seltsamerweise lag der Wal nicht halb im flachen Wasser, sondern ganz auf dem Strand. Allegro kniff die Augen zusammen. War das wirklich ein Meeressäuger? Oder vielmehr …? Sein erster Impuls war es, sofort umzudrehen und dieses Rätsel Rätsel sein zu lassen. Doch schnell gewann das Pflichtgefühl die Oberhand. Vorsichtig steuerte er die *Victoria* näher an den Strand, warf den Anker und sprang, ohne weiter an seine Militärhosen und Trekkingschuhe zu denken, ins Wasser, das ihm noch bis zur Hüfte reichte. So schnell er konnte, watete er zum Strand, und seine Vermutung wurde zur Gewissheit: Da lag der Körper eines Menschen. Eines sehr dicken Menschen.

Die weit offenstehenden Augen blickten in den Morgenhimmel, von dem aus einige Möwen das Geschehen unten am Strand beobachteten. Auf der Stirn der Toten war grob ein Zeichen eingeritzt, aus dem Blut in die Augenhöhlen sickerte. Es sah aus wie ein großes

G.

Doch es war etwas anderes, was den Fischer zum Erstarren brachte. Der athletische Mann sank auf die Knie und schrie so laut in den Morgen, dass die Möwen für einen Augenblick mit ihrem Greinen aufhörten: *»Dio! Oh Dio!«*

Der ganze Körper von den Füßen bis hinauf zum Hals war mit roten Striemen überzogen und mit eingetrocknetem Blut besudelt. An Oberschenkeln und Armen war die Haut aufgeplatzt. Am schlimmsten aber war der Bauch zugerichtet, der zu einem blutigen Brei zerfetzt war. Mitten in diesen Brei hinein hatte jemand einen Kochlöffel gesteckt. Der Fischer atmete schwer, sein Puls raste. Mühsam unterdrückte er den Brechreiz. Wer immer das getan hatte, musste eine Bestie sein. Und das Allerschlimmste war: Allegro kannte die Tote. Maria Pianigiani war eine Freundin seiner Mutter gewesen. Wie oft hatte er in ihrer Osteria gegessen. Marias Augen blickten immer noch unverwandt in den Himmel, so als ob sie mit ihrem gemarterten Körper nichts mehr zu tun hätten.

# DREIZEHN

Drei Tage später wurde Antonio Giusti in seinem Salon festgenommen. Er färbte gerade Elena Peruzzi, der Haushälterin des Conte, die Locken, als die Carabinieri Riggi, Pucci und Brogi hereinkamen. Giusti wunderte sich, dass sie sich zur gleichen Zeit die Haare schneiden lassen wollten, und das ohne Voranmeldung. Alle drei waren seine Kunden, er hatte das Monopol am Ort. Sie kannten sich gut, schließlich hatte Giusti schon oft und hitzig mit ihnen über Politik oder Lazio Roma diskutiert, während er ihnen die Haare und, im Falle Riggis, auch den Schnurrbart stutzte.

»*Forza Lazio non mollare*«, krakeelte Giusti bei ihrem Anblick. »Was verschafft mir die dreifache Ehre?«

Doch die Carabinieri waren nicht zum Scherzen aufgelegt. Riggi zog ein Gesicht, als sei ihm gerade seine Versetzung in die innere Basilikata mitgeteilt worden. Er räusperte sich und sagte: »*Signor* Giusti, wir sind dienstlich hier.«

Der Friseur wandte sich abrupt vom Haupt der *signora* ab und Riggi zu. Der Ton des Carabiniere klang nach Unheil. »Ist etwas passiert? Etwa wieder ein …«

»Sie wissen es also!«

»Was? Wieder ein Mord?«

»Das besprechen wir jetzt besser ohne die *signora.*« Riggi deutete auf Peruzzi, die im Spiegel alles beobachtete. »*Signora*, wenn Sie so freundlich wären, nach Hause zu gehen. *Signor* Giusti hat jetzt mit uns zu tun.«

»Sie glauben doch nicht, dass ich so auf die Straße gehe!« Peruzzi deutete empört auf ihre mit einer rotblonden Paste verklebten Haare.

»Doch, das geht«, beharrte Riggi. »Steht Ihnen übrigens gut. Macht Sie noch jünger.«

Nachdem die Peruzzi mit einigem Gezeter auf die Straße gesetzt war, wandte sich der älteste der Carabinieri wieder dem *parrucchiere* zu: »*Signor* Giusti, Sie sind dringend verdächtig des Mordes an der Prostituierten Abayomi Okoye, an der Unternehmerin Ágnes Nagy und der Gastwirtin Maria Pianigiani. Wir müssen Sie bitten mitzukommen.«

Dem Friseur fielen der Pinsel und die Färbeschale aus den Händen. Der ganze flamingohafte Mann verlor plötzlich die Spannkraft, die Arme schlenkerten nach unten, der Kopf sackte nach vorne, das Becken kippte nach hinten, wie bei einer Gliederpuppe, der zu viel Faden gelassen wird. »*Ma che cazzo dici?* Was redest du da für einen Scheiß?«, entfuhr es ihm. »Ich! Ein Mörder! Und was ist mit Maria? Ich habe sie doch erst gestern Abend noch gesehen!«

»Genau das ist Ihr Problem«, sagte Riggi geduldig. »Sie haben sie nicht nur gesehen, sondern auch heftigst mit ihr gestritten.«

»Woher wissen Sie das?«, entfuhr es Giusti, der nur mit Mühe das Zittern seiner Knie kontrollieren konnte.

»Sie als Friseur wissen am allerbesten, dass in Morcone nichts geheim bleibt. Es gab eine Zeugin.«

»Giada?«, murmelte Giusti, während er in den Friseursessel sackte. »Giada!« Er schüttelte den Kopf.

Riggi wusste wie ganz Morcone, wie abgöttisch der *parrucchiere* Giada Bianchi liebte. Er legte ihm eine Hand auf die Schulter. »Giada Bianchi hat Sie nicht verraten. Aber der Streit gestern Abend in der Osteria hat sie mitgenommen. Sie musste darüber reden, Sie wissen ja, wie sie ist. Und sie hat darüber geredet: mit der Bäckerin, mit der Kassiererin im *alimentari* …«

»Aber was zum Teufel ist denn jetzt los mit Maria?«

»Sie ist tot. Mehr darf ich Ihnen nicht sagen. Bartolami hat uns verdonnert, die Klappe zu halten. Er hat einen Wahnsinnsdruck. Drei Morde! Hier!« Riggi deutete hinaus auf die menschenleere Piazza, über die ein böiger Wind Regenschauer trieb. »Angeblich hat sich schon das Innenministerium eingeschaltet. Und Sie sind derzeit der einzige Verdächtige, auch wenn ich mir nicht vorstellen will, dass ein Mörder mit Schere und Rasiermesser an meinem Kopf zugange war. Ich persönlich glaube nicht, dass Sie die Frauen umgebracht haben. Aber Befehl ist Befehl. Kommen Sie jetzt mit?«

Giusti hörte die Worte, aber er verstand sie kaum. Er fühlte sich wie damals, als er als kleiner Junge das erste Mal im Lunapark von Rom Achterbahn gefahren war. Dieser Sturz in die Tiefe, ohne Ausweg. Es war keine schöne Erinnerung. Widerstandslos ließ er sich von Pucci und Brogi hochziehen und nach draußen zu ihrem Dienstwagen führen. Die vier bemerkten nicht, dass sie aus dem Fenster der Bar Roma heraus beobachtet wurden.

Als sie über die Terrasse in das Haus aus unverputztem Naturstein trat, bekam sie einen Hustenanfall. Feuchtkalter Rauch qualmte ihr entgegen. Robert Lichtenwald deutete auf den offenen Kamin, aus dem, aufreizend langsam, gräuliche Schwaden aufstiegen, um dann über die Krempe aus Kastanienholz in den Raum zu quellen. »Ich wollte Feuer machen«, sagte er entschuldigend.

»Tatsächlich?«, sagte Giada Bianchi. »Und ich dachte, Sie wollten … *ehm*, du wolltest Fische räuchern.«

»Spotte nur. Ich bin Anwalt, nicht Köhler. Und dieser verdammte toskanische Kamin sieht zwar schön aus, zieht aber nicht.«

»Kein Wunder, bei dem Regenwetter.« Giada drückte ihn beiseite. »Lass mich mal ran.« Sie schob die angekokelten Holzscheite weg, holte aus einem Korb neben dem Kamin etwas Reisig, häufte kleine Äste darüber und legte dann die Holzscheite auf diesen Unterbau. Bald darauf leckten Flammen empor, der Rauch verzog sich, Robert gab Giada einen anerkennenden Klaps auf den Rücken. Sie setzten sich an den dunklen Holztisch mit der zerschrammten Platte und begannen mit dem Unterricht. Giada bestand darauf, vor den Ausspracheübungen ein paar Grammatiklektionen durchzugehen, ein *avvocato* müsse schließlich den Konjunktiv beherrschen und den Unterschied zwischen *passato prossimo* und *passato remoto* kennen. Lichtenwald willigte murrend ein, er hätte lieber mit Giada drauflosgeplaudert.

Nach einer Stunde hatten beide rote Backen, vom Feuer, der geistigen Anstrengung und vielleicht auch dem Rosso di Sovana, den Lichtenwald mit zwei Gläsern auf den Tisch gestellt hatte. Giada war ganz zufrieden mit ihrem Schüler. Dumm war er nicht. Und auch nicht völlig unnütz. Er konnte kochen. Giada begleitete ihn hinüber in die mit Tiegeln und Pfannen, Schöpfkellen, Wiegemessern, Mörsern, Gewürzkräutern, Pastapackungen und Einweckgläsern vollgestopfte, aber blitzsaubere Küche. Sie hockte sich im Schneidersitz auf den Küchentisch und beobachtete Lichtenwald dabei, wie er die Miesmuscheln und die Venusmuscheln säuberte und dann zum Öffnen brachte, indem er sie in eine Pfanne mit in Olivenöl angebratenem Knoblauch gab. Dann öffnete er eine Flasche Montecucco Vermentino, roch am Korken, schenkte sich etwas ein, ließ den Wein im Glas kreisen, roch auch daran und trank dann mit weit zurückgebeugtem Kopf und geschlossenen Augen. »Könnte gehen«, sagte er. Natürlich übertrieb er. Das merkte er selbst. Aber Giada sollte nicht glauben, dass sie es mit einem teutonischen Banausen zu tun hatte. Er verstand tatsächlich etwas von Wein – und er hatte hart dafür gearbeitet. Er füllte das Glas zu einem Drittel und goss den Wein zu den Muscheln, deren schwarzviolette Hälften langsam aufklappten und die goldgelben Körper freigaben. Diejenigen Muscheln, die geschlossen blieben, holte er heraus und warf sie in den Mülleimer. Nach den Miesmuscheln und den Venusmuscheln kamen die Calamari an die Reihe, sie wurden flink geputzt, geschnitten und in der Pfanne mit Knoblauch, Öl und Wein gegart. Robert gab gehäutete Tomaten und Peperoncini dazu und machte sich dann daran, einige Scampi und Krebse von ihren Antennen und Füßchen zu befreien und zu den Calamari zu geben. In dem großen Kochtopf daneben blubberte bereits das mit Salz und etwas Öl versehene Wasser. Robert riss eine Packung Spaghetti der Marke de Cecco auf und ließ sie in das sprudelnde Wasser gleiten. Dann gab er die Muscheln samt ihrem Sugo zu den Calamari, Scampi und Krebsen, schüttete die gekochten Spaghetti dazu, mischte alles durch und würzte es sparsam mit Salz und Pfeffer. Zuletzt hackte er Petersilie mit einem Wiegemesser klein und gab sie darüber. Und dann saßen er und Giada am Tisch im Kaminzimmer und ließen es sich schmecken.

Sie schwiegen, während sie aßen, aus den beschlagenen Gläsern Weißwein tranken und am Ende den verbliebenen Sugo in den Tellern mit Weißbrot auftunkten. Robert liebte es eigentlich nicht, in Gegenwart anderer Leute zu schweigen, schon gar nicht, wenn er sie kaum kannte. Doch zu seinem Erstaunen machte es ihm mit Giada nichts aus. Es war kein verlegenes Schweigen und auch kein gleichgültiges, sondern eher ein konzentriertes Schweigen, ein gemeinsames Genießen der heißen *Spaghetti allo scoglio* und des kalten Vermentino. Nachdem sie aufgegessen hatten, lehnte sich Giada wohlig in ihrem Stuhl zurück und fragte: »Wo hast du so kochen gelernt, Robert?«

»Meine Frau und ich sind viel in Italien herumgereist. Und wir mieteten uns gern Ferienwohnungen. Dort habe ich damit angefangen. Erst nach Gefühl, dann auch mit Kochbüchern.«

»Wie heißt deine Frau eigentlich?«

»Stefanie.«

»Sie ist nicht hier.«

»Nein.«

»Ist sie in Deutschland geblieben, weil sie arbeiten muss?«

»Ja, das heißt nein. Ich weiß nicht. Sie arbeitet als Übersetzerin und Lektorin. Das könnte sie freilich auch von hier aus tun.«

»Warum ist sie dann nicht hier?«

»Du willst viel wissen, Giada.«

»Ich bin Reporterin.«

»Sie ist nicht hier. Wir haben uns gestritten.«

Giada deutete auf seine Hand. »Du trägst noch den Ehering.«

»Ja.«

»Ihr werdet euch also versöhnen. Sie wird hierherkommen.«

Robert wich ihrem dunklen, warmen Blick aus. »Ich glaube nicht. Ich weiß es nicht.«

»Du kämpfst nicht um sie?«

»Wie soll ich das tun? Sie ist abgehauen. Als ich eines Tages aus der Kanzlei nach Hause kam, war sie nicht mehr da. Ihr Verlag weiß auch nicht, wo sie ist.«

»Ich verstehe.«

Sie schwiegen wieder. Nur dass ihr Schweigen diesmal unsicher war, gefüllt mit verdrehten Gedanken.

»Und du, Giada? Haben Hexen Beziehungen?«

»Infernalische.«

Robert lachte.

»Um es kurz zu machen: Ich lebte in Rom mit einem Mann zusammen. Ein Typ aus der Medienbranche, Fernsehmoderator. Er ließ mich sitzen.« Robert entgingen weder ihre zusammengekniffenen Lippen noch die steile Falte zwischen ihren Augenbrauen. Giada zischte: »Für ein blondes Filmflittchen mit aufgepumpten Brüsten. Jung, sehr jung.«

»Ich verstehe.«

Giada seufzte: »Das glaube ich kaum.«

Sie schwiegen wieder. Robert glaubte, ein Geräusch von draußen zu hören. Schritte auf dem Kiesweg? Er lauschte. Es war wieder ruhig. Vielleicht ein streunender Hund, von denen es in der Gegend etliche gab.

»Und dein Sohn ...?«, fragte Robert, um das Schweigen zu brechen.

»Er heißt Leo.«

»Will ihn sein Vater nicht sehen?«

»Der Scheißkerl war nicht sein Vater.«

Robert bemerkte, dass Giada auf einmal nicht mehr bei der Sache war. Ihr Blick ging an ihm vorbei und heftete sich auf irgendetwas hinter seinem Rücken. Wieder bildete sich die Falte zwischen ihren Augenbrauen. Ihre Augen blitzten, und die beiden Hexen an ihren Ohrläppchen fingen an, wild auf und ab zu schaukeln. Plötzlich sprang Giada auf und rannte zum Fenster. »Da war was!«

»Wie? Was?«

»Na, da draußen, vor dem Fenster. Da schlich etwas ums Haus. Ich glaube, es hat uns beobachtet.«

»Bist du sicher!«

»Natürlich. Es war nicht so richtig zu erkennen …«, sie schnappte nach Luft, »weil die Lampe sich im Fenster spiegelt. Aber ich bin mir sicher. Ganz sicher.«

»Hm. Ich habe eben auch was gehört, was nach Schritten auf dem Kies klang. Wie sah, äh, es aus?«

»Es war ein Mann, ein Mann mit einer schwarzen Kapuze. Es war kein Hoodie, eher so … Ach, ich weiß nicht recht. Jedenfalls war das Gesicht darunter bleich. Mit einer ganz großen Nase.«

»Vielleicht ein Nasenbär?« Robert wollte sie mit einem Scherz beruhigen, obwohl ihm selbst mulmig war.

»Das ist nicht witzig, Robert. Zwei Frauen wurden ermordet, und nun schleicht da jemand herum und beobachtet uns. Ich habe Angst.«

»Ich gehe hinaus, nachschauen.«

»Nein, Robert, es ist stockdunkel, und irgendwas verbirgt sich da draußen. Vielleicht lauert es dir auf.«

»Warum es? Es war doch ein Mann?«

»Ja und nein, das Gesicht sah irgendwie seltsam aus. So starr.«

»Ich geh jetzt hinaus«, sagte Lichtenwald und packte die gusseiserne Bratpfanne an ihrem Holzgriff. Draußen war es feucht und kühl, die Quarzitplatten seiner Terrasse glänzten nass. Es war bewölkt, aber es regnete nicht mehr. Er ging vorsichtig um das Haus herum, die Bratpfanne in seiner Rechten hoch erhoben. Der Geruch der Muscheln und des Knoblauchs verschwamm mit dem Duft der feuchten Erde und des Waldes. Er erreichte die Rückseite, dort wo das Fenster war, durch das Giada »es« gesehen hatte. Der Niederwald mit seinen Steineichen, Wacholderbüschen und Erdbeerbäumen reichte fast bis ans Haus. Er würde hier bald einen Streifen roden lassen, um Luft und Licht zu gewinnen – und um Schleichern keine Deckung zu bieten. Er lauschte. Erst hörte er gar nichts. Dann das Tropfen seiner lecken Dachrinne. Ein Hund jaulte in der Ferne auf. Plötzlich ein Rascheln. Deutlich. Fast laut. Es kam von unten, von den Büschen am Boden. Er meinte, etwas fauchen zu hören. Es klang nicht nach Mensch. Robert holte sein Handy aus der Hosentasche, knipste die Taschenlampen-App an und leuchtete in Richtung des Raschelns. Plötzlich sah er etwas Schreckliches. Ein Ungeheuer. Es hatte einen kleinen, spitz zulaufenden Kopf mit rattenhaften Knopfaugen und dahinter ein Rad aus schwarz-weiß gestreiften Stacheln. Das Monster klappte den Stachelkranz vor und zurück wie ein Pfau sein Rad und schnaubte und grunzte in das blendende Licht. Robert stieß einen Schrei aus. Giada war sofort zur Stelle, die Fäuste vor sich gereckt, zum Sprung bereit, wie ein Panther. Dann ließ sie die Fäuste sinken und lachte so sehr, dass ihr Tränen aus den Augen kullerten und ihren schwarzen Lidschatten verwischten. Das Monster zog sich erschrocken ins Gebüsch zurück, während Lichtenwald Mühe hatte, Giada zu beruhigen. »Du hättest euch beide sehen sollen«, gluckste sie, »dich und das Stachelschwein, beide in Nahkampfstellung. Und es war schwer zu sagen, wer von euch mehr Angst hatte.«

»Sehr spaßig«, sagte Lichtenwald. »Das war ein Stachelschwein?«

»Es gibt viele hier im Buschwald. Sie sind nicht gefährlich, wenn man sie nicht gerade in den Arm nehmen will.

Manche behaupten, sie könnten ihre Stacheln wie Pfeile abschießen, aber das ist Unsinn.«

»Sehr beruhigend«, sagte Lichtenwald, während er mit Giada zurück ins Haus ging. Er schloss die Tür ab und zog die Vorhänge vor die Fenster.

»Jedenfalls war es kein Stachelschwein, das uns durchs Fenster beobachtet hat«, sagte Giada nachdenklich.

»Ich habe sonst nichts gesehen.«

»Ich muss mal schnell telefonieren«, sagte Giada.

Sie rief Leo an, der allein zu Hause in der Wohnung war und Schulaufgaben machte. Ob alles in Ordnung war? Was sollte nicht in Ordnung sein, von der anstehenden Chemiearbeit mal abgesehen? Leo hasste es seit einigen Monaten, wenn ihn Giada bemutterte.

Später erzählte Giada Lichtenwald, wie sie nach dem Abitur aus der Enge ihres Elternhauses und Morcones nach Rom geflohen war und nach zwei harten Jahren mit Aushilfsjobs bei der *Azienda Municipale Ambiente*, sprich: der Müllabfuhr, ein Volontariat bei der *Repubblica* ergattert hatte. Sie hatte dort eine Weile gearbeitet und später zusammen mit zwei Freundinnen eine kleine Buchhandlung im Garbatella-Viertel aufgemacht. Ausgerechnet zu diesem Zeitpunkt, da sie glaubte, es geschafft zu haben, wurde sie schwanger, von ihrem damaligen Freund, einem äthiopischen Studenten. Als Leo zur Welt kam, verschwand der Freund. »Wenn ich nicht einige Monate später den TV-Fritzen kennengelernt hätte, hätte ich schon damals mit dem Baby zurück nach Morcone zu meinen Eltern ziehen müssen. Doch der Typ verknallte sich in mich und nahm uns beide bei sich auf. Aurelio und ich waren anfangs derart verliebt – wir hatten drei, vier richtig gute Jahre, das ist doch mehr, als die meisten Paare von sich sagen können, oder? Dann fing Aurelio an, irgendwelchen

Studio-Tussis nachzusteigen, und vor zwei Jahren, ausgerechnet in dem Monat, in dem meine Buchhandlung pleiteging, tauschte er mich gegen die Aufgespritzte aus.«

»Und derzeit hast du keinen Freund …« Lichtenwald biss sich auf die Lippen. Was ging ihn das an. Doch bevor Giada antworten konnte, begann es aus ihrer Hose zu schmettern: *»Bella ciao, bella ciao, bella ciao, ciao, ciao …«* Giada zog ihr Handy heraus. *»Pronto?«*

Lichtenwald sah, wie Giada erbleichte. Ihr Mund stand leicht offen und ihre Augen starrten auf den Boden, während sie das *telefonino* an ihr Ohr drückte. Ab und an stammelte sie ein *»Antonio? Ma non è vero«*, *»Dimmi!«* oder *»Che cazzo!«*. Einmal stampfte sie wütend mit dem Fuß auf. Es mussten schlimme Neuigkeiten für sie sein. Lichtenwald verzog sich in die Küche. Nach fünf Minuten kam sie hinterher. Das Schalkhafte in ihrem Blick, das ihm so gefiel, war verschwunden. »Robert, du musst mir helfen«, sagte sie. Es war keine Bitte und auch kein Befehl, sondern eine Feststellung. Lichtenwald hatte das dumpfe Gefühl, dass es mit seiner Besinnungszeit in der Maremma vorbei war.

# VIERZEHN

Donatella Laganà tigerte in ihrem geräumigen Dienstzimmer auf und ab. Vor einer schwarzgerahmten Fotografie an der Wand hinter ihrem Schreibtisch blieb sie abrupt stehen. Das Bild zeigte einen Brigadegeneral der Carabinieri in Uniformjacke mit reichverzierten Kragenspiegeln und einem guten Dutzend Orden auf der linken sowie dem Fallschirmspringerabzeichen auf der rechten Brust. Das Gesicht unter dem mit einer breiten Kordel geschmückten Barett zeigte die sensiblen Züge eines Intellektuellen. Doch der harte, prüfende Blick ließ erahnen, dass dieser Mann gewohnt war, Befehle zu erteilen. Ercole Laganà war Carabinieri-Kommandeur von Kalabrien gewesen. 1990 wurde sein gepanzerter Dienstwagen während der Fahrt über die Promenade von Reggio Calabria von 'Ndrangheta-Killern in die Luft gesprengt. Der General starb drei Tage später im Krankenhaus. Sein einziges Kind, Donatella, war da gerade fünfzehn Jahre alt. Bis dahin wollte sie Tierärztin werden. Doch in dem Moment, in dem der Chefarzt ihr den Tod des Vaters mitteilte, wusste sie, dass sie zum Carabiniere bestimmt war. Sie würde die Arbeit ihres Vaters fortsetzen und es der 'Ndrangheta heimzahlen. Doch erst einmal musste sie hier in Grosseto ihre Frau stehen – und einen dreifachen Mord aufklären.

»Papa, ich brauche deine Hilfe«, sagte sie zu dem Bild.

»Wenn ich mich jetzt bewähre, werde ich bald *maggiore*. Ganz Italien blickt mittlerweile auf diese Morde.«

Es war kühl im Vernehmungsraum. Antonio Giusti fröstelte, als man ihn hereinführte und ihm die Hand- und Fußschellen abnahm. Das Neonlicht blendete ihn. Dann sah er … eine Frau. Sie trug eine Krawatte zur schwarzen Uniformjacke mit drei silbernen Sternen auf den Schulterklappen. Aber es war ganz unzweideutig eine Frau. *»Porca Madonna«*, fluchte der Friseur leise. Jetzt kommandierten bei den Carabinieri schon die Frauen. Doch hübsch war sie, das musste er zugeben. Nicht so sexy wie Giada, aber hübsch, ja geradezu schön. Erst jetzt nahm er seinen Pflichtverteidiger wahr, einen ganz jungen Anwalt, der unsicherer wirkte als er, der Beschuldigte selbst. *»Porca Madonna …«* Sie konnten nichts gegen ihn in der Hand haben und mussten ihn sofort freilassen, das würde er diesem Mädel in Uniform gleich klarmachen. Doch unter dem kühlen Blick, der gar nicht zu diesem Gesicht zu passen schien, wurde ihm von Minute zu Minute unbehaglicher. Er verhaspelte sich, korrigierte sich, musste sich die Fragen wiederholen lassen, so verwirrt war er jetzt.

»Kommen wir nochmals zu Ihren Alibis«, sagte Laganà mit einer Ruhe, als könnte es noch zwölf Stunden hier weitergehen.

»Ich habe Ihnen doch schon gesagt: Ich habe keine. Alle drei Morde passierten an einem Montag. Da ist mein Salon zu.«

»Woher wissen Sie, dass es Morde waren?«

»Ich, äh, na ja, also, ich meine, warum wäre ich sonst hier?«

»Interessant.« Laganà machte sich mit einem silberfarbenen Kugelschreiber eine Notiz.

»Also, ich denke mir, warum hätten Sie mich hierhergebracht, wenn es keine Morde, also wenn es normale Todesfälle gewesen wären?«

»Gut kombiniert. Es war also weder in der Nacht auf den 23. Mai noch am frühen Abend des 30. Mai, noch am frühen Morgen des 6. Juni irgendjemand bei Ihnen, der bezeugen könnte, dass Sie nicht an den Tatorten waren?«

»Also, in der ersten Nacht, da habe ich halt geschlafen, ich lebe allein, das heißt, ich habe einen Hund …«

»… der als Zeuge ausscheidet.«

»So ist es, Frau Generalin.«

Laganà versagte sich ein Schmunzeln. Wenn das ihr Vater hören könnte: Frau Generalin. »Und am Abend des zweiten Todesfalles?«

»Da war ich wieder allein zu Hause, duschen und so. Ich wollte später noch hinüber in die Bar Roma schauen, meine Freunde treffen.«

»Später, leider.«

»So ist es, Frau Generalin.«

»Lassen Sie das mit der Generalin, ich bin *capitano.*«

»Jawohl, Frau Gener… Frau *Capitano.*«

»Und bei der dritten Tat?«

»Da habe ich noch geschlafen. Allein. Mit dem Hund. Also, der Hund liegt unten, neben dem Bett …«

»Schon gut.« Laganà tippte mit dem Kugelschreiber auf die Schreibtischplatte. »Wir halten fest: Sie haben kein Alibi.«

»Aber ich bin unschuldig.«

»Das sagen sie alle.«

»Ich bin es.« Giustis Stimme klang weinerlich. Er blickte hinüber zu seinem Anwalt, doch der war sehr damit beschäftigt, an seinen Fingernägeln zu zupfen.

»Sie gehen zu Prostituierten, nicht wahr?«

Jetzt schreckte der *avvocato* doch hoch. »Das ist eine Suggestivfrage. Die ist unzulässig.«

»In Ordnung, *Avvocato*. Formulieren wir es so: Gehen Sie zu Prostituierten?«

Giusti errötete. Es erschien ihm auf einmal ziemlich stickig in diesem Raum. »Niemals.«

»Warum nicht?«

»Ich lehne das ab. Mich ekelt vor denen. Das sind ja nicht einmal Italienerinnen. Die können sonst was einschleppen, Aids, Ebola ... Und so eine Transe ... Also, was da in den Zeitungen stand ... das ist doch ... Rauswerfen aus Italien sollte man die ...«

»Sie haben etwas gegen Ausländer?«

»Was hat das damit zu tun?«

»Nun, ich will Ihnen helfen: Unsere Befragungen in Morcone ergaben, dass Sie häufig den Faschistengruß zeigen und rassistische Sprüche klopfen.«

»Ach das, das ist eher so ein Spaß. Ich bin halt Lazio-Fan, und da gibt es so einen Fascho-Kult. Alles bloß Gerede.«

»Und die Ausländer?«

»Ich hab nichts gegen die. Bei Lazio spielen sogar Neger, *porca Madonna*, ich meine, da hab ich nichts dagegen, nur wenn die alle hierherkommen, um zu stehlen, zu vergewaltigen, Aids zu verbreiten, da sollte man ...«

»Ja? Was?«

»Mein Mandant will sagen, dass man auch bei Migranten die Gesetze durchsetzen sollte, nicht wahr?«

Giusti nickte dankbar.

Die Befragung zu den beiden anderen Taten verlief nicht viel glücklicher. Der Friseur gab zu, dass er die Ungarin Ágnes Nagy hasste, weil sie seinen Vater auf dem Gewissen hätte. Und auch den Streit mit Maria Pianigiani und Giada in der Osteria Da Anna stritt er nicht ab. Aber deswegen sei er noch kein Mörder.

Nach zwei Stunden forderte der Anwalt, seinen Mandanten freizulassen. Die Justiz habe nichts Greifbares gegen ihn in der Hand. In diesem Moment holte die Offizierin eine durchsichtige Plastiktüte aus einer Schublade und ließ sie auf den Schreibtisch fallen. Es gab einen lauten Aufschlag. »Was ist das?«, fragte der Anwalt.

»Etwas Greifbares«, sagte Laganà. Dann hielt sie die Tüte hoch. Darin war ein Stück Metall zu sehen, drei Sechsen, die aneinandergereiht waren, so eine Art Amulett.

»Wissen Sie, was das ist?«, fragte Laganà den *parrucchiere.*

Giusti schrak zusammen. »Ich kenne das«, stammelte er. »Woher haben Sie das?«

»Dieses Amulett wurde in der Nähe der ersten Toten gefunden. Wissen Sie, was es bedeutet?«

»Gia' hat es mir mal erklärt, also Giada, Giada Bianchi, eine Freundin. Es ist – das Zeichen des Teufels …«

»Genau. Einige Ihrer Kunden haben ausgesagt, dass sie dieses Zeichen bei Ihnen im Salon gesehen haben.«

»Das ist richtig. Giada hat es mir zum Abschied geschenkt, bevor sie nach Rom ging. Es muss immer noch auf der Ablage mit den Scheren und Kämmen liegen.«

»Das tut es nicht«, sagte Laganà knapp. Sie beugte sich vor, wie ein Storch, der im nächsten Moment einen Frosch schnappen wird. »Wir haben Ihren Salon durchsucht. Und wir haben die Fingerabdrücke auf dem Amulett sichergestellt, das wir in der Nähe der ermordeten Prostituierten gefunden haben. Es sind einige darauf. Auch die Ihren.«

Noch am selben Abend erließ Staatsanwalt Decimo Degano von der *Procura della Repubblica* in Grosseto Haftbefehl gegen Antonio Giusti wegen des dringenden Verdachts des Mordes an Abayomi Okoye, Ágnes Nagy und Maria Pianigiani. Donatella Laganà trat noch mal vor das Bild ihres Vaters. »Zufrieden, *babbo*?«

»Du musst mir helfen«, sagte Giada Bianchi noch einmal zu Robert Lichtenwald.

»Ich helfe dir«, sagte er, obwohl er noch gar nicht wusste, worum es ging. War es der Wein? Oder die Erleichterung darüber, wieder von jemandem gebraucht zu werden, nachdem seine Frau und seine Tochter offenbar gut ohne ihn zurechtkamen? Oder war da noch etwas anderes?

Nun erzählte Giada so schnell, dass er ihrem Italienisch kaum hinterherkam, ihr Freund Antonio, der Friseur von Morcone, sei am Abend festgenommen worden. Der Barista Paolo habe ihr das gerade am Telefon erzählt. Drei Carabinieri hätten Antonio mitgenommen. Und dann erzählte Giada, wieso sie nun nicht nur in Sorge um ihren Freund sei, sondern auch noch ein schlechtes Gewissen habe. Sie sei es gewesen, die den Carabinieri von Giustis Hass auf die Ungarin berichtet hätte. Und sie habe im Ort rumerzählt, was für einen schrecklichen Streit der Friseur mit Maria Pianigiani gehabt hatte. Womöglich sei auch Maria etwas zugestoßen. Sie habe so ein ungutes Gefühl. Auf jeden Fall sei Antonio völlig unschuldig. Dafür lege sie ihre Hand ins Feuer. Robert sah entsetzt, wie Giada ihre Hand langsam durch die Kerzenflamme auf dem Esstisch gleiten ließ. Sie müssten Antonio herausholen, sie wisse nur noch nicht, wie.

Robert wusste es natürlich noch weniger. Er hatte sich bei Giusti auch schon die Haare schneiden lassen. Ein komischer Kauz. Ein bisschen gestört wirkte er schon, mit seinen Faschistensprüchen, aber nicht bösartig. Ein Mörder? Robert hatte viel zu viel Erfahrung als Strafverteidiger, um sich zu einem so frühen Zeitpunkt festzulegen. Doch wie konnte er Giada helfen?

Sie müsse jetzt erst mal mit ein paar Leuten telefonieren, sagte sie. Ob er sie hier mal kurz irgendwo alleine lassen könne. Robert führte sie in sein Allerheiligstes: ein liebevoll renoviertes Zimmer im ersten Stock, mit Balkendecke aus Kastanienholz, altem Terrakottaboden, Bücherregalen rundum an den Wänden und, vor dem einzigen Fenster, einem sehr schweren, sehr dunklen Schreibtisch. Giada nickte zufrieden. In einer Viertelstunde sei sie wieder unten bei ihm.

Sie hielt Wort. Setzte sich neben ihn auf die altmodische Couch und erzählte ihm atemlos und mit verweinten Augen, sie habe mit einem Carabiniere telefoniert und erfahren, Maria Pianigiani sei ermordet worden. Ihre Maria, die eine Art Wahlgroßmutter für sie gewesen sei. Giada wurde von einem Weinkrampf geschüttelt. Robert legte ihr schüchtern die Hand auf den Rücken. Er erschrak, als sie sich unvermittelt an ihn warf und ihr Gesicht in seinen blauen Kaschmirpullover drückte. *»Mia carissima Maria«*, wisperte sie. Dann erzählte sie, dass Maria auf sie aufgepasst habe, als sie klein war und ihre Eltern im Zeitschriftenladen arbeiten mussten; und dass sie später ihre Vertraute war, als sie anfing, sich für Jungs zu interessieren; und dass sie sich immer geschrieben hätten, als sie in Rom war. »Der Carabiniere sagte, ihre Leiche sei an einem Strand des Maremma-Nationalparks gefunden worden. Übel zugerichtet. Mehr wollte er nicht sagen. Und nun glauben die *sbirri*, Antonio habe sie umgebracht, wegen des Streits am Abend zuvor, den ich rumerzählt habe!« Sie habe noch mit Nerozzi telefoniert, dem Chefredakteur des *Maremmano*. Der werde morgen eine Sondernummer zu den Morden von Morcone herausbringen. Sie werde die Titelgeschichte schreiben. Und allen klarmachen, dass Antonio unschuldig sei. Nur wie?

»Hat der Carabiniere dir sonst noch was erzählt von den Ermittlungen?«, fragte Robert.

»Nein.«

»Wurde auch an der Leiche der Wirtin ein Zeichen gefunden, ein Buchstabe?«

Giada starrte ihn erschrocken an. »Daran habe ich gar nicht gedacht. Natürlich. Das könnte alles ändern. Merkst du, wie du mir hilfst?« Sie werde nochmals mit dem Carabiniere telefonieren. Aber nicht jetzt, sie sei zu aufgewühlt, müde und verwirrt. Sie werde heimradeln, nach Leo sehen und dann schlafen. Aber das wollte Robert Lichtenwald nicht zulassen. Nicht in ihrem Zustand, nicht in dieser Nacht. Er ging nach oben in sein Arbeitszimmer, den Autoschlüssel holen, wobei er sich automatisch umschaute, ob Giada auch nichts in Unordnung gebracht hatte. Dem war nicht so. Sein Schreibtisch war leer. Und seine Bücher standen akkurat an der Vorderkante der Regale ausgerichtet wie Rekruten vor einem rabiaten Kompaniefeldwebel. Er konnte ein schrecklicher Pedant sein, das war ihm schon klar.

Robert hievte Giadas Mountainbike in seinen Audi Kombi. Zehn Minuten später hielten sie vor ihrer Wohnung in Morcone. »*Buona notte*, Robert«, sagte sie und boxte ihm freundschaftlich gegen die Schulter. »Wir sehen uns.«

Als Lichtenwald die Tür seines Rustico aufsperrte, spürte er sofort, dass etwas nicht stimmte, ohne dass er hätte sagen können, was es war. Viel zu leicht war dieser fremde Geruch, der sich da im Kaminrauch auflöste wie ein Tropfen Kondensmilch in einer großen Tasse Kaffee. Robert musterte das Kaminzimmer, die Küche, die Speisekammer. Alles war an seinem gewohnten Platz. Dann ging er nach oben. Das Schlafzimmer mit dem gusseisernen Doppelbett, in dem Stefanie und er einmal alt werden wollten.

Alles in Ordnung, soweit man das sagen konnte. Die Fenster waren verschlossen. Das Bad: sauber und aufgeräumt, wie immer. Sein Arbeitszimmer: unauffällig. Robert wusch sich und zog den nachtblauen Pyjama an, den ihm Lea zu seinem letzten Geburtstag geschenkt hatte, bevor sie nach Bolivien ging. Sein schmerzender Rücken freute sich auf die sündhaft teure Kaltschaummatratze, von der er sich am Morgen schmerzfrei erheben würde, wenn er nicht länger als sieben Stunden schlief. Robert knipste die Jugendstilnachttischlampe mit dem milchweißen Blütenschirm an, die er und Stefanie vor Jahren in Riga gekauft hatten. Er griff zu dem Buch, in dem er parallel zu *»La Storia«* las: *»Techniche di seduzione«*, »Techniken der Verführung«, von Andrea de Carlo. Er war stolz darauf, Bücher von italienischen Autoren nur noch auf Italienisch zu lesen. Und er machte Fortschritte. Doch an diesem Abend konnte er sich nicht auf den Roman konzentrieren. Seine Gedanken schweiften hartnäckig ab, während seine Augen weiterlasen. Drei Morde. In Morcone. In so kurzer Zeit. Ein Verdächtiger, den Giada für unschuldig hielt. Die geheimnisvollen Zeichen. Der Mann mit der Kapuze, den Giada gesehen hatte. Und überhaupt, Giada. Er war nicht hierhergekommen, um jüngeren Frauen nachzustellen. Das hatte er alles längst hinter sich. Er musste da nichts nachholen, sich nichts mehr beweisen. Er wäre mit Stefanie zufrieden alt geworden, sei es in München oder noch lieber in der Maremma. Aber es war Stefanie, die andere Pläne hatte. Wie es Lea wohl ging. Sein kleines Mädchen …

Lichtenwald ließ sich in jenen Zustand gleiten, in dem das Bewusstsein in Schlaf sinkt. Doch dann schreckte er hoch. Ein Geräusch? Nein, da war kein Geräusch. Es war so still, dass er das Ticken seiner Armbanduhr auf dem Nachttisch hörte. Aber irgendetwas stimmte nicht. Robert stand wieder auf, zog seine hellblauen Flip-Flops an, weil er die Kälte der Fliesen fürchtete, und unterzog sein Rustico noch einmal einem Sicherheitscheck. Die Haustür? Fest verschlossen. Er hatte sie, kurz nachdem sie das Häuschen gekauft hatten, extra sichern lassen. Die Fenster? Ebenso. Und doch stimmte etwas nicht. Robert ging noch einmal alle Zimmer durch. Erst im Erdgeschoss. Dann im ersten Stock. Sein geliebtes Arbeitszimmer, aus dessen Fenster er bei Tag und klarem Wetter die Insel Giglio sehen konnte. Alles an seinem Platz. Er blickte auf die Regale mit den Büchern. Seinen Büchern, die sich fast alle um Italien drehten: Reiseführer, Romane, politische Analysen, Biographien, Historisches, Bände über Wein, die Küche, Kunst, Religion, alle wohlgeordnet, dann, da drüben, Stefanies Bücher, völlig ungeordnet, aber in Reih und Glied, darauf hatte er geachtet. Natürlich wusste er, wie zwanghaft das war … Da! Robert war es, als hätte er gerade mit einer Nadel in einer Steckdose gestochert. Ein Buch war so weit aus der Reihe gerutscht, dass es fast aus dem Regal kippte. Er hätte schwören können, dass das nicht so war, bevor er Giada nach Hause gefahren hatte. Dieses Buch hatte nicht so weit vorgestanden. Auf keinen Fall. Robert näherte sich dem Buch wie einem gefährlichen Insekt. Mit spitzen Fingern zog er es ganz heraus und blickte auf den Titel.

# FÜNFZEHN

Die Sondernummer des *Maremmano* erschien um zwölf Uhr mittags. Nerozzi hatte Dutzende arbeitslose Jugendliche und Migranten angeheuert, die sie überall in der Provinz Grosseto auf den Straßen ausrufen sollten, wie in den großen Pressezeiten, als die Zeitungsjungen in den Städten einander mit Sensationen überschrien. »Morcone: der dritte Mord«, prangte in riesigen roten Lettern auf der Titelseite. Und darunter: »Blutmonster findet neues Opfer. 90 Jahre alte Gastwirtin zu Tode gepeitscht. Geheimes Zeichen auf Stirn der Toten. Was will die Bestie uns sagen? Von unserer Sonderkorrespondentin Giada Bianchi.«

Giada schämte sich, als der Zusteller das Bündel mit den *Maremmano*-Exemplaren auf den Boden ihres Ladens knallte und sie die Überschriften las. »Blutmonster«, »Bestie«! Und Maria Pianigiani war nicht 90, sondern 79 Jahre alt. Nerozzi machte Zeitung im Stil der britischen Boulevardblätter, was in Italien keine Tradition hatte. Giada Bianchi las weiter. Immerhin hatte er es nicht gewagt, ihren Text selbst anzurühren. Darin gab sie sachlich und in nüchterner Sprache weiter, was ihr der Freund bei den Carabinieri in Grosseto erzählt hatte: Ein Fischer habe die übel zugerichtete Leiche Maria Pianigianis am Strand gefunden. Die Obduktion habe ergeben, dass die Gastwirtin aus Roccalta bei Morcone zu Tode gepeitscht worden sei. Sie sei schließlich, offensichtlich infolge der Schläge, an einem Herzinfarkt gestorben. Der Mörder habe, wie bei den vorangegangenen Taten, ein Zeichen auf seinem Opfer hinterlassen: Diesmal sei es ein »G«. Damit rätselten die Ermittler nun über drei Buchstaben: »L«, »A« und »G«. Einziger Verdächtiger sei bislang der Friseur von Morcone, Antonio Giusti. Er sei am Donnerstag in Untersuchungshaft genommen worden. Giusti sei mit dem zweiten Mordopfer, Ágnes Nagy, verfeindet gewesen und habe mit der Gastwirtin Maria Pianigiani am Abend vor deren Ermordung einen Streit gehabt. Allerdings fehle bislang ein Motiv dafür, warum er die afrikanische Prostituierte hätte umbringen sollen. Auch bleibe die Sache mit den Buchstaben unerklärlich. Nach Einschätzung des *Maremmano* kämen daher weiterhin Satanisten als Täter in Betracht, zu denen der Friseur keinerlei Verbindungen habe. Der *Maremmano* würde weiter berichten.

Satanisten hin oder her: In Morcone war nun der Teufel los. Bis zum Erscheinen des *Maremmano* war der Mord an Maria Pianigiani nicht bekannt gewesen. *Capitano* Laganà hatte angeordnet, aus ermittlungstechnischen Gründen die Tat zunächst geheim zu halten. Der Fischer wurde zum Stillschweigen verpflichtet. Die Carabinieri verschlossen die Osteria in Torrealta und hängten ein Schild an die Tür mit den Worten: »Wegen Erkrankung geschlossen«. In der Nachbarschaft wurde gestreut, Maria Pianigiani werde wegen eines Herzanfalls in einer kardiologischen Klinik in Rom behandelt und brauche derzeit absolute Ruhe. Das Ablenkungsmanöver gelang, auch wenn natürlich der eine oder andere seine Zweifel hatte. Doch nun deckte Bianchis Artikel die Wahrheit auf. Die arme Maria. Die Leute in Morcone igelten sich nicht etwa in ihren Häusern ein, sondern gingen auf die Straße. Die Piazza war voll von disputierenden Grüppchen, und Don Désiré tat sein Bestes, die Menschen zu beruhigen und ihnen zu versichern, die Morde seien keineswegs Gottes Werk und Strafe. Doch er wurde kaum beachtet. Nachdem sich Giada Bianchi nun schon zweimal besser informiert gezeigt hatte als alle anderen Medien, gewann ihre These von den Satanisten enorme Glaubwürdigkeit. Was hätten die sonderbaren Todesumstände und die Zeichen denn sonst bedeuten sollen? Die Verhaftung ihres *parrucchiere* empörte die Bürger von Morcone. Klar, die Justiz brauchte einen schnellen Erfolg. Immerhin waren nun die Augen des ganzen Landes, ach was, der ganzen Welt auf den Serienmord gerichtet. Da musste ein Schuldiger her. Antonio Giusti mit seinen Fascho-Sprüchen sei da als Sündenbock gerade recht gekommen, sagten die Leute. Einige Gemeinderäte schlugen vor, einen Protestzug vor das Gefängnis von Grosseto zu organisieren und die Freilassung Giustis zu fordern. Doch die Mehrheit im Rat meinte, das bringe Morcone noch mehr in Verruf. Man solle die Justiz ihre Arbeit machen lassen.

Epizentrum des Bebens, das Morcone erschütterte, war Giada Bianchis Zeitungsladen. Der *Maremmano* war in kürzester Zeit ausverkauft. Giada Bianchi selbst wurde mit Fragen bestürmt und stand zunehmend genervt hinter der Kasse. Wer war nun wirklich der Mörder, Gia'? Wen trifft es als Nächsten? Wo haben die Satanisten ihren Unterschlupf? Wie lange warst du selber Satanistin, Giadalein? Sie mochte hundert Mal antworten, alles, was sie wisse, stehe im *Maremmano* und ihre angebliche Satanistenzeit sei nichts weiter als ein Spiel pubertierender Mädchen und exaltierter junger Leute gewesen – viele glaubten ihr nicht. Immerhin war vor einiger Zeit mal ein Junge aus dem Ort bei einer harten schwarzen Messe regelrecht verrückt geworden, und das Gerücht hielt sich dauerhaft, auch Giada sei damals dabei gewesen. Einmal hörte sie zwei Damen aus der Villenkolonie von Morcone tuscheln, Giada Bianchi sei womöglich immer noch Satanistin und kenne zumindest die Mörder. Nur deshalb wisse sie so viel.

Und dann kamen die Kollegen, die Journalisten. Zeitungsreporter, Radioleute, Fernsehkorrespondenten – sie drängten durch die Tür, die längst die ganze Zeit offen stand und somit, zum Glück, nicht jedes Mal das Lied *»Faccetta nera«* ertönen ließ – wer weiß, was es sonst noch für Spekulationen gegeben hätte. Bianchi gab Interview um Interview, wohl wissend, dass sie keinerlei Einfluss darauf hatte, was die Kollegen daraus machen würden. Nach zweieinhalb Stunden gelang es ihr endlich, Reporter, Gaffer und Hobbyermittler loszuwerden. Sie riss die Augen auf, deutete hinaus auf die Straße und schrie: »Da! Das ist er! Da läuft er davon!« Darauf stürzten erst die Reporter und dann die anderen aus dem Laden. Giada Bianchi verschloss die Tür und ließ die elektrischen Rollläden herunter. Dann fuhr sie ihren Laptop hoch und klickte sich durch die Nachrichtenportale. Dreiundzwanzig Minuten später erschien die Online-Seite der Zeitschrift *Grossomodo Grosseto* mit der Schlagzeile: »Mörder von Morcone um ein Haar von Reportern gefasst«, Ihr Gelächter war bis auf die Straße zu hören.

Morcone glich inzwischen einem Ort im Belagerungszustand. Der Platz vor dem südlichen Stadttor Porta del Sole war mit Übertragungswagen zugestellt. Die Carabinieri Riggi, Pucci und Brogi versuchten vergeblich, die Durchfahrt ins Ortszentrum offen zu halten. Der Bäcker und der Metzger von Morcone, die sich eigentlich nicht riechen konnten, taten sich zusammen und verkauften an einem Stand Porchetta-Semmeln und Energie-Drinks zu phänomenalen Preisen an Reporter, Techniker und Fotografen. Eine Schulklasse, die gerade das Thema Massenmedien im 21. Jahrhundert durchnahm, kam mit ihrem Lehrer anmarschiert, um das Sujet am lebendigen Objekt zu studieren. Die *ragazzi* löcherten die Reporter mit ihren Fragen und brachten sie zum Verzweifeln – schließlich waren sie es, die die Fragen zu stellen hatten. Eine Gruppe französischer Touristen fragte Riggi, ob hier gleich der *Giro d'Italia* durchfahre. »Nein«, antwortete Riggi, einer spontanen Eingebung folgend, »gleich tritt Lady Gaga auf.«

Im nahen Rathaus, einem Zweckbau außerhalb der Altstadt, tagte der Gemeinderat ohne Mittagspause durch, was seit Menschengedenken nicht vorgekommen war. Die Bürgermeisterin, Michela Fanciulli von der Bürgerliste *Speranza e Fraternità*, mühte sich damit ab, Disziplin in die Diskussion zu bekommen. Die Kollegen von der Liste *Morcone Domani* forderten, sofort Schulen, Behörden und Geschäfte zu schließen und eine Ausgangssperre über den Ort zu verhängen, um die Bürger vor dem Monster zu schützen. »Das ist genau das Verkehrte«, brüllte der Chef der Liste *Forza Morcone*. Der Ort solle die Krise offensiv angehen, eine Bürgerwehr durch die Straßen patrouillieren lassen und alle verdächtigen Ausländer im *Cinema Luna* internieren. Das sei verfassungswidrig und unsolidarisch, rief Cesare Rossi, der einzige Vertreter der *Comunisti Ortodossi Riformatori*, die unlängst aus einer Abspaltung des maoistischen Flügels des *Movimento Leninista* hervorgegangen waren. Er bekam vom Gemeinderat der Liste *Soldi per Tutti* recht, der wiederum anregte, Touristentouren »auf den Spuren der Bestie« zu organisieren und Gadgets mit der Aufschrift *»Mostro di Morcone«* zu verkaufen. Viele Urlauber suchten heute den besonderen Kick, da sei es doch das Beste, aus der Not eine Tugend zu machen …

Am Ende einigte sich der Gemeinderat darauf, erst einmal abzuwarten, was die Ermittlungen brachten. Zugleich beschloss er einen »Appell an die Bürger«, der die Morconesi aufforderte, Ruhe zu bewahren, ihr Alltagsleben fortzuführen und wachsam zu sein. Kinder sollten nur noch in Begleitung draußen spielen, auch Erwachsene nach Einbruch der Dunkelheit das Haus nicht mehr allein verlassen.

Dann war da noch ein Sonderpunkt auf der Tagesordnung: *Il Carnevale di Morcone*, der berühmte Rosenmontagszug. Natürlich war der Karneval längst vorbei. Doch nachdem im Februar alle Karnevalszüge der Provinz Grosseto wegen der Anschlagsgefahr abgesagt worden waren, hatten die Gemeinde Morcone und ihr Karnevalsverein beschlossen, das Spektakel am 13. Juni, also am kommenden Montag, nachzuholen. Die monatelange Arbeit der Vereine *»Nasi Rossi«* und *»Compagnia della Penitenza«* sollte nicht vergebens sein. Was nun, da Morcone von einer mörderischen Bestie heimgesucht wurde? Die Debatte wogte hin und her. Schließlich setzte sich die Mehrheitsfraktion *Speranza e Fraternità* mit dem Vorschlag durch, den Zug um eine Woche zu verschieben. Nun sollte er am 20. Juni stattfinden, als Signal der Bürger, dass sie dem Bösen nicht weichen würden. Bürgermeisterin Fanciulli gab als Motto aus: »Feiern gegen den Terror.«

Die Carabinieri-Station von Morcone bekam Verstärkung. Der Innenminister selbst sorgte dafür, dass einige Männer aus umliegenden Orten wie Montiano, Magliano oder Albinia abgezogen und nach Morcone geschickt wurden.

Auch aus Rom wurden Carabinieri hinzugezogen. Tag und Nacht gingen Zweierteams im Ort auf Patrouille, andere fuhren mit ihren *gazzelle*, wie die Leute die Einsatzfahrzeuge nannten, die Straßen der Umgebung ab. Auch die *Polizia di Stato* beteiligte sich an der Überwachung, genauso wie der *Corpo Forestale* und die *Guardia di Finanza*. Die massive Präsenz von Ordnungshütern in Uniform führte zu einer gewissen Beruhigung in der Bevölkerung. Wer konnte bei einem solchen Polizeiaufgebot schon weitermorden?

Auf der Tenuta di Montecivetta lief das Leben auch nach dem dritten Mord weiter wie gewohnt. Es half ja nichts. Die Angestellten des Conte mussten sich um die Mastkälber, die in halboffenen, sauber gehaltenen Ställen lebten, um Hühner, Wein- und Olivengärten, den Weizen und die Artischocken kümmern. Die Haushälterin Elena Peruzzi und ihr Mann Erido hielten das von Zypressen umstandene Gutshaus, das auf einer Anhöhe lag, in Ordnung, machten die Einkäufe, putzten und kochten. Der Conte selbst, der sonst wie ein temperamentvoller Orchesterleiter über das Gut herrschte, hier einen Ratschlag gab, dort lobte, da verbesserte, wirkte nach dem Bekanntwerden des Martyriums von Maria Pianigiani bedrückt und in sich verschlossen. Seine Leute sahen mit Sorge, wie er sich den ganzen Tag in seiner Bibliothek einigelte, wo er in seinem abgewetzten braunen Ledersessel las oder in die Luft starrte. Er aß wenig, nippte kaum an dem guten Roten, den Elena Peruzzi ihm beim Abendessen einschenkte, und ging früh zu Bett. Auf die Frage seiner Haushälterin, ob ihm etwas fehle, sagte er, es deprimiere ihn, wie ein so gesegneter Ort wie Morcone von derartigen Verbrechen heimgesucht werde. Maria Pianigiani sei wie eine ältere

Schwester für ihn gewesen. Nie mehr werde er in Torrealta in der Gaststube Pappardelle mit Hasenragout essen und versuchen, Maria vom Kommunismus zum Katholizismus zu bekehren.

Die Angestellten munkelten, der Conte habe Angst, der Mörder könnte auch auf Gut Montecivetta zuschlagen und gar ihn selbst erwischen. Wenn die Peruzzis das hörten, wurden sie fuchsteufelswild. Sie sagten dann, sie hätten nie einen mutigeren Mann kennengelernt als den Conte. Zudem lebten seine Jagdhunde in Zwingern vor dem Herrenhaus. Die würden bei der leisesten Bewegung eines Unbekannten anschlagen.

Der Conte selbst sah schließlich ein, dass es so nicht weitergehen konnte. Er musste seinen Leuten und den Morconesi ein Vorbild sein. Außerdem brauchte er Gesellschaft. Also lud er den Philosophen und *il tedesco* für Sonntagabend zu sich ein. Nach dem Essen. Luigi La Torre erschien in einem schlammfarbenen, bodenlangen Gewand und behauptete, so habe Sokrates ausgesehen, jedenfalls auf dem Gemälde Raffaels im Vatikan. Robert Lichtenwald wirkte in seinen beigen Leinenhosen, braunen Lederslippern und dem dunkelblauen Polohemd wie ein Nordländer, der einen auf Italiener machte – und das von weit her erkennbar.

Die drei setzten sich in den Salon. Obwohl es schon Juni war, war es kühl in dem alten Gebäude mit den dicken Mauern. Im Kamin knisterte ein Feuer. Während der Conte Pistazien und eingelegte Oliven hereinbrachte, schlenderte Robert Lichtenwald durch den Raum, bewunderte eine riesige, wohl jahrhundertealte Eichentruhe, auf der zwei Doré-Bibeln lagen, groß wie Backbleche. In einer abgeschlossenen Vitrine aus Panzerglas standen Öllämpchen aus Terrakotta, bemalte Vasen und Figürchen, unter ihnen ein Flötenspieler und eine hingestreckte Frau in wallendem Gewand. Prachtstück der Sammlung war ein Pferd aus Bronze, das in seiner filigranen Eleganz wie ein Vorläufer eines Giacometti-Kunstwerks wirkte. Auf dem Schildchen darunter stand: *Cavallo di bronzo, Tenuta di Montecivetta, VI secolo a. C.*

»Sie kennen doch die Etruskergräber in dem Tuffsteintal gleich hinter Ihrem Haus«, sagte der Philosoph, der sich neben Robert Lichtenwald gestellt hatte. »Das stammt alles von dort. Schon der Großvater des Conte führte Grabungen durch. Als der Conte dann vor acht Jahren zurückkehrte, ließ er noch mal mit neuester Technik nachforschen. Einige der Funde können Sie in der Villa Giulia in Rom besichtigen. Diese hier durfte er behalten.«

Robert Lichtenwald nickte. Das Tal mit den in den Stein geschlagenen Grabhöhlen hatte er schon besichtigt. Ein romantischer Platz. Er sollte mal zum Malen hingehen. »Die Bodenvase da ist auch etruskisch«, fuhr der Philosoph fort. Robert Lichtenwald wandte sich der hüfthohen Vase zu und dann den Bildern an der Wand darüber. Da hingen Stiche und Ölgemälde aus der Geschichte von Florenz, darunter Dante mit Lorbeerkranz, der Palazzo Vecchio, eine detailfreudige Hinrichtungsszene auf der Piazza della Signoria und das Porträt eines blassgesichtigen Fürsten mit femininen Zügen und weiß gepudertem Haar.

»Sieht weichlich aus, war er aber nicht«, erklärte der Philosoph. »Pietro Leopoldo, ein Habsburger und Sohn Maria Theresias, war im 18. Jahrhundert Großherzog der Toskana – und einer der besten Herrscher, die die Region je hatte. Ein Aufklärer, Reformer, Modernisierer, der sich für die Befreiung der Bauern, Meinungsfreiheit und religiöse Toleranz einsetzte. Unter ihm wurde die Toskana ein Musterland und der erste Staat ohne Todesstrafe überhaupt.« Der Philosoph seufzte. »So einen könnten wir heute brauchen – in Italien und in Europa.«

Der Conte gesellte sich dazu. *»Il grande Leopoldo«*, sagte er getragen. »Das waren noch Zeiten. Heute dagegen …« Er machte eine resignierte Handbewegung. Die drei Männer setzten sich in die Ledersessel, der Conte schenkte Rotwein ein. Robert Lichtenwald nahm einen Schluck und schnalzte mit der Zunge. Er schaute sich das Etikett an. »Montefalco Sagrantino« stand darauf. »Eine uralte Rebsorte aus Umbrien«, erklärte der Conte.

Nach einigem Vorgeplänkel kam der Hausherr zur Sache. »Liebe Freunde, ich wollte euch um Rat fragen. Wie ihr mitbekommen habt, ist am Montag Maria Pianigiani auf unaussprechliche Weise ermordet worden. Morcone steht verständlicherweise kopf. Drei Morde an drei Frauen in drei Wochen an drei aufeinanderfolgenden Montagen. Dazu drei Zeichen: ›L‹, ›A‹ und ›G‹. Das alles weist auf einen Plan hin, einen grausigen Plan. Nur: Welchen? Ich zerbreche mir seit Tagen den Kopf darüber. Was haltet ihr von dem Ganzen?«

Erst einmal herrschte Schweigen. Robert ließ gern dem Philosophen den Vortritt. Dieser stopfte sich einige Oliven in den Mund, kaute hingebungsvoll und sagte dann: »Der Tod lächelt uns alle an, das Einzige, was man machen kann, ist zurücklächeln!«

»Das stammt nicht von dir, oder?«, fragte der Conte leicht genervt.

»Nein. Von Marc Aurel. Kluger Mann.«

»Der uns aber hier nicht weiterhilft. Die Leute schauen auf mich, wie sie immer auf die Grafen von Montecivetta geschaut haben. Ich kann mich nicht einfach auf meinem Gut einbunkern und Morcone vor die Hunde gehen lassen. Ich muss trösten, helfen, aufrichten. Und vor allem diese Untaten stoppen. Aber wie, wenn wir nicht wissen, wer der Mörder ist!«

»Oder die Mörder«, warf Lichtenwald jetzt ein.

»Richtig«, sagte der Conte.

»Es gibt ja einen Verdächtigen«, sagte Lichtenwald. »Unseren Freund, den Friseur.«

»Aus hundert Kaninchen wird niemals ein Pferd und aus hundert Verdachtsgründen niemals ein Beweis«, brummelte der Philosoph.

»Wieder Marc Aurel?«

»Fast. Dostojewski.«

»Witzbold.« Der Conte schenkte nach. »Ich kann mir nicht vorstellen, dass es Antonio Giusti war. Den kenne ich seit seiner Kindheit. Ein schüchterner Junge, der sich mit martialischen Sprüchen schützt. Kein Dreifachmörder.«

»So sieht es Giada Bianchi auch«, sagte Lichtenwald.

»Sie mögen sie, die kleine Hexe«, sagte der Philosoph und zwinkerte Lichtenwald zu. »Die Frau ist die einzige Beute, die ihrem Jäger auflauert.«

»Casanova?«

»Keine Ahnung, von wem, aber gut.«

»Zurück zu den Morden ...« Der Conte klopfte ungeduldig mit seinem Siegelring gegen die Weinflasche.

»Genau«, lenkte der Philosoph ein. »Wir haben einen Verdächtigen, den wir nicht verdächtigen. Und sonst nur Gerüchte: Satanisten! Pah! Drei Frauen. Vielleicht ist es ein Lustmörder, ein Perverser ...«

»Die Prostituierte. Ágnes Nagy. Vielleicht. Aber Maria Pianigiani ... ich weiß nicht«, murmelte der Conte. »Und dann sind da diese Zeichen ... Was meinen Sie, *Avvocato*?«

Robert Lichtenwald nahm noch einen Schluck Sagrantino und ließ ihn im Mund kreisen. »An die Zeichen muss ich auch die ganze Zeit denken. Buchstaben. Der Täter will uns etwas buchstabieren. Noch scheinen die drei Buchstaben keinen Sinn zu ergeben. Aber wenn noch welche fehlen? Wenn der Mörder seine Botschaft noch nicht zu Ende geschrieben hat?«

»Die Frage ist nur, warum er alles so umständlich macht, wenn ich mich so ausdrücken darf«, sagte der Philosoph. »Er könnte einfach ein Blatt Papier und einen Stift nehmen.«

Der Conte zog die Augenbrauen hoch. »Das hätte nicht die gleiche Wirkung. Wenn jeder Buchstabe mit einem neuen Mord einhergeht, dann schafft der Täter …«

»Spannung. Unsicherheit«, sagte Lichtenwald.

»Und Angst«, ergänzte der Conte.

»Ist es die Angst, die alles wirkt und schafft?«, deklamierte der Philosoph. »Frei nach Goethe.«

»Da ist was dran«, sagte der Conte. »Die Angst als großer Motivator. Was würden wir ohne sie tun? Nicht arbeiten, nicht lernen, Gesetze brechen und hemmungslos sündigen. Ohne Angst würden wir nur noch unsere Lust ausleben.«

»Ein fürchterliches Szenario«, sagte der Philosoph spöttisch.

»Für dich in deinem Taubenturm vielleicht nicht …«

»Sehen Sie die Dinge nicht arg pessimistisch, Conte?«, fragte Lichtenwald. »Es gibt doch Motivatoren, die stärker sind als Angst.«

»Und das wären?«

»Liebe zum Beispiel. Oder Vernunft.«

»Liebe, ja. Aber Vernunft? Sehen Sie sich die Welt doch an. Oder auch nur unser kleines Morcone. Eigentlich hätten die Menschen hier alles, um glücklich zu leben, ja um gottgefällig zu leben: fruchtbare Böden, stabile Häuser, ein mildes Klima, eine paradiesische Landschaft mit Meer, Seen, Hügeln und Bergen. Und weit und breit kein Feind, der ihnen all das streitig machen könnte. Doch was tun unsere Morconesi? Sie huren und saufen, koksen und raffen, lästern, eifern, fluchen und neiden, jammern von früh bis spät, betonieren die Landschaft zu, verschmutzen die Flüsse und schreien unablässig nach mehr, mehr, mehr ...«

*»Con calma«*, unterbrach der Philosoph seinen alten Freund, der sich in Rage geredet hatte. »Das ist zwar alles richtig, aber nur ein Teil der Wahrheit. Du kennst so gut wie ich die liebenswerten Seiten der Morconesi. Warum würdest du sonst hierbleiben?«

»Mag sein«, grummelte der Conte, nicht wirklich überzeugt. »Wie sind wir überhaupt darauf gekommen? Ach ja, die Angst. Nehmen wir einmal an, dem Mörder – oder den Mördern – ginge es vor allem darum, eine sich stetig steigernde Angst zu verbreiten. Doch warum?«

»Vielleicht, um die Leute aufzurütteln? Aus ihrem Alltag zu reißen? Um ... um sie gefügig zu machen?«, sagte Lichtenwald.

»Hm.« Der Conte dachte eine Weile nach und begann dann zu nicken. »Aber was will der Täter von den Leuten? Wovor will er ihnen Angst machen? Wovon will er sie abschrecken?«

Der Philosoph schüttelte ratlos den Kopf. »Womöglich steckt die Antwort in den Buchstaben.«

Damit fielen alle in ein langes Schweigen. Es war so still im Haus, dass das Knistern und Knacken des Feuers unangenehm laut wirkte. Die drei Männer sahen in die Flammen und ließen es zu, dass ihre Gedanken allmählich absanken und einer angenehmen Leere Platz machten. Auf einmal sagte Lichtenwald: »Wie sicher ist es eigentlich auf Gut Montecivetta?«

»Ziemlich sicher«, sagte der Conte. »Allein schon wegen meiner Hunde.«

»Es treiben sich also keine komischen Typen hier herum?«

»Von unserem Philosophen einmal abgesehen – nein.«

Lichtenwald musste lachen, wurde jedoch gleich wieder ernst. »Ich hatte nämlich gestern Abend ein Erlebnis, das mich nicht mehr loslässt. Giada Bianchi hatte mir eine Italienischstunde erteilt, und ich fuhr sie danach nach Hause. Als ich zurückkam, hatte ich das eigentümliche Gefühl, dass etwas nicht stimmte in meinem Rustico. Ich kontrollierte alles, doch sämtliche Türen und Fenster waren verschlossen. Im Arbeitszimmer habe ich dann bemerkt, dass ein Buch aus dem Regal gezogen war, das vorher noch darin stand.«

»Vielleicht hat es Bianchi herausgezogen?«

»Daran habe ich auch gedacht. Sie hat kurz in meinem Arbeitszimmer telefoniert. Aber ich war danach noch mal drin, um den Autoschlüssel zu holen. Ich hätte es bemerkt, wenn ein Buch aus der Reihe getanzt wäre.« Robert Lichtenwald lächelte etwas verlegen. »Sie müssen wissen: Ich bin ein sehr ordentlicher Mensch. Und nichts stört mich mehr als Bücher, die aus der Reihe tanzen. *Tipico tedesco.*«

»Was war es denn für ein Buch?«, fragte der Philosoph.

»Ein italienisches Buch. Das Seltsame ist, dass ich es gar nicht kannte. Es gehört meiner Frau, Stefanie. Sie ist Romanistin.«

»Eine schöne Frau«, sagte der Philosoph, der Stefanie bei einem der früheren Urlaubsaufenthalte der Lichtenwalds auf Gut Montecivetta kennengelernt hatte. »Starker Charakter. Wo ist sie überhaupt?«

»Das ist eine lange Geschichte«, sagte Lichtenwald.

Der Philosoph nickte, schwieg, sagte dann: »Und was war das nun für ein Buch?«

»Savonarola – Aufstieg und Fall eines Propheten.«

# SECHZEHN

Und es kam der Montag, vor dem allen graute. Der Ort war jetzt leergefegt – einmal abgesehen von den Carabinieri, die auf Streife gingen und an strategischen Punkten wie der Stadtmauer und dem Glockenturm über der Piazza postiert waren, und von den mutigeren unter den Korrespondenten, die in den Gassen herumstreunten oder die Gegend abfuhren, auf der Jagd nach einem Ereignis, von dem sie sich wünschten und doch wieder nicht wünschten, dass es geschehen möge: der vierte Mord. Touristen mieden Morcone dagegen jetzt, nachdem die Medien so viel darüber berichtet hatten. Die Geschäfte, die montagvormittags ohnehin geschlossen hatten, blieben an diesem Tag ganz zu, genauso wie Schule und Kindergarten. Auch die Bars, Restaurants und Trattorien, von denen der beliebte Ausflugsort einige hatte, blieben dunkel. Alle, bis auf eine. Die Trattoria Tramonto sperrte um Punkt zwölf Uhr ihre dunkelbraune Holztür mit dem Einsatz aus Milchglas auf. Mario Pianigiani nahm den Ständer mit der aufgeschlagenen Speisekarte und stellte ihn auf die Gasse neben den Terrakottatopf mit dem zu einer Kugel geschnittenen Lorbeerbusch. Dann pflanzte er sich in der Tür auf und wartete auf Gäste – obwohl er wusste, dass an diesem Tag niemand kommen würde. Das war er seiner Mutter schuldig.

Mario Pianigiani trug heute nicht den weißen Kittel zur

schwarzen Hose und die bordeauxrote Kochmütze, die er sich bei einem Praktikum in einem Restaurant im burgundischen Tournus gekauft hatte. Er war vielmehr ganz in Schwarz. Schwarzer Anzug, schwarzes Hemd, schwarze Krawatte. Nur an seinem Sakko stach ein knallroter Fleck hervor, ein Einstecktuch, auch das eine Hommage an seine Mutter. Nicht dass das Verhältnis zwischen den beiden immer reibungslos gewesen wäre. Maria hatte ihren einzigen Sohn spät bekommen und unglaublich verwöhnt. Wenn er als Junge mit seinen Freunden draußen in Torrealta spielte, streckte die Mutter alle halbe Stunde den Kopf aus einem Fenster ihrer Osteria und brüllte: »Maaaario! Komm her! Schau, was die Mamma für dich hat!« Das war so was von peinlich. Doch sie ließ nicht locker, bis er angetrottet kam und sich von ihr ein *panino*, dick belegt mit Mortadella, ein *crostino* mit Milzwurst oder eine *bruschetta* geben ließ. Mario verteilte das dann, kaum außer Sichtweite Marias, an seine Freunde, damit sie ihn nicht als *mammone* veräppelten, vor allem aber, weil er auf keinen Fall so dick wie seine Mutter werden wollte. Dies war die große Sorge seiner Jugend. Da er aber ebenso gerne kochte und aß wie Maria, machte er sich schon als Schüler daran, kleine, dafür aber erlesene Speisen zuzubereiten. Während seine Mutter unten in der Osteria Pasta mit Wildschweinsugo auftischte, experimentierte er mit Perlhuhnbrust an Pflaumenmousse, Tintenfischen mit Linsen-Kräuterfüllung oder Panna Cotta mit Kapernsauce. Zugegeben, nicht alles, was seine übersprudelnde Phantasie erdachte, schmeckte ihm anschließend. Aber wenn es gelang, war es besser als alles, was es in der Osteria gab. Selbst seine Mutter musste das irgendwann eingestehen. »In dir steckt ein Magier«, sagte sie, wenn ihm wieder einmal etwas Besonderes glückte, grüner Spargel mit gehackten Kräuteroliven im Thunfischmantel zum Beispiel. Und ab und an, wenn sie zu speziellen Anlässen – an Ostern oder am Geburtstag von Karl Marx – ihren Gästen etwas Besonderes vorsetzen wollte, bat sie ihren Sohn, ihr in der Küche zur Seite zu stehen.

Ihr sehnlichster Wunsch, Mario möge die Osteria in Torrealta übernehmen, blieb jedoch unerfüllt. Er wolle nicht das gleiche Leben führen wie seine Mutter und Großmutter, sagte er. Daher zog er nach der Schule in den Ort Colle di Val d'Elsa in der inneren Toskana, wo er sich am *Istituto Professionale per Enogastronomia* zum Koch ausbilden ließ. Es folgte eine Tour d'Horizon mit Lehrjahren in Italien, Frankreich und Marokko. Erst dann fühlte er sich bereit, in die Heimat zurückzukehren und in einem winzigen Restaurant in Morcone seine Interpretation der Mittelmeerküche aufzutischen. Nach kurzer Zeit strahlte sein Name in die ganze Provinz aus, und der Restaurantführer *Gambero Rosso* würdigte ihn mit zwei Gabeln.

Mario Pianigiani stellte sich in den Eingang seiner Trattoria, um nichts von dem Regenguss abzubekommen, der sich über Morcone entlud. Ein Frühjahr war das! Warm und matschig wie eine überreife Avocado. Zu nass für den Wein. Aber das war heute seine geringste Sorge. Der Tod seiner Mutter – dieses Ende – wühlte in seinen Gedanken. Sie war eine wunderbare Frau gewesen, mit ihren 130 Kilo und ihrer urtraditionellen Maremma-Küche. Was hatten sie sich gegenseitig aufgezogen, wenn sie ab und an zum anderen zum Essen gingen. »Du mit deiner Bauernküche! Die zieht einen glatt ins Grab.« – »Du mit deinen Hunger-Kreationen! In Schönheit sterben!« In Wahrheit fand er natürlich, dass sie die beste Volksküche weit und breit machte, und sie wäre jedem ins Gesicht gesprungen, der bezweifelt hätte, dass ihr Sohn der größte Küchenchef der

Toskana war. Nun war sie tot, und ihr Anblick im Leichenschauhaus verfolgte ihn in alle Träume, obwohl die Bestatter sich Mühe gegeben hatten, das Schlimmste zu verbergen.

»Ciao, Mario, es tut mir unendlich leid.« Giada Bianchis Stimme riss ihn aus seinen Grübeleien. Im nächsten Moment schlang sie ihre Arme um seinen Hals und drückte sich an ihn. Ihr fester, kleiner Körper bebte vor Schluchzen. Mario strich ihr sanft über den Rücken. Sie mochten sich. Und Giada Bianchi fand den kräftigen Küchenchef mit dem Pferdeschwanz durchaus attraktiv. Sie stand auf Männer, die etwas Ungewöhnliches machten, und Marios Küche war sogar mehr als ungewöhnlich. Wer weiß, vielleicht wäre noch mehr als Freundschaft daraus geworden, wenn Mario nicht mit Paolo Rossi, dem *barista*, zusammen gewesen wäre. Die beiden, die in dem Städtchen Albinia wohnten, lebten ihre Beziehung dezent, um nicht zu sagen heimlich aus, da sowohl Marios Mutter als auch Paolos Eltern dezidiert andere Vorstellungen vom Familienleben ihrer Söhne hatten. Da die beiden endlosen Streit und Diskussionen fürchteten, hielten sie es für das Beste, die ganze Sache im Ungefähren zu belassen. Also kam Paolo, sozusagen zur Tarnung, gelegentlich mit Giada zu seinen Eltern zu Besuch, wobei die zwei sich prächtig dabei amüsierten, ein Turtelpärchen zu mimen. Mario wiederum ließ seine Mutter in dem Glauben, er habe etwas mit seiner drallen Cousine Sandra, die in der Trattoria Tramonto den Service machte. Wobei Sandra sich tatsächlich der Hoffnung hingab, ihren Chef doch noch für weibliche Reize entflammen zu können.

»Gut, dass du offen hast!« Giada Bianchi blickte zu Mario empor. »Das bringt dich auf schönere Gedanken. Und uns auch.« Dann deutete sie auf Leo und Robert Lichtenwald, die hinter ihr standen. »Wir sind zu dritt. Wir gehen ganz nach hinten, okay?«

»*Va bene*, Gia'«, sagte Mario. »Ich komme gleich zu euch.«

Die Trattoria Tramonto war direkt an die Stadtmauer gebaut. Sie bestand aus drei durch Stufen und Rundbögen voneinander getrennten unregelmäßigen Räumen mit Natursteinwänden, von denen der erste fünf und der zweite drei Tische hatte, der dritte aber nur einen. Die Einrichtung war minimalistisch. Plexiglastische und -stühle, eine Bodenvase aus orangefarbenem Muranoglas, viele Kerzen … und basta. So kamen seine Gerichte am besten zur Geltung.

Giada liebte den Einzeltisch im letzten, am tiefsten gelegenen Raum mit der Gewölbedecke. Sie fühlte sich hier wie Jonas im Bauch des Wals. Als Kind hatte sie in einer Bibel ein Bild gesehen, das Jonas im Licht einer Kerzenflamme an einem Tischchen im Inneren des riesigen Tieres zeigte, geschützt vor Sturm und Wellen. Genau so fühlte sie sich hier. Leo wäre lieber zu Hause geblieben, um mit seinen Freunden Minecraft zu spielen, doch seine Mutter ließ es nicht zu. An so einem Tag, an dem vielleicht neues Unheil drohe, lasse sie ihn nicht allein. Basta. Verdrossen vertiefte er sich in ein Buch mit Zaubertricks, das er in letzter Zeit immer mit sich führte. Er wollte später einmal Zauberkünstler werden.

Mario senkte den Kopf, als er durch den Türbogen ging, und stellte sich neben den Tisch. »Soll ich für euch auswählen?«, fragte er.

Giada und Robert nickten.

*»Un po' di vino?«*

»Nur zu«, sagte Giada und warf ihm einen aufmunternden Blick zu.

Lichtenwald war froh, Giada zu dem Mittagessen überredet zu haben. Er hatte an diesem seltsamen Tag überhaupt keine Lust, zu Hause zu bleiben oder allein irgendwo auszugehen. Ihm fehlte die gewohnte Nähe von Stefanie und Lea. Er hatte nie alleine gelebt. Als Giada vorhin angerufen hatte, um zu sagen, sie müsse ihn dringend treffen, schlug er sofort ein Mittagessen in der Trattoria Tramonto vor. »Ich darf dich einladen«, sagte er bestimmt. Das Lokal war ziemlich teuer.

»Ich habe einen Brief bekommen«, fing Giada an, kaum dass Mario in der Küche verschwunden war. Dann erzählte sie, Antonio Giusti habe ihr aus dem Gefängnis in Grosseto geschrieben. Er sei tief deprimiert, niemand glaube ihm, dass er unschuldig sei. Am Ende ließen sie ihn vielleicht nie wieder raus. Und – Giada schaute an Lichtenwald vorbei an die Wand – er halte sein Leben ohnehin für sinnlos. Er werde es so halten wie sein Vater.

»Der Selbstmord begangen hat«, murmelte Robert Lichtenwald.

»Wir müssen ihm da raushelfen.«

»Dazu müssten wir die Täter finden.«

»Ich habe da so eine Idee …«

Marios Cousine brachte drei schneeweiße, rautenförmige Teller mit dem Antipasto. »Jakobsmuscheln auf Mango-Avocado-Bett«, sagte sie mit einem Augenaufschlag. Robert Lichtenwald schaute ihr nach. Auch sie trug Trauer, oder jedenfalls das, was sie dafür hielt. Schwarze Leggings und darüber eine schwarze Bluse, um deren Knöpfe man sich Sorgen machen musste.

»Die ist viel zu jung für dich«, sagte Giada, »sogar noch jünger als ich. Deswegen brauchst du nicht gleich rot zu werden! Ich fände es eher seltsam, wenn du ihr nicht nachgaffen würdest. Aber hör mir lieber zu: Ich bin heute

Nacht noch mal den ganzen Fall durchgegangen. Drei Morde ohne Spuren des Mörders. Niemand hat etwas gesehen. Trotz der aufwendigen Inszenierung: das Amulett, die Münzen im Mund, das Zerpeitschen des Bauches, dazu die drei Zeichen. Das sind nicht irgendwelche Gelegenheits- oder Rachemorde, und der Täter ist auch nicht der übliche Psychopath von nebenan.« Sie beugte sich zu Lichtenwald hinüber und flüsterte: »Antonio ist viel zu schlicht, zu einfältig für so ein Szenario.«

Leo, der sein Antipasto angewidert zur Seite geschoben hatte, tat so, als lese er in seinem Zauberbuch. Natürlich bekam er jede Silbe des Gesprächs mit. Morcone machte ihm Angst. Und nun musste seine Mutter auch noch Detektiv spielen …

»Also? Deine Idee?«, flüsterte Lichtenwald nun ebenfalls.

»Die einzige Erklärung, die mir einleuchtet, ist: Es muss etwas Religiöses dahinterstecken, jedenfalls im weitesten Sinne. Ein Ritus. Ein Strafgericht. So was in der Art.«

Leo schaute von einer Seite mit Entfesselungstricks hoch, die er gerade studierte. »Müsst ihr immer von so schrecklichen Sachen reden«, maulte er. »Und noch dazu beim Essen.«

»Schau doch mal bei Mario in der Küche vorbei, vielleicht kannst du ihm helfen«, sagte seine Mutter.

Na klar. Sie wollten ihn loswerden. Um ihr gruftiges Gespräch fortzuführen. Na dann. Leo trollte sich in die Küche, er unterhielt sich gern mit Mario. Außerdem konnte er mit dessen Kochmütze üben, wie sich ein Ei oder ein Löffel verschwinden und wieder hervorzaubern ließ.

»An so was habe ich auch schon gedacht«, sagte Lichtenwald zu Giada. »Das erste Opfer ist eine Prostituierte. Aus religiöser Sicht also eine große Sünderin. Der Täter ließ ein Teufelsamulett bei ihr liegen. Wollte er damit sagen, dass er Satanist ist? Oder nicht eher, dass sein Opfer zur Hölle fahren muss?«

Giada wiegte den Kopf und ließ ihre kleinen Hexen schaukeln. »Ist beides möglich. Allerdings wurde die Transe an einem Ort umgebracht, der als Treffpunkt von Hexen und Satanisten in Verruf ist. Was eher dafür spricht …«

»Giada, bitte, man sagt nicht Transe! Außerdem war das ein Hermaphrodit.«

Statt einer Hexe kam nun eine sehr blond gefärbte Sandra herein, beugte sich über den Tisch, was Robert auf die Blusenknöpfe starren ließ, die jedoch hielten, und stellte diesmal zwei orangefarbene, dreieckige Teller ab. Darauf kauerten Nester aus schwarz glänzenden Tagliatelle, in deren Mitte je ein orangefarbener Klacks ruhte. »Sepia-Pasta mit Parfait aus zerriebenen Grillen, chinesischem Knoblauch und Fingermöhren«, sagte Sandra, machte eine übertrieben tiefe Verbeugung und ging ab.

»Grillen!«, rief Giada ungläubig. »Langsam dreht er ab. Beim nächsten Mal wird er uns Lerchenzungen vorsetzen.«

»Überlegen wir weiter. Das zweite Opfer. Diese Ágnes Nagy. Galt als krankhaft geizig und nur auf ihren Profit ausgerichtet. Auch das ist eine Sünde.«

»Aber Maria hat doch keiner Mücke was zuleide getan. So kommen wir nicht weiter. Wir sollten uns die Tatorte einmal genauer ansehen.« Giadas Knie begannen vor Aufregung zu wackeln. »Vielleicht haben die Carabinieri etwas übersehen. Am besten gehen wir gleich nach dem Essen hinunter zur Ruine San Rocco, wo alles begann.«

»Das glaubst du doch selbst nicht, dass wir da mehr

finden als die Spurensicherung.« Lichtenwald schaute unwillig von seiner Gabel hoch, auf die er einige Tagliatelle aufgerollt hatte. Giada übertrieb. Und er wollte sich nicht weiter in diese Geschichte hineinziehen lassen. Verbrechen waren zu Hause sein täglich Brot, wenn auch eher unblutige Wirtschaftsdelikte. Er war hierhergekommen, weil er Abstand gewinnen wollte zu seinem bisherigen Leben, zu seinem Beruf. Noch war er jung genug, etwas anderes anzufangen, und sei es nur, um von seinem Ersparten einige Jahre zu privatisieren und wirklich malen zu lernen. Oder den uralten Traum zu verwirklichen, in der Toskana ein kleines Weingut aufzubauen. Er kannte einen Münchner Kollegen, der eines besaß, drüben bei Montalcino, im Brunello-Gebiet …

»Wer weiß«, unterbrach Giada seine Gedanken. »Ich glaub ja auch nicht, dass die da einen Schwefelschweif vergessen haben oder einen Napf mit Spinnenbeinen und Krötenschleim.«

»Giada, bitte, ich esse, und da reichen mir schon die Grillen. Und ich werde bestimmt nicht ausgerechnet an diesem Montag mit dir allein auf Tatortbesichtigung gehen. Antonio Giusti hin oder her.«

»Ach, der *Signor Avvocato* möchte nicht von der schnöden Wirklichkeit gestört werden. Er will doch seine Bilderbuch-Maremma genießen, mit den sanften Hügeln und den historischen Städtchen, den herzlichen Leuten und einer *signorina*, die sich in eine schnuckelige Trattoria zum Essen ausführen lässt«, ätzte Giada in einem Ton, in dem man einem greinenden Kind zureden würde.

»Giada, bitte. Ich bin nicht so. Aber es gibt überhaupt keinen Grund, warum ich mich in eure finsteren Geschichten hineinziehen lassen sollte …«

»In unsere Geschichten!« Giada warf wütend Messer

und Gabel auf den Tisch, was Spuren auf dem schneeweißen Damast hinterließ. »Du redest daher wie ein typischer Deutscher.« Lichtenwald zuckte schmerzhaft zusammen. »Eure Geschichten! Eure Schulden! Eure unfähigen Regierungen! Euer Schlendrian! Aber ich sage dir eines: Unser und euer gibt es nicht mehr. Alles ist mit allem verquickt. Wenn unser Italien vor die Hunde geht, dann stirbt auch euer Europa. Und wenn Morcone zum Synonym für einen nie aufgeklärten Serienmord wird, dann wird kein Schwein mehr dein ach so genuin toskanisches Rustico kaufen, nicht einmal ein Engländer. Und dann kannst du dir deine Träume vom Malen und Winzern in den Arsch schieben, du Westentaschen-Bohemien.«

Lichtenwald blickte entgeistert auf die junge Frau, die sich binnen Sekunden von einer aparten Südländerin in eine Furie verwandelt hatte. Er war sprachlos.

Giada schnaufte einmal tief durch, setzte ihre kleinen Fäuste auf das Tischtuch und sagte: »Zurück auf Anfang. Vergiss, was ich gerade gesagt habe. Diese Morde gehen mir auf die Eier, wenn ich welche hätte. Ich kann nicht einfach dasitzen und zusehen, wie ein Freund im Knast verrottet oder sich umbringt, obwohl er unschuldig und – unglücklicherweise – in mich verknallt ist. Kapierst du? Ich *muss* etwas tun.«

»Giada. Ich versteh ja. Es ehrt dich, dass du dir solche Gedanken um den Friseur machst.«

Giada legte den Kopf schräg und fletschte die Zähne, was den Smaragd in ihrem Schneidezahn aufblitzen ließ, während er sagte: »Aber wir müssen doch vernünftig bleiben. Die Justiz wird alles daransetzen, dieses Monster – oder wer immer dahintersteckt – zu fassen. Der Fall macht ja bereits international Schlagzeilen. Die Carabinieri setzen Spürhunde und Wärmebildkameras ein, Datenbanken, Labors, Profiler, Pathologen … Was in aller Welt willst du da noch ausrichten – oder ich, der ich nicht einmal richtig Italienisch kann …«

»Das ist auch wieder wahr«, sagte Giada trocken. »Es geht mir auch nicht darum, etwas zu finden, was die *sbirri* übersehen haben. Es geht mir eher ums Erspüren. Um Futter für mein Bauchgefühl, kapierst du?«

»Unbedingt«, beschwichtigte Lichtenwald, dem nicht genau klar war, was sie da meinte. »Aber deswegen dürfen wir uns nicht in Lebensgefahr begeben. Überleg doch mal: Heute ist Montag, nach drei mörderischen Montagen! Womöglich sucht der Typ gerade nach einem vierten Opfer. Und dann laufen wir beide hinunter zur alten Abtei. In die Höhle des Teufels, sozusagen. Lass uns wenigstens bis morgen warten.«

»Da kann es zu spät sein. Du kennst Antonio nicht. Er fühlt sich vom Schicksal verfolgt. Alle bringen es zu was in seinen Augen, die Nagy, Mario, der Conte … Nur er, der eigentlich ein Weingutbesitzer sein könnte, schnibbelt als Dorffriseur herum. Und dann die Beziehungen: Alle haben eine, auch Paolo und Mario. Selbst bei uns beiden, glaubt er, sei was im Gange, das hat er mir gesagt, der Narr. Er ist randvoll mit Neid und Eifersucht. Nicht schön, aber traurig. Und jetzt sitzt er auch noch unschuldig im Kerker … Das ist zu viel für ihn.«

Lichtenwald verschränkte die Arme. »Meinst du nicht, du übertreibst?«

»Ach Robert, wir vertändeln nur Zeit. Kommst du jetzt mit oder nicht?«

»Soll das ein Ultimatum sein?«

»*Vaffan*… Dann geh ich halt allein. Wenn man dich braucht, bist du nicht da!«

Giada Bianchi sprang auf, stieß ihren Stuhl um, rannte

hinaus in die Küche, rief: »Leo, bleib bei Mario, ich bin in einer Stunde wieder da«, und stürmte aus der Osteria.

Mario schaute ihr entgeistert nach. Dann ging er in die Stube zu Robert Lichtenwald. »Was ist passiert, *Dottore*?«

»Ich weiß auch nicht«, sagte Lichtenwald resigniert. »Es sind diese Morde, sie gehen ihr an die Nieren.«

»Nur allzu verständlich«, brummelte der Koch. »Was mach ich jetzt mit Giadas *secondo*?«

»Bringen Sie es mir. So üppig sind die Portionen ja nicht.«

Der Chef zog die Augenbrauen hoch.

»Aber dafür umso exquisiter«, schob Robert Lichtenwald rasch nach.

Er verspeiste die beiden gefüllten Täubchen auf Blattspinat mit Rosinen anstandslos. Dann spülte er seinen Ärger auf Giada und vielleicht auch einen leichten Hautgout von schlechtem Gewissen mit einem Mirto di Maremma hinunter, zahlte für die drei Essen 160 Euro, inklusive Trinkgeld, und ging.

Draußen trollten sich die Regenwolken vor der Junisonne, die den Dunst aus den Gassen saugte. Lichtenwald zog sein Sakko aus und setzte seine Sonnenbrille auf. Er trat auf die Piazza mit dem Garibaldi-Denkmal, vor dem zwei Carabinieri mit schwarzgewichsten Stiefeln und engen Hosen mit roten Streifen an ihren Motorrädern lehnten. Sie beobachteten ihn, als er den Platz überquerte und in der Via Carducci verschwand. Dort bog er nach links in die Via Gramsci ab, ging durch die südliche Porta del Sole und stieg in seinen Wagen. Die Fahrt Richtung Nordwesten begeisterte ihn jedes Mal aufs Neue. Sie führte durch Senken und über Hügelkuppen im Abstand von etwa acht Kilometern parallel zur Küste. Der Regen hatte die Landschaft klargespült, die Luft war so rein, dass die bergige Insel Giglio draußen im Meer unerklärlich nah erschien. Einzelne Pinien hoben sich wie schläfrige Wächter vom Glanz der Weizenfelder ab. In einem Wäldchen spielte das Licht zwischen den Steineichen und Judasblattbäumen, die die Leute hier *sicomori* nannten. Robert Lichtenwald stieg aus und schloss die Augen, überwältigt von diesem Summen und Zwitschern und der Luft, die so nach Süden roch. Tod, Teufel und Satanisten erschienen ihm plötzlich sehr fern. »Tenuta di Montecivetta« stand auf einem Schild über dem Gatter, das er öffnete. Ein ordentlich gekiester Weg führte zwischen stillen Zypressen aufwärts, zweieinhalb Kilometer bis zum Gutshaus des Conte. Die Pflanzung der Alleebäume musste ein Vermögen gekostet haben. Nach 1200 Metern nahm er rechts einen ausgewaschenen Weg zu seinem Rustico. Er blieb im Auto sitzen und schaute nach allen Seiten aus den Fenstern. Alles war ruhig. Warum fühlte er sich trotzdem beobachtet? Das Essen mit Giada hatte ihn anscheinend kirre gemacht. Wer sollte schon etwas von ihm, einem Deutschen, wollen? Und doch war da neulich diese Gestalt gewesen, die Giada am Fenster gesehen hatte. Und die Sache mit dem Buch in seinem Arbeitszimmer wurde er auch nicht los.

Er stieg aus, ging rasch in sein Haus und schloss die Tür hinter sich ab, was er sonst tagsüber nie tat. Er ging in die Küche, trank ein Glas Wasser. Als sein Handy vibrierte, war er froh über die Ablenkung.

# SIEBZEHN

Giada Bianchi bebte immer noch vor Zorn, als sie in ihrer *ape* über Schleichwege hinunter zur romanischen Abteiruine knatterte. Sie fuhr zu schnell, und das Regenwasser spritzte auf, wenn das dreirädrige Gefährt durch die Schlaglöcher rumpelte. Sie kannte jeden Weg, jedes Feld, ja fast jeden Baum. Wie oft hatten sie als Kinder und Jugendliche hier gespielt oder waren bei ihren nächtlichen Hexentreffen mit Fackeln hier herumgelaufen? Seit ihrer Rückkehr aus Rom fegte sie gern mit dem Mountainbike durch die Gegend. Doch heute fühlte sie sich in ihrer *ape*, so winzig sie auch war, sicherer. Je näher sie San Rocco kam, desto langsamer fuhr sie. Man brauchte sie nicht gleich von weitem zu hören.

Ja, es war verrückt, jetzt ganz allein hierherzufahren. Robert hatte ja recht. Sie sollte Geduld haben und auf die Arbeit der Carabinieri vertrauen. Aber sie hatte nun mal keine Geduld. Und sie vertraute den Carabinieri nicht, und schon gar nicht dem *Maresciallo*. Was hatte sie dieser Mistkerl angebaggert, seit er nach Morcone versetzt worden war. Geschenke, Gesäusel und dann die Drohung, ihren Zeitungsladen von der Guardia di Finanza überprüfen zu lassen. »Irgendein Gesetz verletzt man immer. Besonders, wenn es um Steuern geht, Signorina«, hatte er gehöhnt. Und nun hatten sie Antonio eingelocht, als Sündenbock für die Morde von Morcone. Eine glatte Lösung, die Bartolamis Karriere vielleicht noch mal einen Push nach oben geben würde, weg aus diesem Kaff ... Und wenn Antonio sich tatsächlich umbringen würde? Umso besser für die Carabinieri, dann war das eben sein Schuldeingeständnis. Natürlich waren sie nicht alle so. Donatella Laganà zum Beispiel, die war anders ... Aber in Morcone herrschte nun mal Bartolami.

In einem Gestrüpp aus Schilfwedeln stellte Giada die *ape* ab. Vor ihr lag eine mit Ginsterbüschen bestandene Lichtung. Daraus erhob sich, klar und unschuldig, die Vierung von San Rocco mit dem oktagonalen Aufsatz. Die Bögen aus Travertin strahlten noch im Verfall eine elegische Würde aus. In den Resten des Querschiffes hatten sich Gräser und Büsche eingenistet, aber auch ein Kameraauge, das selbst dem scharfen Blick der Reporterin entging.

Es roch nach Schwefel. Wie Giada vermutet hatte, führte der Thermalbach, der durch die Ruine floss, reichlich Wasser. Sie hörte sein Gluckern. Die Gegend wirkte völlig verlassen. Giada atmete tief ein. Dann gab sie ihre Deckung auf und ging über die Wiese auf die Reste der Abtei zu.

Lichtenwald erkannte an der Nummer auf dem Display sofort, von wo der Anruf kam. Aus Bolivien. Er freute sich wie ein Kind. »Hallo, Lea!«, brüllte er in sein *telefonino*, damit sie ihn auch hören konnte, sie war ja so weit weg. »Wie geht's dir? Wo bist du? Bist du gesund?«

»Hallo, Papa, ich ...« Lea begann zu lachen. »Du bist ja ganz aufgeregt, Papa. Ja, mir geht's gut. Ich bin immer noch in Cochabamba, kümmere mich um die Straßenkinder. Ist schon anstrengend und manchmal schon echt hart, aber viele Kinder sind so nett und freuen sich und, also, wie soll ich sagen, ich habe noch nie so wenig an meinem Leben gezweifelt wie jetzt.«

»Das klingt gut, Lea, sehr gut. Aber bist du gesund, Lea? Isst du genug?«

»Papa! Es geht alles klar, okay? Ich muss dir mal wieder Fotos auf WhatsApp schicken. Dann siehst du, dass es mir gutgeht. … Ja, ich habe deine Nachrichten und Mails bekommen … Hier ist nur immer so viel los … Und wie geht's dir, Papa? Bist du noch in Italien?«

»Ja, ich werde mein Sabbatjahr über wohl hierbleiben. Unser Rustico ist jetzt schon ziemlich weit. Ich habe noch einiges dran machen lassen in den vergangenen Wochen. Und bin ständig am Einrichten, Ordnen, Gärtnern und so. Du kennst mich ja.«

»Prima. Ich bin ja so gespannt, wenn ich im August zurückkomme und dich in Morcone besuche. Wie geht's dem Conte? Und warst du mal oben in Torrealto bei Maria, ihre wunderbaren Pappardelle essen? Die fehlen mir hier.«

»Ja, die sind immer wunderbar. Und dem Conte geht's auch gut. Hier ist alles bestens«, log Robert, um seiner Tochter nicht ihre Zeit in Bolivien zu verderben. Sie würde alles noch früh genug erfahren.

»Kommst du viel zum Malen?«

»Eigentlich noch nicht so. Auch bei mir hier ist allerhand los!«

»Kann ich mir vorstellen, Papa. Du mit deinem Perfektionismus! Bis noch der letzte Winkel in Haus und Garten gestaltet ist, wirst du keine Ruhe geben. Aber gönn dir auch mal etwas. Sei mal ein bisschen italienisch …«

Robert Lichtenwald lachte. »Ich gebe mir Mühe. Aber eins noch: Hast du was von Stefanie gehört?«

»Von Mama … ja.«

»Und, wo ist sie? Kann ich sie anrufen?«

»Nein, Papa, leider nicht.«

»Warum nicht?«

»Ich darf dir ihre Nummer nicht geben.«

»Wieso, Lea?«

»Sie sagt, sie braucht Abstand und Zeit. Sie wird sich bei dir melden, wenn es etwas Neues gibt.«

»Das ist ja rührend von ihr …« Robert Lichtenwald schluckte seine Empörung hinunter. Lea konnte am allerwenigsten dafür. »Lea, wenn du sie wieder sprichst, kannst du ihr sagen, dass ich immer für sie da bin, wenn sie mich braucht?«

»Das fällt dir ja früh ein, Papa.«

»Lea, aber …«

»Papa, ich muss jetzt aufhören. Gerade kommen die Kinder, denen ich Lesen beibringen soll.«

»Ich bin stolz auf dich, Lea. Ich finde es wirklich toll, was du da machst.«

»Ich auch, Papa.« Lea lachte. »Ich ruf dich wieder an.«

Giada dachte manchmal, sie hätte Archäologin werden sollen. Alte Gemäuer zogen sie genauso an wie alte Geschichten, und sie liebte es, an den Wochenenden weite Touren durch die südliche Toskana zu machen und wenig bekannte Ruinenorte, verlassene Burgen oder von den dornigen Schlangen der Brombeeren überrankte Etruskerstätten zu erkunden. Ab und an schrieb sie eine Reportage für den *Maremmano* darüber, und ihr stiller Plan war es, irgendwann ein Buch daraus zu machen. Anfangs hatte Leo sie gern begleitet und hingebungsvoll Tonscherben, glitzernde Steine und seltsam geformte Wurzeln gesammelt, ein Hobby, das ihm das Wohlwollen des Conte einbrachte. Seit einigen Monaten interessierte ihn das jedoch alles nicht mehr. »Nicht schon wieder ein Ausflug«, stöhnte er, wenn seine Mutter ihm vorschlug, am Sonntag das Castello di Cotone oder, weniger abgelegen, die Reste der Stadt Cosa zu erforschen. So blieb jetzt auch sie oft in Morcone, weil sie ihren Sohn nicht den ganzen Tag allein lassen wollte, was er geradezu herbeisehnte.

Umso wacher trat sie nun in die Ruine von San Rocco. Sie betrachtete die von Hitze, Regen und mancher Barbarenhand malträtierten romanischen Kapitelle, von denen Tiergesichter und gnomhafte Wesen auf sie herabglotzten. Besonders gefiel ihr, dass sich Gräser und Kräuter in den Ritzen zwischen den Steinen einnisteten wie in einem Steingarten. Kultur und Natur, in harmonischer Durchdringung, das Geheimnis der Toskana. Der Schwefelgestank, der aus dem gelblich-milchigen Wasser aufstieg, störte sie nicht, im Gegenteil. Die Erde lebte, und unter ihr kochten Teufel und Dämonen ihr feuriges Süppchen. Auch das erregte Giada Bianchi. Sie bückte sich, hielt ihre Hand in den Bachlauf und strich sich mit dem Schwefelwasser über das Gesicht. Sollte gut für die Haut sein.

Plötzlich merkte Giada, wie einsam es hier war in der Nachmittagshitze. Kein Sperling pickte nach Körnern im Staub, keine Biene brummte in den Gräsern. Nur die Zikaden woben ihren Klangteppich über das Land. Giada flüchtete vor der Hitze und der Sonne in den Schatten der Apsis. Sie ertastete im Dämmerlicht einen Steinbrocken, vermutlich der Rest des Altars, und setzte sich darauf. Direkt neben ihr blubberte die Schwefelquelle und ließ in konzentrischen Kreisen die Wasserfläche erschauern. Hier hatte es die Leiche der Afrikanerin hingeschleppt, was immer es auch war. Und hier hatte es das Amulett mit der dreifachen 6 hingelegt, das gleiche, das sie als Teenager gern um den Hals getragen hatte. Ein eigenartiger Zufall. Denn die 666 war ein eher seltenes Zeichen des Bösen. Viel häufiger unter Satanisten verbreitet waren der Totenkopf, das gestürzte Pentagramm, umgekehrte Kreuze oder das Nerokreuz. Die 666 war da eher höhere Schule des Okkultismus, mit dem sie sich einst näher beschäftigt hatte. In der Offenbarung des Johannes wird sie als Zahl des Antichristen genannt. Manche bezogen sie auf Kaiser Nero, andere auf Trajan oder Nerva. Selbst Adolf Hitler oder das World Wide Web wurden mit der 666 in Verbindung gebracht, hatte sie gelesen. Sie selbst hatte sich als 17-Jährige von Aleister Crowley inspirieren lassen, einem britischen Okkultisten, der sich als »Das Große Tier 666« bezeichnete. Heute sah sie darin kindliche Versuche, aus einer spießigen Umgebung auszubrechen und ihr Leben mit Sinn aufzuladen. Kein geistig gesunder Satanist nahm seinen Kult ernst, fand sie. Umso mehr quälte sie das Schicksal ihres Schulfreundes Jacopo Puscolo, der bei ihren satanischen Spielen mitgemacht hatte und heute in einer Klinik in Livorno dauerhaft psychiatrisch behandelt wurde.

Ein Geräusch ließ sie aufblicken. Ihre Augen hatten sich an das Dämmerlicht gewöhnt, und da sah sie an der Wand der Apsis das Graffito:

SALIGIA

Giada Bianchi war schon oft in der Ruine von San Rocco gewesen. Aber das hatte sie noch nie gesehen. Es musste neu sein. Sie machte ein Foto. Da hörte sie wieder ein Rascheln. Sie stand auf und stellte sich in ihren schwarzen Chucks auf die Zehenspitzen, um durch das schmale, hohe Fenster in der Rückseite der Apsis nach draußen zu blicken. Der Schrei, der aus den Tiefen ihrer Seele quoll, wo sich frühe Schläge der Eltern, Ängste im nächtlichen Kinderzimmer, im Vorbeikrabbeln erhaschte Bilder aus Fernsehfilmen, Alpträume der Grundschülerin, satanische Teenagerphantasien und die Verzweiflung am Ende in Rom mit den Vexierbildern des kollektiven Unterbewusstseins der Morconesi mischten, blieb ihr im Rachen stecken. Es war da.

Lichtenwald brauchte lange, um das Gespräch mit Lea zu verdauen. Sein kleines Mädchen in Bolivien – und seiner gar nicht bedürftig. So sollte man es sich als Vater wünschen. Die Kinder erobern die Welt. Doch er merkte, wie abstrakt dieser Gedanke war. In seinen Eingeweiden scharrte die Sehnsucht nach jenen Jahren, in denen Lea klein und Stefanie fröhlich war, jedenfalls in seiner Erinnerung. Diese Zeit hätte er gern hierherversetzt, in sein Rustico.

Stefanie. In Robert Lichtenwalds Vision vom Süden waren das Haus auf Gut Montecivetta und seine Frau immer ein Gesamtbild gewesen. Eine Collage aus nackten Füßen auf warmen Steinen, salziger Brise, die durch rotblonde Strähnen glitt, frittierten Calamari, kleinen, hellen, festen Brüsten, Rosmarinsträuchern, Paolo Conte, Cesare Pavese, Sommersprossen, Schwanenhals, dem schwülen Odem der Engelstrompeten, Federico Fellini, Raffael, rotem Wein, weißem Wein, Lachen, Liebe, Nächten, Haut auf Haut, Sand in den Laken – ein Fest fürs Leben.

Und nun war es so anders gekommen, seit jenem Sonntag im nassen Dezember, als sie zurückkam aus der Innenstadt, mit Tüten und Feierlaune. »Hey, Robert«, hatte sie von der Tür aus gerufen, »wo steckst du? Ich habe uns

Stollen und Glühwein mitgebracht. Komm, wir feiern Advent und schicken Lea ein Selfie davon.«

Er in seinen Schriftsätzen. Verlustabschreibungen, Holdings, Doppelbesteuerungsabkommen. Der impertinente Staatsanwalt am Landgericht München II, der ihm erklären wollte, was bei Offshore-Geschäften legal ist und was nicht. Er musste diesen Schriftsatz am nächsten Tag herauslassen, koste es, was es wolle. Doch zuvor musste er sich noch einmal einige Urteile in der Internet-Datenbank Juris durchlesen. Und da kam Stefanie provozierend gut gelaunt vom Weihnachts-Shopping und wollte feiern. Sah sie nicht, dass er kurz davorstand, Partner in seiner Kanzlei zu werden? Dass er dafür noch mal alles geben musste, um endlich die Früchte langer, guter Arbeit zu ernten – auch für Stefanie und Lea? Ja, er wusste, dass er nicht mehr der lebensfrohe, aufgeschlossene, weltneugierige Partner war, den Stefanie geheiratet hatte. Er interessierte sich nicht mehr so für die neuesten Romane, ihre Übersetzungen aus dem Italienischen, die Münchner Galerien und umstrittene Inszenierungen am Residenztheater. Stefanie ging immer öfter ohne ihn aus. Aber was hätte er tun sollen? Nach zwölf Stunden in der Kanzlei inklusive Mittagssnack über den Akten hatte er keine Kraft mehr, abends stundenlang auf Godot zu warten. Wobei: Vielleicht hätte er in den vergangenen Monaten mehr auf sie zugehen müssen, da Lea nicht mehr da war. Die Ankündigung ihrer Tochter, nach dem Abitur für ein soziales Jahr nach Bolivien zu gehen, hatte Stefanie elektrisiert und deprimiert zugleich. Sie freute sich für sie, dass sie so mutig und konsequent ihren Weg ging. Doch sie fürchtete sich vor der Zeit, da sie nicht mehr da war. Denn Lea war immer mehr von der Tochter zur Freundin geworden, hatte den Platz eingenommen, den er verwaist zurückließ.

Aber, noch mal, was hätte er tun sollen? Es war nicht seine Schuld, dass sich das Tor zur Kanzlei-Partnerschaft ausgerechnet zu der Zeit öffnete, als Lea ging.

Dann sein Ruf aus dem Arbeitszimmer, er könne nicht, er müsse die ganze Nacht an seinem Schriftsatz feilen. Die flüchtige Begegnung in der Küche, als er sich neuen Wein holte und sie sagte: »Robert, wenn man dich braucht, bist du nicht da.« Er hatte das kaum wahrgenommen, zu sehr beschäftigte ihn der Aufsatz, den ein Kollege gerade in der NJW über die Angemessenheit von Lizenzgebühren an Offshore-Firmen veröffentlicht hatte. Und als er am nächsten Abend – todmüde, aber glücklich, denn sein Schriftsatz war pünktlich raus – nach Hause kam, war Stefanie nicht mehr da. Einfach nicht mehr da.

Robert Lichtenwald ging in die Küche und goss sich ein Glas Weißwein ein. Eigentlich wollte er weniger trinken hier in der Toskana. Aber unter diesen Umständen ... Die Morde setzten ihm viel mehr zu, als er das akzeptieren wollte. Es ging ihn nichts an. Er war nicht hierhergekommen, um die Probleme anderer zu lösen. Doch dann dachte er an Giada, und was sie gesagt hatte, und dass sie womöglich Ernst gemacht hatte, stur, wie sie war, und tatsächlich hinunter nach San Rocco gefahren war. Robert sah die zierliche Frau mit ihrem orangefarbenen Strubbelkopf allein durch das Gemäuer streifen. Drei Minuten später hatte er Capitano Laganà am Apparat. Ja, es sei gut, dass er anrufe. Sie werde die Kollegen in Morcone alarmieren.

Das Wesen auf der anderen Seite des Apsisfensters schien sie mit seinem Basiliskenblick zerstören zu wollen. Die eng zusammenstehenden, dunklen, stechenden Augen senkten sich in ihre, so dass sie nicht mehr wegsehen konnte. Sie fürchtete, unter diesem Blick zu zerfließen wie ein

Kerzenstummel auf glühender Kohle. Ihre Knie wurden weich, sie wollte sich zu Boden sinken lassen, doch der Blick hielt sie aufrecht. Giada Bianchi wollte losschreien: »Was willst du? Hau ab!«, doch es kam nur ein Wispern aus ihr heraus. Sie wusste nicht, wie lange sie einander so gegenüberstanden, sie drinnen, es draußen, getrennt durch eine Mauer aus Stein, die die Energie dieses Wesens mühelos durchdrang. Ihr war es, als sei der Blick der ganzen Welt auf sie gerichtet und als sehe er alles, was in ihr verborgen war, selbst das, was sie selbst nicht mehr kannte. Sie wollte sich abwenden, weglaufen oder wenigstens die Hände vors Gesicht schlagen, um dem Blick zu entkommen, doch ihre Glieder reagierten nicht auf ihre Befehle.

Giada Bianchi hatte schon viel mitgemacht mit ihren vierunddreißig Jahren. Sie hatte ihre Eltern in Morcone im Sterben begleitet, während sie wusste, dass Aurelio sie in Rom mit einem Fernsehsternchen betrog. Sie hatte, aus Neugierde, an einer harten schwarzen Messe teilgenommen, nicht hier in San Rocco, sondern in der Abteiruine von Malavalle, und das war etwas anderes als der Hokuspokus, den sie sonst als Schülerin mit ihren Freundinnen aufgeführt hatte. Jacopo Puscolo war dabei verrückt geworden, und sie hatte später vergebens versucht, ihn aus seinen Wahnwelten zurückzuholen. In Rom hatte sie Ecstasy und Kokain ausprobiert, wenn auch lange nicht so hemmungslos wie Aurelio. Sie wusste, was es hieß, an die Grenze zu gehen. Doch noch nie hatte sie so deutlich empfunden, wie es sein musste, wahnsinnig zu werden.

Auf einmal fing das Gesicht an zu sprechen, langsam, jede Silbe betonend und sie keinen Moment aus den Augen lassend: *»Ecce gladius Domini super terram, cito et velociter!«* Giada Bianchi hatte kein Latein in der Schule gehabt, doch sie erkannte sofort, dass dies Lateinisch war, auch wenn sie den Sinn nicht verstand. Der Satz brannte sich, so dunkel, wie er war, in ihr Gehirn ein. Dann sagte das Wesen in klarem Italienisch: »Der Leib muss brennen, auf dass die Seele gerettet werde. Macht ein Feuer, von dem ganz Italien spricht!«

Plötzlich war sie verschwunden. Er beugte sich vor und blickte durch das Fenster in das Innere der Apsis. Da lag sie, auf dem Boden neben der Quelle. Es wäre ein Leichtes, sie jetzt zu töten. Aber sie war noch nicht an der Reihe. Er brauchte sie noch, um der Welt seine Mission zu erklären. Dafür musste sie leben. Ein bisschen noch. Er hörte Sirenen, die näher kamen, und glitt ins dichte Schilf zurück.

*Maresciallo* Bartolami und seine Carabinieri Riggi, Brogi und Pucci trafen in zwei Wagen mit Sirenen und Blaulicht bei San Rocco ein. Als sie, ihre Berettas 92 im Anschlag, in die Apsis traten, sahen sie den Körper der jungen Frau am Boden liegen, das Gesicht nach oben, neben der dampfenden Schwefelquelle. Bartolami leuchtete mit einer Taschenlampe darauf und erkannte sofort Giada Bianchi. Die Hexenohrringe. Die orangefarbenen Haare. Ihre Augen waren geschlossen, der Teint wächsern. Es waren keine äußeren Verletzungen erkennbar. Bartolami ging in die Hocke und fühlte am Hals nach ihrem Puls. Er ging langsam und regelmäßig. Er befeuchtete einen Finger und hielt ihn der Bewusstlosen unter die Nase. Die Atmung war da. Er befahl Brogi und Pucci, ihre Uniformjacken auszuziehen und auf dem Boden auszubreiten. Sie legten Giada Bianchi in stabiler Seitenlage darauf. Bartolami neigte ihren Kopf etwas nach hinten und öffnete vorsichtig ihren Mund. Bevor der Notarzt eintraf, schlug Giada Bianchi die Lider auf. Der stechende Blick war verschwunden. Stattdessen schaute sie in zwei besorgt blickende Augen.

»Wo ist es?«, war das Erste, was sie sagte.

# ACHTZEHN

Giada Bianchi wurde zur Beobachtung nach Grosseto ins Hospital gebracht. Am frühen Abend kam Capitano Laganà vorbei. Giada berichtete von ihrer Spurensuche in der Abtei, von der Entdeckung des seltsamen Graffito, von der Begegnung mit dem Unbekannten. Doch seltsamerweise konnte sie sich nur an seine Basiliskenaugen erinnern und an das Grauen, das sie unter diesem Blick erfasst hatte. Dagegen hatte sie keinerlei Erinnerung mehr, wie das dazugehörige Gesicht aussah oder gar der ganze Mensch. Sie wusste nur, dass das Wesen – und sie trug in sich mehr den Eindruck eines Wesens als eines Menschen aus Fleisch und Blut – auf einmal zu sprechen begann. Aber was es sagte? Es lag ihr auf der Zunge, doch immer, wenn sie sich darauf konzentrierte, es in Erinnerung zu rufen, schwammen ihr die Worte davon.

»Vielleicht fällt es Ihnen ja später wieder ein«, sagte Laganà. »Dann geben Sie mir bitte Bescheid. Schlafen Sie gut und erholen Sie sich rasch, *Signorina* Bianchi.«

»Halt! Ich hätte auch noch eine Frage.«

Die Offizierin drehte sich um und zog die Augenbrauen hoch.

»Haben Sie das Wesen, ich meine, die Gestalt, gefasst?«

»Noch nicht. Als meine Kollegen in der Abtei eintrafen, waren nur Sie da. Wahrscheinlich ist, ehm, die Gestalt geflohen, als sie unsere Sirenen hörte.«

»Wäre ich also um ein Haar abgemurkst worden?«

Laganà schaute die junge Frau in dem Krankenbett nachdenklich an. »Das ist denkbar.«

»Dann verdanke ich den Carabinieri mein Leben?«

»Auch das kann sein. Meinen Kollegen, aber auch diesem Deutschen von Gut Montecivetta, der uns alarmiert hat.«

»Lichtenwald?« Giada setzte sich halb im Bett auf.

»Ja. Er hat mich angerufen, weil er sich Sorgen gemacht hat.«

Giada ließ die Luft hörbar zwischen ihren Lippen entweichen.

»Auf jeden Fall war es höchst unvernünftig von Ihnen, sich allein in die Abteiruine zu begeben.«

»Ich bin Reporterin.«

»Ich weiß. Aber sogar Reporter sind sterblich.«

»Ich wollte Antonio Giusti helfen. Ich weiß, dass er unschuldig ist.«

»Das könnte gut sein. Die Beweislage hat sich verändert, durch Ihr Abenteuer in der Abtei …«

»Und Sie werden ihn freilassen?«

»Ja.«

»Danke, *Capitano*.«

Laganà nickte ihr freundlich zu und wandte sich erneut zum Gehen.

»Eines habe ich noch vergessen«, rief Giada Bianchi aufgeregt. »Das Graffito. Haben Sie eine Ahnung, wer es gemacht hat und was es bedeuten könnte?«

»Was wir sicher wissen, ist, dass es erst vor kurzem dort angebracht wurde. Als eine unserer Streifen gestern bei der Abteiruine vorbeischaute, war es noch nicht da. Das ist ein Grund, warum Ihr Freund Giusti freikommt. Er kann es nicht angebracht haben.«

»Das Graffito stammt also von dem Monster?«

»Mehr will und darf ich Ihnen derzeit nicht sagen. Es geht um eine Mordserie, und ich bitte Sie dringend, dem Täter nicht mehr auf eigene Faust hinterherzuschnüffeln. Der heutige Nachmittag war Warnung genug. Und jetzt wirklich gute Nacht.«

Am nächsten Morgen konnte Giada Bianchi das Krankenhaus verlassen. Etwa zur gleichen Zeit kam Antonio Giusti aus dem Gefängnis frei. Er ging, zurück in Morcone, schnurstracks in die Bar Roma und feierte mit einigen *caffè corretti* seine wiedererlangte Freiheit. Dann schlenderte er hinüber zu seinem Salon und wartete, als sei nichts geschehen, auf Kunden. Giada dagegen zog es nicht nach Hause. Sie hatte mit Leo am Vorabend und am frühen Morgen telefoniert, jetzt war er in der Schule. Aber sie wollte nicht alleine sein. Daher duschte sie rasch, zog sich um und fuhr zur Tenuta di Montecivetta, um ihrem Retter zu danken.

Robert Lichtenwald rechnete nicht mit Besuch. Er stand in lehmverkrusteten alten Turnschuhen, hochgekrempelten Cargohosen, Strohhut und mit nacktem Oberkörper vor seiner Terrasse und hob mit dem Spaten ein Beet aus, in das er Rosen pflanzen wollte. Der Boden war trocken, dicht und von Wurzeln durchzogen, und so rann ihm bald der Schweiß über Gesicht und Rücken. Eigentlich hasste er harte und schmutzige körperliche Arbeit. Selbst kleine Reparaturen an seinem Fahrrad, bei denen die Hände schmierig wurden, waren ihm zuwider. Wenn es jedoch ums Gärtnern ging, war ihm nichts zu mühsam. Er liebte Blumen, pflanzen und alles, was damit zusammenhing. In seiner Etagenwohnung in München, in der Mondstraße, konnte er seine grüne Seele nur auf der Terrasse ausleben, unter der der Auer Mühlbach vorbeifloss. Auch deshalb hatte er lange von einem Rustico in der Maremma geträumt. Nun war er Besitzer von einem Stück Land, auch wenn es kaum mehr als 1200 Quadratmeter waren. Er freute sich wie ein kleiner Junge, hier der Schöpfer zu sein und dies zu seinem Garten Eden zu machen.

Giada Bianchi blieb abrupt stehen, als sie den halbnackten, schweißglänzenden Mann in der Erde schaufeln sah. Sein Oberkörper war gebräunt und recht muskulös, und wenn man von dem diskreten Bauch absah, der sich über dem Hosenbund vorwölbte, sah er ziemlich gut aus. Im ersten Moment erkannte sie Robert Lichtenwald nicht, den sie mit Büchern, schnieker Kleidung und teurem Herrenparfum abgespeichert hatte. Doch dann sah er auf und rief ihr ein erstauntes »Ciao, Giada« zu. Er fuhr sich mit dem Handrücken über die Stirn und entschuldigte sich für seinen Aufzug.

Giada legte den Kopf schräg und blinzelte ihn an. »Da brauchst du dich nicht zu entschuldigen. Harte Arbeit steht dir gut. Ehrlich.«

*Capitano* Laganà hatte Robert Lichtenwald noch am Abend zuvor informiert, dass die Journalistin wohlauf und in Sicherheit war. Mehr hatte sie ihm nicht verraten. Doch das reichte, um ihn zu beruhigen und in dieser Nacht gut schlafen zu lassen. Das Kapitel Giada Bianchi war damit für ihn abgehakt.

Nun stand sie plötzlich vor ihm, in einer kurzen Latzhose aus dunkelblauer Baumwolle, unter der sie ein ärmelloses blaues T-Shirt trug. Sie sieht zum Anbeißen aus, dachte Robert, um sich den Gedanken sofort wieder zu verbieten. Hatte er nicht gerade Stefanie nachgetrauert?

Plötzlich stellte sie sich auf die Zehenspitzen und küsste ihn auf die feuchte Stirn. »Danke, Robert. Wenn du die Carabinieri nicht informiert hättest …«

Er nickte nur.

»Du weißt, was passiert ist?«

Sie erzählte es ihm, soweit sie sich erinnern konnte, und sie berichtete ihm auch, dass der Friseur freigelassen würde. Und sie bat ihn, die Szene aus der Trattoria Tramonto einfach zu vergessen. Sie sei schon als Baby jähzornig gewesen, daran habe sich leider nichts geändert. Dafür sei es bei ihr wie bei Sommergewittern: »Kurz und heftig – und danach ist der Himmel wieder blau.«

Lichtenwald musste lachen. »Jeder kämpft mit seinem Charakter. Ich werde zwar nie wütend, dafür wirft man mir vor, oft zu passiv, ja phlegmatisch zu sein. Du bist nicht die Erste, die mir gesagt hat, wenn man mich brauche, sei ich nicht da.«

»Deine Frau?«

Lichtenwald nickte.

»Dann tut es mir noch mehr leid.«

Später saßen sie bei Tomaten, Mozzarella, Baguette und Trauben unter dem Feigenbaum auf dem Boden. Lichtenwald blieb, auf Bitten Giadas, so wie er war, nur ein T-Shirt durfte er sich überstreifen. Sie fühlten sich als Teil eines impressionistischen Gemäldes. Doch das Idyll konnte sie nicht über den Gedanken hinwegtäuschen, dass am vierten Montag beinahe der vierte Mord geschehen wäre – an Giada. Schon bald kamen sie wieder auf die Frage: Wer konnte so etwas nur tun?

Giada zeigte Robert auf dem Handy das Foto des Graffito. »Saligia«, las Robert laut vor. »Ein A, das L und das G sind durchgestrichen. Das erste I ist rot umkreist. Drei Morde und ein Mordversuch.«

Giada starrte Robert mit offenem Mund an.

»Die Frage ist nur, für was die Buchstaben stehen«, fuhr

Robert fort. »Wenn wir das herausfinden, wissen wir auch, wer das nächste Opfer ist.«

»Wie kommst du auf das alles? Man könnte meinen, du bist selbst der Mörder«, sagte Giada und ließ sich auf den Rücken fallen. »Picknick mit der Bestie – ein schöner Titel für meinen nächsten Artikel im *Maremmano*.«

Beide mussten lachen, und das löste ein wenig die Angst, die seit Giadas Abenteuer in der Ruine stärker denn je auf ihnen lag.

»Hast du Internet hier?«, fragte Giada plötzlich.

»Klar. Und WLAN. Der Conte hat mir geholfen. Alleine wäre ich an der Bürokratie eurer Provider gescheitert. Teuer war es auch. Aber es funktioniert. Sogar recht schnell.«

Bald darauf saßen die beiden nebeneinander auf der Terrasse an dem pseudobarocken gusseisernen Gartentisch, den Stefanie im vergangenen Sommer bei einem Trödelhändler in Bolsena gekauft hatte. Sie starrten auf den Bildschirm des Laptops, während Robert bei Google »Saligia« eingab. Schon der erste Treffer machte sie sprachlos. *»Vizi capitali«* stand da, zu Deutsch: »Todsünden«.

# NEUNZEHN

Am Dienstag erwachte Morcone aus der Angststarre. Alle atmeten auf, weil ein weiterer Mord ausgeblieben war. Damit war das Gesetz der Serie durchbrochen. Der blutige Spuk hatte womöglich ein Ende. Schule, Kindergarten und Geschäfte öffneten wieder. Die Morconesi verließen ihre Häuser, um zur Arbeit, zum Einkaufen oder in die Bars zu gehen. Selbst die Rauchschwalben und die Mauersegler schienen wie befreit um den Palazzo Aldobrandeschi und den Glockenturm von Santa Lucia zu stieben.

Giada Bianchis Erlebnis in der Ruine hatte sich bislang nicht herumgesprochen. Die Carabinieri trieben die Ermittlungen verdeckt voran. Leo wusste nur, dass seine Mutter auf einem Spaziergang einen Schwächeanfall erlitten hatte, aber schon wieder wohlauf war. Giada Bianchi und Robert Lichtenwald hatten noch keine Gelegenheit gehabt, mit anderen darüber zu sprechen. Während sie im Internet recherchierten, wurde in Morcone die Piazza dei Mille wie üblich zum Forum, auf dem die Ortsmeinung ausdiskutiert wurde.

»Ich habe ja nie so recht an einen Serienmörder geglaubt«, sagte Massimo Ferrera von der Immobilienagentur Maremma Casa, der sein Büro auf einen Espresso in der Bar Roma verlassen hatte. »Womöglich haben die drei Morde ja überhaupt nichts miteinander zu tun. Die Carabinieri scheinen die Lage jedenfalls im Griff zu haben. Sie werden bald die wahren Täter präsentieren, jetzt, da unser Friseur endlich freigelassen ist.«

»Lull' du die Leute nur ein«, schimpfte der alte Carlo Carmine und fuchtelte mit seinem Spazierstock vor Ferreras Nase herum. »Du hast ja bloß Angst, dass du auf deinen überteuerten Trümmerhaufen sitzenbleibst, weil Ausländer ungern *rustici* kaufen, in denen sie abgemurkst werden. Ich spüre es genau: Die Zeit der Buße ist noch nicht vorbei! Solange ihr weiter sündigt, wird Gott euch weiter strafen.«

»Die Wege des Herrn sind unergründlich. Auch für Sie, *Signor* Carmine«, sagte Don Désiré. Der Pfarrer hatte in den vergangenen Tagen immer wieder versucht, die Leute zu beruhigen. Er selbst konnte sich die Verbrechen natürlich auch nicht erklären. Aber eines wusste er: Sie waren Menschen- und nicht Gotteswerk. Das sagte er auch in seinen Predigten in Santa Lucia, in denen er die Morconesi aufrief zu beten, statt sich der Angst auszuliefern. Wer immer hinter den Morden stecke: Er dürfe keine Macht über die Köpfe und Herzen der Bürger erlangen. Die Gottesdienstbesucher hörten Don Désiré ruhig zu. Doch insgeheim befürchtete er, dass seine Botschaft die Leute nicht wirklich erreichte. Manchmal, wenn er abends im Pfarrhaus saß und Bücher zu seinem theologischen Schwerpunkt, der Missionswissenschaft, las, sehnte er sich nach dem Kongo zurück, dessen Menschen er besser verstand.

Während Don Désiré mit Carlo Carmine diskutierte – wobei der Alte umso fuchsiger wurde, je ruhiger der Pfarrer sprach –, kam der Gemeinderat zu einer außerordentlichen Sitzung zusammen. Einziger Tagesordnungspunkt: der verschobene Rosenmontagszug. Bürgermeisterin Michela Fanciulli hatte mit dem Präfekten in Grosseto und dem Carabinieri-Kommandanten von Morcone gesprochen. Beide drückten sich um eine Empfehlung herum. Sie sagten, sie würden die Entscheidung der Gemeinde unterstützen. *Maresciallo* Bartolami warnte zugleich, die Gefahrenlage sei hoch, solange die Morde nicht aufgeklärt seien. Andererseits könne ein Karnevalszug die Morconesi auf andere Gedanken bringen und für positive Nachrichten aus dem Ort sorgen. Die Stimmung im Gemeinderat war erstaunlich einmütig. In einer Mischung aus Lokalpatriotismus, Zivilcourage, Geschäftssinn und Trotz sprachen sich fast alle Räte dafür aus, den Zug am nächsten Montag abzuhalten. Lediglich der Vertreter der *Comunisti Ortodossi Riformatori*, der Industriellensohn Cesare Rossi, stimmte dagegen, da der Karneval eine infame Inszenierung der herrschenden Klassen sei, um von der Ausbeutung der Werktätigen abzulenken. Karneval sei wie Kirche: Opium für das Volk. Und da der repressive Kapitalistenstaat das Opium verbiete, müsse er konsequenterweise auch den Karneval untersagen. Die anderen Stadträte ahnten nicht, dass es dieses Mal besser gewesen wäre, Cesare Rossi zuzustimmen.

Robert Lichtenwald und Giada Bianchi verschlangen die Informationen, die sie im Internet zu »Saligia« fanden, und die waren höchst beunruhigend, weil sie ihre düsteren Ahnungen bestätigten. Das Wort setzte sich aus den Anfangsbuchstaben der lateinischen Begriffe für die sieben Todsünden zusammen: *Superbia* (Hochmut), *Avaritia* (Habgier), *Luxuria* (Wollust), *Ira* (Zorn), *Gula* (Völlerei), *Invidia* (Neid) und *Acedia* (Trägheit des Herzens). Robert fröstelte. Hatten ihm nicht Stefanie – und unlängst Giada – emotionale Trägheit vorgeworfen? Giada selbst war nicht besser dran. Ihre Zornesausbrüche waren in Morcone legendär. So recht leuchtete Lichtenwald die

Auflistung der Todsünden allerdings nicht ein. »Es gibt viel Schlimmeres«, sagte er. »Grausamkeit zum Beispiel. Oder Rachsucht. Oder Heimtücke.«

»Mag sein«, sagte Giada. »Doch die katholische Kirche hat sich nun mal im Mittelalter auf den Kanon der sieben Supersünden festgelegt. Jetzt erinnere ich mich, dass wir sie mal im Religionsunterricht durchgenommen haben. Ich fand das mit fünfzehn Jahren bigott und doof und nahm mir vor, an sieben Tagen hintereinander je eine Todsünde zu begehen. War gar nicht so einfach.«

Lichtenwald spielte nachdenklich mit den Brotkrümeln auf dem Tisch. »Wirklich? Ich stelle es mir kinderleicht vor. Wenn ich es mir genau überlege, begehe ich die sieben Todsünden jeden Tag, wenigstens ein bisschen. Ich fühle mich besser als andere, futtere über den Hunger hinaus, und träge bin ich auch, wenn ich nicht gerade im Garten arbeite …«

Giada betrachtete seine schmalen, aber kräftigen Hände, die sonst so gepflegt waren, jetzt aber Erde unter den Fingernägeln zeigten. Sie legte den Kopf schräg. »Und du bist jeden Tag wollüstig? Das hätte ich nicht von dir gedacht, Robert.«

Er ärgerte sich, weil ihm das Blut in den Kopf schoss. »Nun, also, ich meine«, stammelte er, »es ist nicht so, dass ich mir ständig Sexszenen ausmale oder so was. Aber wenn ich auf der Straße eine hübsche Frau sehe, drehe ich mich um, oder ich muss mich bemühen, es nicht zu tun …«

»Ist schon gut, Robert.« Giada legte ihre Hand auf seine, die die Brotkrümel hin und her fegte. »Ich habe nur Spaß gemacht. Ich weiß, was du meinst. Aber das macht, glaube ich, nicht die Todsünden aus. Es muss mehr sein. Dein dominanter Charakterzug. Dein wichtigstes Motiv. Ein mächtiges Wissen und Wollen, verstehst du?«

»Klar. Ich bin Strafrechtler. Wissen und Wollen. So definieren wir eine vorsätzliche Tat. Glaubst du, dass ich emotional träge sein will? Oder dass das mein dominanter Charakterzug ist?«

»Ich weiß es nicht. Dazu kenne ich dich nicht gut genug. Was ich weiß, ist, dass mir der Jähzorn angeboren ist. Und wenn ich richtig wütend werde, weiß ich es und will ich es. Es ist ein geiles Gefühl.« Giada knallte ihre Faust auf den Tisch, dass Teller und Gläser hüpften.

»Zurück zu den Morden«, sagte Lichtenwald vorsichtig. »Drei Buchstaben sind durchgestrichen. Das heißt wohl: Diese Todsünden hat der Täter gesühnt. A, *Avaritia*, Habgier – das ist klar. Ágnes Nagy lebte für ihr Vermögen gern. Und nur dafür.«

»Und das L, *Luxuria*, Wollust, das ist die Prostituierte, die in der Abteiruine gefunden wurde.«

»Dann steht die Wirtin Maria Pianigiani für G, *Gula*, Völlerei. So einfach ist das?«

»So einfach und so grauenhaft«, sagte Giada, die ihre Hand jetzt zurückzog, um sich den Nacken zu massieren. »Vier Buchstaben fehlen noch. Und niemand weiß, mit wem von uns in Morcone der Mörder sie identifiziert.«

»Er hat das I rot eingekreist, das erste I. Es könnte für *Ira* oder für *Invidia* stehen.«

Giada nickte ernst. »Es steht für *Ira*, Zorn. Das könnte ich sein. Denn gestern hat es doch versucht, mich umzubringen.«

Robert Lichtenwald wusste nicht, was er sagen sollte.

»Es wird es wieder versuchen«, sagte Giada.

»Was meinst du mit ›es‹?«

»Ich habe keine Ahnung, was es war. Mann, Frau, Gespenst?«

»Gespenst?«

»Ich bin Agnostikerin«, sagte Giada. »Alles ist möglich.«

»Wir müssen die Carabinieri informieren!«

Giada schüttelte den Kopf. »Auch die können googeln. Und dieser *capitano*, Donatella Laganà, ist alles andere als bescheuert. Sie wird dieselben Rückschlüsse ziehen wie wir.«

»Aber es kann doch nichts schaden, wenn auch wir es ihnen sagen.«

»Ich traue ihnen nicht. Laganà mag in Ordnung sein, aber Bartolami ist ein Arschloch. Es geht ihm nicht um die Wahrheit, sondern nur darum, möglichst schnell einen Schuldigen präsentieren zu können und damit zurück auf die Karriereleiter zu springen. Und überleg doch mal: Es wird Bartolami und auch alle anderen Carabinieri wahnsinnig nerven, dass sich eine Journalistin und ein Deutscher in ihre Ermittlungen einmischen. Sie werden uns abfertigen und dazu verdonnern, uns rauszuhalten. Wollen wir das? Es ist besser, wenn wir den Ball flach halten, wie Leo sagen würde. Vielleicht bekommen wir ja etwas heraus, was nur wir herausbekommen können.«

»Du bist unverbesserlich, Giada«, sagte Robert Lichtenwald vorwurfsvoll. Doch sein Blick verriet, wie sehr ihm seine neue italienische Bekannte imponierte.

»Unverbesserlich ist mein Markenzeichen«, sagte Giada und reckte die Faust nach oben. Dann verzog sie den Mund zu einem Poesiealbum-Lächeln und fragte: »Wirst du mir diesmal helfen?«

Robert seufzte. »Das werde ich. Ich möchte ja nicht als abschreckendes Beispiel für seelische Trägheit enden.«

»Was werden wir also tun?«

»*Wir* werden gar nichts tun. Du bist offenbar gerade einem Anschlag entgangen. Der Täter läuft frei herum. Du solltest also in Morcone in deiner Wohnung bleiben und jemanden bitten, dass er im Zeitungsladen aushilft. Und du wirst auch nicht mehr für den *Maremmano* schreiben, weil das den Täter noch mehr auf dich aufmerksam machen würde. Außerdem wollen wir nicht, dass er weiß, was wir wissen.«

Giada sprang wie von einer Pferdebremse gestochen in die Höhe und blaffte ihn an: »Übernimmst du jetzt hier das Kommando? Willst du mir etwa vorschreiben, was ich zu tun habe?«

»Ich versuche, nicht mehr träge zu sein.«

»Und was willst du sonst noch tun?«

»Ich werde recherchieren. Das können nicht nur Journalisten, sondern auch Strafverteidiger. Ich werde mich umhören und bei Luigi La Torre anfangen. Der Philosoph scheint mir mehr zu wissen, als er zeigt.«

Giada setzte sich wieder. »Darauf kannst du Arsen nehmen. Das ist ein Cleverer. Ein Beobachter.«

»Dann sind wir uns einig?«

»Keineswegs. Ich gebe dir nur ein bisschen Zeit. Wenn du nichts bringst, schalte ich mich wieder ein.«

»Unverbesserlich«, brummte Robert.

*»Hasta la victoria siempre«*, rief Giada und hielt ihm die flache Hand zum Einschlagen hin.

»Das ist kein Italienisch«, brummte Robert.

»*Complimenti!* Du machst Fortschritte!«

Giada Bianchi hielt sich an die Abmachung, auch wenn es ihr schwerfiel. Sie blieb den ganzen Tag in ihrer Wohnung, interessierte sich, zu Leos Entsetzen, für dessen Hausaufgaben, putzte und räumte die Zimmer auf, saß am Fenster und hörte Musik, las Romane, die sie immer schon lesen wollte, kochte, zur Freude ihres Sohnes, jeden Tag ein anderes Pasta-Gericht und vertiefte sich abends in einen Online-Meditationskurs, den ein tibetanischer Lama von seinem Kloster in Urbino aus anbot. Der freiwillige Rückzug tat ihr gut. Sie fühlte sich weniger getrieben. Die Gedanken wuselten nicht mehr so rastlos in ihrem Kopf durcheinander wie sonst. Und sie schlief jede Nacht acht, neun Stunden, ohne aufzuwachen.

Ihre Freundin Mara, die sonst als freie Graphikerin von zu Hause aus arbeitete, schmiss den Zeitungsladen und war zufrieden, so unter Leute zu kommen. Antonio Giusti tratschte am Telefon mit ihr, wenn gerade niemand im Salon war, und Paolo Rossi ließ ihr jeden Abend einen Pisco Sour vorbeibringen, gratis.

Sie hatte die beiden Freunde in ihr Erlebnis in der Abteiruine eingeweiht und sich versprechen lassen, dass sie dichthielten. Robert hatte recht: Fürs Erste war es das Klügste, wenn sie dem Wesen aus der Abteiruine aus dem Weg ging. Sie war keine ängstliche Frau. Aber wenn ihrem Sohn etwas drohte, dann war das etwas anderes. Und es beeindruckte sie schon, dass die Carabinieri eine Überwachungskamera gegenüber ihrer Wohnung installiert hatten, regelmäßig an ihrem Haus vorbei Streife gingen und darauf bestanden, Leo von Beamten in Zivil zur Schule bringen und wieder abholen zu lassen. Den Rat der Carabinieri, Morcone zu verlassen und mit Leo nach Rom zu ziehen, lehnte Giada Bianchi ab. Sie hatte ihre letzte Zeit am Tiber noch nicht wirklich verarbeitet.

Natürlich tobte Matteo Nerozzi, weil er nicht verstand, warum ihm Giada Bianchi kein neues Futter für den *Maremmano* lieferte. Sie fertigte ihn grob ab. Mit Robert Lichtenwald mailte sie dagegen mehrmals täglich. So trieben sie ihre geheime Recherche voran. Sie forschten im Internet zu den sieben Kardinalsünden, erstellten

Listen mit möglichen Opfern und informierten sich über religiöse Fanatiker und extreme christliche Gruppen in der Maremma.

Langweilig wurde es ihr also nicht in ihrem Refugium. Doch es erboste sie, dass sie nicht am verspäteten Karnevalszug teilnehmen konnte, für den die letzten Vorbereitungen nun den Ort beschäftigten. Giada Bianchi liebte den Carnevale di Morcone, seit sie sich als kleines Mädchen von dem Wirbel aus Spaßmachern, Musikanten, Reitern, Tänzerinnen, Blumen, Drachen, Prinzen, Konfetti und Bonbonregen begeistern und erschrecken ließ. Sie tanzte als Schülerin auf den Wagen mit, auf dem das Fitnessstudio Gym Wellness *A Chorus Line* oder *Cats* inszenierte, und sie versäumte es auch in den Jahren in Rom nie, am Rosenmontag nach Morcone zu fahren. Seit ihrer Rückkehr mischte sie beim Karnevalsverein der *Nasi Rossi* mit, einer mit weißen Umhängen und roten Pappnasen verkleideten Gruppe, die dem Bacchus, dem Gott des Rausches und der Sinnesfreude, huldigte und in Konkurrenz zur *Confraternità della Penitenza*, der Bußbruderschaft stand, die, mit schwarzen Kapuzen vermummt, aus denen nur die Augen herausschauten, Jagd auf König Karneval machte, um ihn am Abend des Faschingsdienstags schließlich zu fassen und aus dem Ort zu jagen.

Die Arbeiten für den Karneval zogen sich das ganze Jahr über hin. Handwerker bastelten in Garagen und Scheunen an allegorischen Figuren aus Pappmaché, Glasfaser, Kaninchendraht, Styropor und bunten Lacken. Andere studierten Tänze und Paraden ein, nähten Kostüme, heckten neue Streiche aus. Auch Giada Bianchi hatte wieder mitgemacht, und sie war, wie all die anderen, riesig enttäuscht, als im Februar der große Zug verschoben wurde. Und jetzt, wo es endlich ernst wurde, musste sie fortbleiben. Die Carabinieri hatten ihr erklärt, sie könne nicht einmal als Zuschauerin dabei sein. Bei einem solchen Tohuwabohu sei ihre Sicherheit nicht zu garantieren.

Auch Robert Lichtenwald hielt sich an den Pakt mit Giada und machte sich in der Morgensonne auf den Weg zu Luigi La Torre. Der Philosoph hatte den Deutschen schon öfter aufgefordert, ihn in seiner *colombaia* zu besuchen. Der kreisrunde Turm mit dem Ziegeldach stand auf einer Wiese etwa eineinhalb Kilometer vom Herrenhaus des Conte entfernt und warf in der Morgensonne einen langen Schatten. Ein Trampelpfad führte an Spornblumen, Löwenmäulchen und den übermütigen Tupfern des wilden Mohns vorbei zu einer schmalen, hohen Tür. Dass der Philosoph zu Hause war, war nicht zu überhören. Aus dem Taubenschlag flog, dumpf, aber kraftvoll, eine Tenorstimme:

*»Ma il mio mistero è chiuso in me,*
*il nome mio nessun saprà.«*

Robert Lichtenwald kannte die Arie. *»Nessun dorma«* aus Puccinis *Turandot.* Er lauschte noch einen Moment und trat dann ein. La Torre stand, in eine purpurrote Toga gehüllt, in einem niedrigen Raum mit Ziegelboden und sang aus voller Kehle. Als er seinen Gast sah, bat er ihn mit einladender Handbewegung, auf einer der drei Weinkisten mit der Aufschrift *Tenuta di Montecivetta Cantina* Platz zu nehmen, die eine umgestülpte Regentonne umstanden und als Sitzecke dienten. Robert Lichtenwald machte es sich den Umständen entsprechend bequem und beäugte die Behausung, während der Hausherr seine Arie zu Ende sang. Außer der Sitzgarnitur standen noch ein Gasofen und ein Kühlschrank in dem Raum. Neben der Eingangstür war ein Waschbecken mit Spiegel angebracht. In der Bretterdecke klaffte ein Loch, zu dem eine Holzleiter emporführte. Am interessantesten fand Robert Lichtenwald die vielen kleinen Nischen, die die Wand wie eine Wabe aussehen ließen – die einstigen Nistplätze der Tauben. La Torre hatte darin Geschirr, Kochtöpfe, Spaghettipackungen, Olivenöl, Waschzeug, Kerzen und weitere Utensilien untergebracht. Für Licht sorgten zwei alte Stehlampen.

»Es ist schrecklich, wie viel Zeug ich durch mein Leben schleppe«, sagte La Torre. »Wenn man bedenkt, dass der Philosoph Bias von Priene sagen konnte: ›Ich trage all meines mit mir.‹ Da würde ich mir glatt einen Bruch heben.«

Robert Lichtenwald musste lachen. »Für einen Europäer des 21. Jahrhunderts leben Sie nicht gerade im Konsumrausch.«

Der Philosoph deutete auf das Loch in der Decke. »Sie haben mein Schlafzimmer mit der Kleiderkiste noch nicht gesehen.« Dann beugte er seinen kahlen Schädel hinüber zu seinem Gast und flüsterte mit seiner sanften Stimme, hinter der man nie den beherzten Sänger vermutet hätte: »So genügsam, wie ich gern erscheine, bin ich nicht. Ich nutze das Gästebad in der Villa des Conte. Und manchmal lasse ich mich von Emanuele in die Trattoria Tramonto einladen.«

»Sie sind Freunde? Der Conte erscheint mir recht unnahbar.«

»Wir kennen uns seit einer Ewigkeit. Wir sind zusammen in die Schule gegangen und haben an der *Scuola Normale Superiore* in Pisa Philosophie studiert. Wobei er sich mehr vom Stoizismus, ich mich dagegen vom Epikureismus angezogen fühlte, wenn Sie wissen, was ich meine. Wir diskutierten nächtelang mit Freunden auf Gut Montecivetta, wo der Conte damals die Wochenenden und Semesterferien verbrachte.« La Torre schien ein wenig sehnsüchtig in die Vergangenheit hinabzublicken. Dann holte er plötzlich aus einer der Taubennischen eine Holzschachtel mit der Aufschrift *Toscano Originale 1815* hervor. »Wollen Sie eine? Die haben wir als Studenten bei Emanuele immer geraucht und dazu Morellino-Wein getrunken, den damals außerhalb der Toskana kaum jemand kannte.«

Zu seiner Überraschung griff Robert Lichtenwald zu. Er hatte eine Ewigkeit nicht mehr geraucht. Der Philosoph zündete die Zigarren an, blies einen Rauchkringel in die Luft und schickte einen kleineren hinterher, der schlingernd durch den großen schwebte. »Erst schuf der liebe Gott den Mann. Dann die Frau. Danach tat ihm der Mann leid, und er gab ihm Tabak.«

»Und Morellino …«, sagte Robert Lichtenwald.

»Genau. Es war damals eine schöne Zeit – trotz dieser Frau …«

Bevor La Torre ganz in seine offenbar wehmütigen Erinnerungen abdriftete, fragte Robert Lichtenwald schnell: »Und seither leben Sie beide auf Gut Montecivetta?«

»Ich schon. Ich hatte damals ein amouröses Erlebnis, das mich fast getötet hätte.« Die weiche Stimme wurde noch sanfter. »Der Conte bot mir an, mich für eine Weile auf seine *tenuta* zurückzuziehen. Ich suchte mir den Taubenschlag aus, das war ich mir als Querkopf schuldig. Und dabei blieb es.«

»Und der Conte?«

»Emanuele zog nach einigen Jahren nach Florenz, um dort Theologie zu studieren und dann als Philosophielehrer an einem berühmten Gymnasium, dem *Liceo Classico Dante*, zu unterrichten. Er kam kaum noch auf das Gut seiner Väter – bis, ja bis er vor vier Jahren plötzlich wieder hier einzog. Da war er gerade sechzig.«

»Und warum kam er zurück?«

»Er spricht ungern darüber. Auch mit mir nicht. Wenn ich ihn frage, weicht er aus.«

»Und was glauben Sie, warum er aus Florenz wegging?«

»Glaube ohne Wissen ist Aberglaube.«

»Sokrates?«

»Nein. La Torre.« Der Philosoph schwieg und qualmte eine Weile. Als Robert Lichtenwald schon keine Antwort mehr erwartete, sagte der Hüne leise, wie zu sich selbst: »Emanuele fordert sehr viel von sich – und von anderen. Er muss ein phantastischer Philosophielehrer gewesen sein. Doch irgendetwas hat ihn fundamental enttäuscht. Er sagte mir einmal, das heutige Florenz sei so verkommen wie unter Lorenzo il Magnifico.«

»Aber das war doch die Blütezeit der Stadt.«

»Künstlerisch betrachtet ja«, sagte La Torre. »Moralisch gesehen war es dagegen eher eine Sumpfblüte, findet zumindest Emanuele.«

»Ist er ein Moralapostel?«

»Dafür ist er viel zu klug.«

»Aber was ist er dann?« Robert Lichtenwald sehnte sich nach einem Espresso.

»Vielleicht ein Utopist.«

»Utopist? Und Sie nennen ihn realistisch?«

»Heute ist die Utopie vom Vormittag die Wirklichkeit vom Nachmittag.«

»La Torre?«

»Fast. Nietzsche.«

Robert Lichtenwald war zufrieden mit seiner Recherche im Taubenschlag. Er wäre wohl auch ein passabler Journalist geworden. Doch dann fiel ihm beim Heimgehen auf, dass sie überhaupt nicht über die Morde und die Todsünden gesprochen hatten, weshalb er den Philosophen doch aufgesucht hatte. Hatte gar nicht er das Gespräch gesteuert, sondern La Torre?

# ZWANZIG

*»Es war nicht leicht, Meister. Sie sind der Sünde so verfallen, dass sie nicht wissen, was die Sünde ist. Ihr Stern ist nicht die Angst vor Höllenfeuer, sondern der Neid, des Teufels gelber Bruder. Begehren tun sie ihres Nächsten Weib und Hab und Gut und sehen darin eine Tugend. Ohne Begehren kein Geschäft, kein Turm zu Babel voll von Eitelkeiten.«*

*Der Meister schwieg. Er wollte keine langen Reden. Nicht von ihm. Er wollte Werke, frisch vollbracht.*

*»Ich hab den Montag wohl verstreichen lassen, da ich die Botschaft klären wollte. Nun ist's vollbracht, und Tat folgt nun auf Tat.«*

# EINUNDZWANZIG

Auf einmal war es so still in Morcone, dass man meinen konnte, ein Magier hätte die Stadt in Schlaf versetzt. Kurz zuvor war es noch zugegangen wie in einem Ameisenhaufen, den ein mutwilliger Junge aufgewühlt hat. Den ganzen Tag über hatten junge Burschen und Handwerker bei dröhnender Diskomusik die Wagen mit den Riesenfiguren weit draußen auf der Via XX Settembre aufgereiht, die von Osten her auf das Rondell vor der Altstadt zuführte. Die Musikkapellen hatten noch einmal ihre Märsche eingeübt und die acht maskierten Gruppen aus Torrealta, Montiano und anderen Dörfern der Umgebung ihre Showeinlagen. Antonio Giusti war mit zwei Gehilfinnen seit fünf Uhr früh damit beschäftigt, schwarze Haare neongrün, paprikarot oder puderweiß zu färben, glatte Haare in wilde Locken zu verwandeln, künstliche Haarteile einzufügen und Haartürme aufzuschichten. Die Luft in seinem Salon war klebrig vor Haarsprays, es roch wie in einer Chemiefabrik. »Während alle anderen schon feiern, muss ich wie ein Narr schuften«, grummelte er vor sich hin. In der Trattoria Tramonto und drei anderen Lokalen bereiteten die Köche derweil in enormen Töpfen und Pfannen Makkaroni mit Tomaten-Speck-Knoblauch-Sugo zu. Aus dem ganzen Umland, ja sogar aus Rom, trafen Schaulustige ein, wenn auch nicht so zahlreich wie in normalen Jahren im Februar.

Währenddessen debattierten die Morconesi in ihren Häusern bei offenem Fenster lautstark über ihre Verkleidungen. Der 20. Juni war ein heißer Tag mit Temperaturen von mehr als dreißig Grad, der erste richtige Sommertag des Jahres. Die Karnevalsvereine hatten gut daran getan, den Zug, der sonst am Rosenmontag um fünfzehn Uhr begann, erst für zwanzig Uhr anzusetzen.

Eine Viertelstunde bevor es losging, war endlich alles fertig. Ein endloser Zug wartete auf der Via XX Settembre – ein Heer von Narren, Feen, Drachen, Trommlern, Bläsern, Dragonern und Husaren, bereit zum Sturm auf die Stadt. Gleich würden sie durch die Porta Senese eindringen, um über die Via Aldobrandeschi zur Piazza dei Mille vorzustoßen, und dann weiter den breiteren Corso Carducci entlang bis zur Porta Etrusca, hinter der sich der Spuk auflösen würde. Entlang der gut einen Kilometer langen Strecke standen die Zuschauer dicht gedrängt Spalier. Carabinieri in Uniform, die aus der ganzen Provinz kamen, patrouillierten durch Straßen und Gassen. Andere mischten sich in Zivil unter die Menge, wobei sie mit ihren verspiegelten Sonnenbrillen und grimmig spähenden Gesichtern mehr auffielen als die Uniformierten. Bei allen drei Stadttoren stand Bereitschaftspolizei in Reserve. Die Furcht vor einem Terroranschlag oder einem vierten Mord war anfangs groß, legte sich aber im Lauf des Tages.

Ein Gong ertönte über die Lautsprecher, und eine Stimme gebot, wie es Brauch war: »*Silenzio per il Re Carnevale* – Ruhe für den König Karneval.« Sofort verstummten die Gespräche. Eltern zerrten ihre Kinder, die noch auf die Straße hinauslaufen wollten, zurück in die Zuschauerreihen. Nur das Rascheln der Kleider, vereinzeltes Husten und das Stampfen wartender Pferde waren jetzt noch zu hören.

»Ich hab Angst vor König Karneval«, wisperte die kleine Angela Ferrera ihrem Vater zu.

»Das brauchst du nicht. Der macht nur Spaß.«

Endlich flogen vom Glockenturm an der Piazza acht Schläge über die Stadt. Eine Eskadron Husaren in blauen Uniformjacken und roten Reiterhosen jagte, an die Hälse ihrer Pferde geschmiegt, über das Pflaster, in Erinnerung an die napoleonischen Truppen, die um das Jahr 1800 herum die Toskana besetzt hielten. Hinter ihnen watschelten Clowns, die Bonbons in die Zuschauerreihen schleuderten, als seien es Konfetti. Dann brach der Karneval vollends los: Die Blaskapelle von Morcone marschierte auf, mit Trommelwirbeln, in die Flötisten und Blechbläser einfielen, Mädchen in goldenen Kostümen warfen ihre Hüte in die Luft, nackte Beine wirbelten, die ersten Wagen mit ihren Aufbauten zwängten sich durch das Stadttor, die Bäckergilde trumpfte mit einer Megatorte auf, von der *ragazze* in Bikinis aus Plüsch-Smarties Schokoladentaler herabwarfen. *Macarena* erschallte, der alte Hit von Los del Rio. Dann wieder Blasmusik, grün-violett schimmernde Tänzer mit Pfauenrädern aus Tüll, *balla, balla, balla*, Sonnenblumen mit schwarzgeschminkten Gesichtern und gelben Perücken, in smaragdgrünen Schlauchkleidern und Opernhandschuhen. *Marina, Marina, Marina.* Trommelwirbel, Satzfetzen des Moderators aus den Lautsprechern: *Guardate! Tutti pazzi! Che meraviglia!* Hexen in Catsuits, Vogelspinnen im Haar, auf ihren Besen um einen Olivenbaum tanzend – wie gern hätte Giada da mitgemacht. *La Strega* von Vasco Rossi. Dann Teufelsbiester, die aus der Reihe tanzten und ihre netzbestrumpften Beine in die Menge reckten, *Abracadabra* von der Steve

Miller Band, *I feel magic when I touch your dress.* Tschinderassa bumm, bumm, bumm. Abendglühen auf den Ziegeldächern, Duftorchester aus Parfum und Schweiß. »Lass das, du Ferkel!« Bumm, bumm, bumm. Der Moderator: *»Ecco! Ecco il mooooostro!!!«* Scheinwerfer auf: Gebrüll, grün und riesig, Flügel, Schuppen, rote Augen, Rachen auf und Rachen zu, Zähne wie weiße Pfähle, umringt von Drachenbrut, *Danza del Drago.*

»*Babbo!* König Karneval ist böse!«

»Das ist nicht der König …«

Giada Bianchi saß mit einem Pisco Sour in der Hand vor dem Fernseher und sah sich auf TV9 Telemaremma die Übertragung des Spektakels an. Der Zug ging nicht an ihrem Fenster vorbei, aber sie konnte Musik und Schreie hören. Sie kochte fast über vor Feierlust. Robert Lichtenwald sah sich die Show dagegen live an. Er war früh gekommen und hatte sich einen Platz unter dem Palazzo Aldobrandeschi gesichert, direkt hinter der Absperrung. Er war glücklich in diesem Moment. Er hatte schon einige berühmte Karnevals miterlebt, in Nizza, Venedig, Basel. Doch nie hätte er gedacht, dass ein kleiner Ort in der Maremma ein derartiges Spektakel aufführen könnte. Morcone wuchs ihm noch mehr ans Herz. Er blickte, vorbei an der aufmarschierenden Pinguin-Combo, hinüber zum Garibaldi-Denkmal, auf das trotz des Verbots Teenager geklettert waren, um besser sehen zu können. Die Menge auf der Piazza dei Mille stand bis hinüber zur Bar Roma und zum Friseursalon Antonio Giustis. Robert Lichtenwald sah, wie Giusti den Salon abschloss und sich draußen eine Hundemaske mit fletschenden Zähnen aufsetzte. Der Friseur liebte seinen Boxer, der im Salon immer bei ihm sein durfte, heute wegen des Lärms aber offenbar in der Wohnung geblieben war. Also gab er selbst den Hund.

Lichtenwald winkte hinüber, doch Giusti sah ihn nicht. Er verschwand in der Menge auf der Piazza.

Nun, gegen zehn Uhr, lag die Nacht über Morcone. Aber dunkel war es nicht. Über den Straßen hingen Lichterketten, und auf den Karren waren Scheinwerfer montiert, um Drachen, Torte oder Olivenbaum in Szene zu setzen. Viele Bürger standen mit lodernden Fackeln auf den Balkonen, und die Hexen unten im Zug schwenkten Wunderkerzen, was die Carabinieri vergeblich zu unterbinden suchten. Jetzt schritt, zum Abschluss des Zuges, König Karneval durch die Porta Senese, im quietschbunten Overall, mit Perücke und Blechdosenkrone, rundherum grüßend, umgeben von Gardemädchen und verfolgt von schwarzvermummten Kapuzenmännern der *Compagnia della Penitenza*, der Bußbrüderschaft. Da sie ihn an diesem Abend nicht fangen durften, mischten sie sich bald unter die Menge, um Zuschauer zu erschrecken.

Antonio Giusti versuchte, sich über die Piazza Richtung Zug zu drängen. Doch die Menschen standen so dicht, dass er schon nach wenigen Minuten in einer Gruppe alter Männer und Frauen stecken blieb. Sie trugen T-Shirts mit der Aufschrift *Casa di Riposo Orbetello* und reagierten äußerst gereizt auf die Versuche Giustis, sich zwischen ihnen hindurchzudrücken. Er stellte sich auf die Zehenspitzen und reckte, wie alle anderen, den Kopf nach vorne, um den Zug besser sehen zu können. Niemand achtete auf die maskierte Gestalt im schwarzen Kapuzenmantel, die hinter ihm auftauchte. Drüben am Palazzo Aldobrandeschi fuhr gerade der Wagen mit dem Drachen vorbei. Sein Song übertönte das Geschrei auf der Piazza: *»Drago balla insieme a me, questo ritmo carnevale …«*

Nachdem der König samt Gefolge durch die Porta Etrusca verschwunden war, wurden die Absperrungen weggeräumt. Nun schlug die Stunde der *Nasi Rossi*. Sie tänzelten in ihren weißen Umhängen und roten Nasen zu dem Lied *Un piatto di maccheroni* heran, Töpfe mit heißer Pasta um den Hals, hölzerne Gabeln und Kochlöffel schwingend. Im Nu waren sie von den Leuten umringt, die nach der zweistündigen Parade hungrig waren. Bald standen alle mit Plastiktellern voller dampfender Makkaroni herum. Ein Duft von Knoblauch, Olivenöl und Tomaten zog durch die Gassen. Die Winzer-Kooperative von Scansano schenkte ihren Morellino di Scansano und ihren Bianco di Pitigliano aus, was die Stimmung weiter steigerte, sofern das noch möglich war. Dann eröffneten der König und Miss Morcone den Tanz auf der Piazza mit dem traditionellen *Saltarello di Carnevale*. Niemand achtete auf die Gestalt mit der Hundemaske, die, mit dem Rücken an die Wand gelehnt, vor dem Friseursalon auf dem Boden saß. Erst gegen ein Uhr nachts, als sich die Piazza geleert hatte und nur noch einige junge Leute herumzogen oder auf den Bänken miteinander knutschten, wobei sich eine Sonnenblume und ein Husar besonders nahe kamen, fiel einer Carabinieri-Streife die reglose Gestalt an der Wand auf. Sie vermuteten, es mit einem Trunkenbold zu tun zu haben. Als einer der Carabinieri sie an der Schulter anstupste, kippte die Gestalt um. Der Carabiniere nahm ihr die Hundemaske ab und starrte auf die Würgemale am Hals. Offenbar von einer Schlinge.

Später, bei der Obduktion, wurde das Zeichen gefunden. Ein

l,

das in Antonio Giustis Rücken geritzt war.

# ZWEIUNDZWANZIG

Noch in der Mordnacht trafen sich der Präfekt der Provinz Grosseto Domenico Luciani, Staatsanwalt Decimo Degano, die Bürgermeisterin Michela Fanciulli, Carabinieri-Kommandant Federico Bartolami und die Chefin der Ermittlungseinheit Donatella Laganà im Rathaus von Morcone. Jeder Mord war ein Mord zu viel, aber diese vierte Bluttat war noch mehr als das. Sie war der Alptraum schlechthin. Der Präfekt und die Bürgermeisterin mussten damit rechnen, am nächsten Tag in den Medien zerrissen zu werden, weil sie den Karnevalszug erlaubt hatten. Staatsanwalt Degano und *Capitano* Laganà würden sich peinliche Fragen ihrer Vorgesetzten bis hinauf in die Ministerien in Rom gefallen lassen müssen, warum sie den oder die Täter noch nicht ermittelt hatten. *Maresciallo* Bartolami und seine Männer sahen sich nun gewiss einer hysterischen Bevölkerung gegenüber. Und alle zusammen mussten sich fragen, warum die Staatsmacht nicht in der Lage war, eine kleine Provinzgemeinde wie Morcone vor einem Serienmörder zu schützen. Denn dass es ein Serienmord war, hielten sie inzwischen für sicher. Laganà hatte, sobald sie in der Nacht von dem vierten Mord informiert worden war, zwei Streifenwagen zur Abtei von San Rocco geschickt. Und tatsächlich – das Graffito war übersprüht worden:

stand nun an der Wand der Apsis.

Natürlich hatte auch Laganà längst herausgefunden, was dieses Akronym, diese Abkürzung aus den Anfangsbuchstaben mehrerer Wörter, zu bedeuten hatte. Und ein kurzes Gespräch mit Bartolami hatte ihr bestätigt, dass Antonio Giusti im Ort als neidischer Mensch bekannt war. Damit war für sie klar: Das nunmehr durchgestrichene I stand für *Invidia*, für Neid. Der Täter mordete sich durch die sieben Todsünden hindurch. Jetzt fehlten noch drei. Laganà schwor sich, die Serie vorher zu stoppen. Doch dafür musste sie entweder den Mörder finden – ihr Gefühl sagte ihr, dass es ein Mann war – oder die künftigen Opfer identifizieren, um sie schützen zu können.

Die Runde im Rathaus war sich rasch einig. Die Bürgermeisterin und der *Maresciallo* würden vertraulich im Ort recherchieren, wer als besonders hochmütig, zornig oder herzensträge bekannt war. Danach würde man überlegen, wie man diese Personen bewachen konnte. Der Präfekt versprach, sich gleich am Morgen an das Innenministerium zu wenden, um zusätzliche Beamte, Überwachungskameras und Spürhunde anzufordern. Staatsanwalt Degano und *Capitano* Laganà wiederum wollten bei ihren Vorgesetzten darauf drängen, Unterstützung vom *RAC* zu bekommen, der Abteilung für Kriminalanalysen der Carabinieri, die über geschulte Profiler verfügte. Die Öffentlichkeit sollte regelmäßig, aber zurückhaltend informiert werden. Die Bürgermeisterin kündigte an, sich in einem offenen Brief an ihre Mitbürger zu wenden, um ihnen zu versichern, dass sie nicht alleine waren, dass die Behörden vielmehr alles Erdenkliche tun würden, um sie zu schützen und die Verbrechen aufzuklären. Laganà regte an, auch den Pfarrer von Morcone einzubeziehen. In aufgewühlten Zeiten besännen sich die Leute auf die Religion. Als die Runde um fünf Uhr früh aus dem Rathaus in die kühle Morgendämmerung trat, fühlten sich alle besser als bei ihrem Kommen. Sie taten, was zu tun war. Doch war das genug?

Es war ein anderes Morcone, das am Morgen nach dem Zug, später als sonst, erwachte. TV und Internet trugen den jüngsten Mord in jedes Haus: »Vierter Streich der Bestie«, »Monster mordet weiter«. Viele Morconesi reagierten darauf, wie wohl Menschen in jedem kleinen Ort angesichts einer solchen Heimsuchung reagieren würden: mit kaum unterdrückter Panik. Eltern ließen ihre Kinder nicht mehr aus dem Haus, Jogger zogen sich in ihre Keller aufs Tretrad zurück, selbst kleinste Besorgungen wurden mit dem Auto erledigt. Die Polizei war jetzt erdrückend präsent im Ort. Auf der Piazza und vor dem Rathaus ließen die Carabinieri Wachhäuschen aufstellen, wie man sie sonst in Rom vor dem Senat oder der großen Synagoge sieht. Auf der Stadtmauer waren Wachen mit Ferngläsern, Nachtsichtgeräten und Präzisionsgewehren postiert. Kein Bürger hatte mehr Lust auf einen Bummel über den Wehrgang mit Blick auf die Ebene des Flusses Albegna oder auf einen Plausch auf den Bänken der Piazza dei Mille. Die Touristen blieben unten am Meer oder auf ihren Agriturismi in den Hügeln, die Bars und Restaurants in Morcone hatten ohnehin geschlossen. Und Massimo Ferrera registrierte kaum noch Klicks auf der Webseite seiner Immobilienagentur.

Vor dem Friseursalon auf der Piazza hatten Giada Bianchi und Paolo Rossi, kaum dass sie von dem Mord an dem *parrucchiere* erfahren hatten, ein Foto ihres Freundes aufgestellt und darunter eine weiße Karte gelegt mit der Aufschrift: »Zu schwer gelebt und viel zu früh gestorben – Antonio Giusti. Deine Giada und dein Paolo«. Drumherum lagen ein Blumenkranz der Gemeinde, ein Gesteck des Fußballvereins von Morcone, in dessen Altherrenmannschaft Giusti gespielt hatte, sowie etliche Blumentöpfe und Sträuße, die Freunde und Bekannte des Toten niedergelegt hatten.

Don Désiré kam aus der Kirche, kniete sich vor der Trauerstätte auf die Straßenplatten und betete mit gesenktem Haupt. Der Pfarrer war aus seiner Heimat mit dem gewaltsamen Sterben vertraut. Doch hier in der Toskana war es etwas anderes. Der Tod war, im Gegensatz zum Kongo, aus dem Alltag verbannt. Streng limitierte Rituale – Beerdigungsfeiern, Gedenkmessen, Friedhofsbesuche an Allerheiligen – wiesen ihm nur ein kleines Plätzchen ganz am Rand des Lebens zu. Normalerweise, so hatte Don Désiré beobachtet, beschäftigten sich die Menschen hier nicht mit ihrem weltlichen Ende, sie waren wie Kinder, die sich nicht vorstellen wollen, dass die Sommerferien eines Tages vorbei sind. Und sie taten alles dafür, um sich ständig so gestresst zu fühlen, dass zum Nachdenken keine Zeit blieb.

Nun aber hatte sich der Tod zwischen sie gedrängt und sie gezwungen, ihm ins Gesicht zu schauen. Und Don Désiré zermarterte sich den Kopf, wie er ihnen helfen könnte. Seine Kirche stand natürlich allen offen, und es kamen mehr als sonst, um zu beten, zu beichten oder einfach nur mit ihm zu sprechen. Aber musste er nicht mehr tun? Erneut eine Wallfahrt hinunter zur Abtei? Er würde noch mal mit dem Conte darüber sprechen.

Giada Bianchi war fassungslos über den Mord an ihrem Freund. Sie hatte von ihrem Vertrauten bei den Carabinieri von dem I auf Antonio Giustis Rücken erfahren und von dem veränderten Saligia-Graffito in der Ruine. Doch dieser Schock lähmte sie nicht. Es stachelte ihren Kampfgeist an. Sie würde es diesem Wesen zeigen, was immer es auch sein mochte. Giada Bianchi merkte, wie Wut in ihr aufstieg, Wut auf das Phantom. So stark war ihre Erregung, dass sie manchmal während des Tages, ohne es zu wollen, mit dem Fuß derart heftig auf dem Boden aufstampfte, dass die weißgetünchte Decke zwischen den Holzbalken im Erdgeschoss Risse bekam. Und sie ließ es sich nicht nehmen, immer wieder ihr Haus zu verlassen, um die Blumen und Kerzen vor Giustis Salon neu zu ordnen und mit Don Désiré über die Beerdigung zu sprechen.

Robert dagegen war paralysiert von dem neuen Mord. Er blieb morgens lange im Bett liegen, ging kaum noch in seinen Garten, aß wenig und verbrachte die Tage in seinem Arbeitszimmer, wo er Bach und Beethoven hörte und in einer sehr dicken, sehr klein gedruckten Philosophiegeschichte las. Er sah keinen Sinn mehr darin, im Internet über Satanisten und Todsünden zu forschen, denn sie konnten den Mörder offensichtlich sowieso nicht stoppen. Stattdessen überlegte er, seinen Aufenthalt in Morcone abzubrechen und nach München zurückzukehren. Doch der Gedanke, allein in seiner Wohnung in der Mondstraße zu sitzen, ohne Stefanie, ohne Lea, deprimierte ihn noch mehr als die Vorstellung, hier in der Maremma auszuharren und zu hoffen, dass das Grauen bald endete. Und Giada reagierte sowieso empört auf seinen Vorschlag, sie solle doch mit Leo zu ihm nach München ziehen, denn dort seien sie in Sicherheit. Er würde ihnen eine Wohnung beschaffen, Leo könnte auf eine deutsche Schule gehen, Giada fürs Erste in einem Restaurant kellnern. Arbeit gebe es in München genug.

»Ich soll den Schwanz einziehen, während meine Freunde ermordet werden?«, schrieb ihm Giada per E-Mail. »Leo soll, ohne ein Wort Deutsch zu können, auf eine deutsche Schule gehen? Und ich und kellnern? Nörglerische Gäste bedienen? Das war noch nie mein Ding. Dafür bin ich viel zu undiplomatisch!« Nein, ihr Platz sei hier in Morcone, jetzt mehr denn je. Niemals werde sie tatenlos zusehen, wie dieses Monster den ganzen Ort terrorisierte. Robert könne ja gehen, wenn er wolle. Er gehöre ohnehin nicht hierher.

Ihre Wut machte ihn traurig. Doch sie hatte natürlich recht. Er wusste selbst nicht, warum er nicht einfach allein abreiste. War es Trägheit? Oder doch mehr die Angst vor seinem alten Leben? Oder Scheu davor, Giadas Achtung restlos zu verlieren? Vielleicht sogar ein Gefühl der Verantwortung für diese wilde junge Frau? Sein E-Mail-Austausch mit ihr ging auf ein Minimum zurück. Sie hatten sich nichts zu sagen. Neue Erkenntnisse gab es auch nicht. Doch dann rief ihn Giada am Freitagabend an und sagte, die Gerichtsmedizin habe Antonio Giustis Körper freigegeben, die Beerdigung finde am nächsten Vormittag statt. Er versprach, zum Gottesdienst zu kommen.

# DREIUNDZWANZIG

*Er war früh aufgestanden und kniete auf dem Boden seiner Zelle. Sein Körper fror. Die Knie schmerzten. Er merkte es nicht. Er blickte in die Flamme vor dem Bildnis und spürte, wie sein Geist ruhig wurde, wie die Wasser bei Einbruch der Dunkelheit, wenn sich der Wind legt. Er betete nicht mehr. Er dachte an gar nichts. Konzentration. Selbstbeherrschung. Nun war er so weit, den Blick zu heben, ihn anzuschauen.*

*»Dein Werk war nicht vergebens. Die Fackel Deines Leibes hat nicht umsonst gebrannt. Dein Licht leuchtet weiter durch die Jahrhunderte. Heute darf ich es ausstrahlen, dank Deiner, dank Seiner Gnade.«*

*Das Bildnis antwortete nicht. Es war so still in der Zelle, dass er das Blut in seinen Ohren rauschen hörte.*

*»Sie schimpften Dich fanatisch. Grausam. Doch Du hast Liebe gelebt. Die Liebe zu denen, die Du befreitest von Hochmut und Geiz, Wollust, Zorn, Gefräßigkeit, Neid und Trägheit des Herzens, vom Leben als Tiere unter Schweinen. Dein Schrecken hat sie zu Menschen gemacht, wie Gott sie erdachte. Die Stadt strahlte auf, als sei sie bereits aus gläsernem Golde, zwölf Engel wachten auf ihren Toren. Doch noch einmal hat sie das Tier unterworfen, hat die große Hure auf dem Stuhl des Petrus gesiegt. Doch Du denkst nicht in Zeit, sondern in Ewigkeit. Gib mir ein Zeichen, Frate! Bruder!«*

*Kälte. Schweigen. Flamme. Dann das Wort. Es ließ die Zelle erzittern und seinen Geist erbeben: »Heri Florentia, hodie Morcone.«*

# VIERUNDZWANZIG

Die Kirche Santa Lucia hatte vor zwei Jahren, dank des Vermächtnisses eines reichen Gutsbesitzers, ein neues Geläut bekommen. Die Bronzeglocken in dem schlichten, mit einer pyramidenförmigen Spitze versehenen Turm dröhnten nun so laut und ausdauernd, dass sich die beiden Scharfschützen ihren Gehörschutz aufsetzen mussten. Unter ihnen lag die Piazza dei Mille, schwarz von Menschen, durch die ein purpurroter Korridor vom Friseursalon zum Portal von Santa Lucia führte. Alle Zugänge zur Piazza waren mit Stahlgittern abgesperrt. Nur vom Corso Carducci aus führte eine Sicherheitsschleuse hinein. Carabinieri in kugelsicheren Westen überprüften jeden Neuankömmling.

Der Körper des Friseurs war in seinem Salon aufgebahrt, das hatte Giada Bianchi so durchgesetzt. Da Antonio Giustis Eltern tot waren und es keine nahen Verwandten in der Maremma gab, hatte sie sich um alles gekümmert, gemeinsam mit Don Désiré und dem Conte, der, wie seine Vorfahren, als eine Art heimlicher Bürgermeister von Morcone geachtet wurde. Die Gespräche der drei, mal in der Sakristei, mal in der Bar Roma, waren nicht einfach gewesen. Don Désiré riet zu einer schlichten Trauerfeier, bei der er eine kurze, aufmunternde Predigt halten wollte, um den Ort zu beruhigen. Zu starke Emotionen könnten die Stimmung in Hysterie umkippen lassen, warnte er. Außerdem sei es offensichtlich das Ziel des Mörders, größtmögliche Aufmerksamkeit zu erregen. Daher die Sache mit Saligia und den Todsünden. Dem müssten sie entgegenwirken, indem sie sich betont gelassen und nüchtern verhielten.

Der Conte fand das verkehrt und geriet erstmals richtig mit Don Désiré aneinander. Dieser verstehe die hiesige Mentalität nicht. »Meine Landsleute wollen ihre Emotionen ausleben.« Die Beerdigung müsse, man verzeihe den Ausdruck, als Spektakel inszeniert werden, nur das beruhige die Leute und könne zu einer Katharsis führen. Außerdem sehnten sich die Morconesi danach, den Verbrechen einen Sinn abzuringen, um sie ertragen zu können. Und diesen Sinn brauchten sie nicht zu erfinden, er dränge sich geradezu auf. Saligia. Die Todsünden. Der *Maresciallo* habe ihm von der veränderten Inschrift in der Abteiruine berichtet. Die Morde wirkten auf ihn, so radikal man sie auch verdammen müsse, wie ein furchtbarer Weckruf in verwirrten Zeiten. Don Désiré solle die Trauernden auffordern, jeden Tag etwas Böses aus ihrem Leben zu tilgen. Das sei das beste Gedenken an die Toten.

»Aber das hat doch alles nichts mit Antonio, Maria und den anderen zu tun«, hielt Giada genervt entgegen. »Die waren alle nicht gläubig im katholischen Sinn. Jedenfalls weiß ich das von Antonio und Maria. Aber sie liebten Morcone und seine Traditionen, haben ihr ganzes Leben hier verbracht. Wenn Antonio noch lebte, würde er sich eine ganz traditionelle Beerdigung wünschen, zu der seine Freunde und seine Kunden kämen. Ohne moderne Nüchternheit, *Padre*, aber auch ohne Pathos, Conte«.

Dank ihres ungestümen Temperaments setzte sich Giada Bianchi am Ende durch. Meinte sie jedenfalls.

Nun stand sie beim Sarg im Salon und empfing die Trauergäste, als sei sie die junge Witwe. Giada liebte Rituale und eine gewisse Theatralik. Antonio Giusti wäre zu Lebzeiten jedenfalls hingeschmolzen bei ihrem Anblick. Sie trug ein schmales, bodenlanges, tailliertes Kleid aus schwarzer Seide, das ihrer knabenhaften Figur eine dramatische Eleganz verlieh. Sie hatte es bei einem Kostümverleih in Grosseto gefunden. Ihre Haare hatte sie schwarz überfärbt und zu einem Dutt hochgesteckt, von dem ein schwarzer Spitzenschleier über ihr bleich geschminktes Gesicht bis zu den Schultern herabfiel. Einziger Schmuck war ein Goldkreuz um ihren langen, schmalen Hals, das ihr der Großvater einst zur Firmung geschenkt hatte. Auf die Hexen an den Ohrläppchen hatte sie auf Bitten Don Désirés an diesem Tag verzichtet.

Robert Lichtenwald staunte, als er den Friseursalon betrat. Er trug einen dunklen Anzug mit Krawatte und stach aus der Masse der Trauernden und Schaulustigen hervor, die zwar eine Spur dunkler als sonst, aber nicht besonders förmlich gekleidet waren. Wer war diese junge Frau neben dem Sarg, die, unschuldig-sündig, wie sie aussah, dem Ölbild der Maria Magdalena von Leonardo da Vinci und Giampietrino ähnelte, das er einmal in einer Ausstellung in Brüssel gesehen hatte? Giada lächelte ihm zu. Sie war es. Er musste sich einen Ruck geben, um sich von ihrem Anblick zu lösen und hinunter auf den offenen Sarg zu schauen. Dort lag der Friseur, mit so ruhigen und klaren Gesichtszügen, wie er sie im Leben nie gehabt hatte. Seine Augen waren geschlossen. Eine alte Frau bückte sich stöhnend herab und küsste ihn auf die gepuderte Stirn. Der Deutsche bekreuzigte sich. Dann begann draußen die Banda di Magliano den Trauermarsch *Eterna Pace* zu spielen, den Giada Bianchi nach einiger Recherche im Internet ausgesucht hatte. Sechs Männer in schwarzen Hosen und schwarzen Hemden kamen in den Salon, darunter Paolo Rossi und Mario Pianigiani. Sie hoben den Sarg auf ihre Schultern und trugen ihn in der gleißenden Sonne, zu den klagenden Klängen der Querflöten, vom Salon über den roten Teppich auf der Piazza bis in die Kirche Santa Lucia. Das Innere des Gotteshauses war überfüllt mit Menschen. Giada lotste Robert hinein und wies ihm einen reservierten Platz auf einer der Kirchenbänke zu. Die Luft war satt von Weihrauch und dem Duft weißer Lilien, Rosen und Engelstrompeten; Letztere hatte Lichtenwald, auf Giadas Wunsch, aus seinem Garten beigesteuert. Etliche Damen fächerten sich hektisch Luft zu, während der Sarg vor dem Altar abgestellt wurde. Der Conte hatte seine vierzig Messdiener – darunter Giadas Sohn Leo – aufgeboten und in ihren schwarzen, langen Talaren und weißen Chorhemden im Altarraum Aufstellung nehmen lassen.

Als die Kirchenglocken verstummten und die Orgel anhob, schritt Don Désiré im violetten Messgewand aus der Sakristei herein. Er stellte sich vor die Gemeinde, breitete die Arme aus, als wolle er alle umfassen, und blieb so stehen, bis die letzten Töne verklungen waren. Dann besprengte er den Sarg mit Weihwasser und sagte in seinem leicht nasalen Italienisch: »Brüder und Schwestern im Herrn! Wir wollen heute unseres toten Bruders Antonio gedenken …«

Der Gottesdienst, der über zwei Bildschirme auf die Piazza übertragen wurde, verlief ohne Störung. Don Désiré predigte klar und sicher über die Auferstehung der Toten, und fast alle fanden, dass er nun richtig in Morcone angekommen war. Man hatte sich an sein Gesicht und seine Hautfarbe gewöhnt. Dann, als die Fürbitten gelesen waren und die Trauernden unruhig wurden, weil sie nach Hause zum Mittagessen wollten, kam der Conte aus der Sakristei. Er trug jetzt nicht mehr den dunklen Anzug von vorhin, sondern eine weiße, mit einem Zingulum geschürzte Albe mit Stehkragen. Mit seinem kurzgeschorenen grauen Kraushaar, den harten Gesichtszügen und der prominenten Nase sah er aus wie ein altrömischer Senator. Zur Überraschung aller stieg der Conte die Stufen zur steinernen Kanzel hinauf. Es war totenstill. Zeugen sollten später berichten, sie hätten während seiner Rede jedes Zeitgefühl verloren und wüssten nicht zu sagen, ob er zehn Minuten oder zwei Stunden gesprochen habe. So präsent sei der Conte gewesen.

»Als Vorsitzender des Kirchengemeinderates wollte auch ich ein paar Worte zu euch sprechen«, sagte er mit seiner tiefen, vibrierenden Stimme, die bis in die hintersten Reihen drang. »Morcone, unsere Heimat, wird geprüft. Furchtbar geprüft. Vier Menschen wurden gewaltsam von uns genommen, und wir ahnen, dass ihnen weitere folgen werden. Jeden von uns kann es treffen, am nächsten Montag, am übernächsten. Dich! Und dich! Und dich!« Der Conte deutete mit dem Zeigefinger hinab auf die Menschen in den Bänken, die sich unwillkürlich zur Seite drückten wie ein Getreidefeld, durch das der Wind streicht. »Die Carabinieri versuchen uns zu schützen? Wir haben gesehen, wie wenig ihr Schutz vermag. Antonio Giusti, den wir heute betrauern, wurde hier auf der Piazza, vor seinem Salon, inmitten einer Menschenmenge, erdrosselt, ohne dass es einer von uns bemerkte. Ágnes Nagy wurde hier gegenüber, in ihrem Wohnzimmer, gemeuchelt, ohne dass sie Wände und Türen schützten. Niemand ist sicher vor dem, der das tat. Wir fahren nur noch im Auto zum

Einkaufen? Eine Kugel durchdringt die Windschutzscheibe und lässt unser Gehirn aufspritzen. Wir verkriechen uns in unserem Bett? Ein Deckenbalken kracht herab und erschlägt uns. Wir flüchten uns unter Freunde, in eine Bar, ein Restaurant? Es fließt etwas Gift in unseren Wein. Wir nehmen die Kinder aus der Schule? Sie verschwinden beim Spielen aus dem Garten vor dem Haus. Es gibt keinen hundertprozentigen Schutz vor dem islamistischen Terror, sagen die Experten. Genauso wenig gibt es hundertprozentigen Schutz vor diesem Täter. Diesem Rächer.«

Der Conte ließ den Arm sinken und schwieg. Seine Augen hielten die Menge im Bann. Niemand wollte der Erste sein, der sich regte. Kein Räuspern störte die Stille, kein Rascheln eines Kleides, nicht einmal ein lautes Atmen. »Dieser Täter versteckt sich nicht«, hob der Conte wieder an. »Er schreibt seinen Plan an die Wand, wie Gottes Hand das Menetekel an König Belsazar an die Wand geschrieben hat.« Die Stimme des Conte wurde ganz leise. »Saligia. Die sieben Todsünden, die heute Allerweltssünden sind. Unsere Sünden. Wir haben sie sogar zu Tugenden umgedeutet.« Dann donnerte er los, so dass zwei Babys, die im Schoß ihrer Eltern eingeschlafen waren, zu weinen begannen: »Ohne unsere Gefräßigkeit, unsere neidische Gier, unseren Geiz und unsere Lust auf immer mehr Lust würde diese Wirtschaft, diese Gesellschaft zusammenbrechen. Ohne unsere Trägheit könnten wir es nicht ertragen, wie in Asien kleine Mädchen und Jungen als Sklaven schuften, damit wir morgen noch mehr Billig-T-Shirts bekommen, die wir übermorgen in den Müllcontainer stopfen. Ohne unsere Wut auf die anderen müssten wir erkennen, dass diese anderen so leidensfähig sind wie wir. Ohne unseren Hochmut könnten wir es nicht akzeptieren, wie die Erde weint unter unserem Dreck und unserem Gestank.

Doch …«, der Conte blickte hinauf in das romanische Gewölbe, »unsere Sünden sind zu groß geworden, als dass wir sie noch begreifen könnten. Und je größer sie werden, umso mehr entgleiten sie unserem Blick. Angst hat die Alten gelehrt, Gottes Gebote zu achten. Uns ist die Angst zur Ware verkommen. Wir müssen sie suchen, im Extremsport, in Horrorfilmen, um uns lebendig fühlen zu können. Denn Angst ist Leben. Und Angst vor der Sünde wäre Leben in Gott.«

Irgendetwas hatte sich verändert. Robert riss sich von der weißen Gestalt auf der Kanzel los und blickte um sich. Nicht hier in der Kirche, draußen auf der Piazza. Während der Messe waren das Rufen von Kindern, das Bellen der Hunde, das Knattern eines Polizeimotorrads durch das offene Kirchenportal hereingedrungen, manchmal auch ein Raunen, mit dem die Menge beifällig auf die Predigt Don Désirés reagiert hatte. Jetzt war es draußen so still wie hier drinnen.

»Tief in uns wissen wir, dass wir so, wie wir leben, nicht leben sollten«, fuhr der Conte fort. »Jeder von uns spürt, dass er ein falsches Leben lebt. Warum akzeptieren wir das? Warum ändern wir nichts – heute, jetzt, sofort?«

Robert blickte zu Giada hinüber, die sachte den Kopf schüttelte, während ihr Körper versteinert zu sein schien. Damit hatte sie nicht gerechnet. Damit hatte keiner gerechnet. Der Conte hatte die Messe gekapert.

»Wir ändern nichts, weil wir uns zu kraftlos fühlen, um etwas zu ändern. Allein die Angst kann uns vor diesem Phlegma retten. Die Angst ist ein Geschenk Gottes. Sie allein schenkt uns die Kraft, unseren Irrweg zu verlassen, um durch Dornengestrüpp zu brechen und über sumpfige Gräben zu springen, hinüber auf den anderen Weg, der zum Leben führt. ›Am Anfang war das Wort‹, steht im Alten Testament geschrieben. Doch das ist falsch überliefert. Am Anfang war die Angst. Die Angst war der Kompass, den Gott Adam und Eva bei der Vertreibung aus dem Paradies schenkte, um sie und ihre Nachkommen am Ende der Zeiten zurückzuführen ins Paradies.«

Don Désiré hatte sich hinter den Altar verzogen, wie um Schutz zu suchen vor der Kraft, die von dem Mann auf der Kanzel ausging. Er blickte auf Giada Bianchi, die ihm Zeichen machte, einzugreifen. Er wollte das Mikrophon packen, um den Conte zu überschreien, doch sein Arm bewegte sich nicht.

»Betrachten wir es einmal, nur für diesen einen Moment so …« Die Stimme des Conte war nun wieder leise und sanft, so dass die Babys erneut einschlummern konnten. »Der Tod, der auf uns herabregnete in den vergangenen Wochen, ist vielleicht gar nicht das Werk einer Bestie, sondern ein Diener Gottes. Er weckt uns mit rauer Hand. Er zeigt uns unsere Sünden. Er lässt uns endlich wieder fühlen, spüren, begreifen, leben. Er bricht den Panzer auf von Lust, Gier und Besitz, den wir um uns herum errichtet haben und der dabei war, uns zu zerquetschen. Die Morde von Morcone sind – und ich weiß, wie schockierend das für euch klingt – wie das Geläut der Osterglocken. Bringen sie Tod? Sie bringen Leben!«

Der Conte schwieg. Niemand rührte sich, weder drinnen noch draußen. Massimo Ferrera, der Immobilienmakler, wollte aufspringen und schreien: *Haben Sie den Arsch offen? Der Tod ist nicht das Leben. Diese Morde sind keine Zeichen Gottes, sondern die Taten eines kaputten Gehirns.*

Aber Massimo Ferrera erhob sich nicht. Während in ihm ein Orkan tobte, war er nach außen regungslos. So regungslos wie alle anderen.

»Sa – li – gia«, rief der Conte in den Raum, jede Silbe

gelassen betonend. »Jeder Mord weist uns auf eine Todsünde hin. Wer von uns ist als Nächster an der Reihe? Wer hier in der Kirche und wer dort auf der Piazza ist voller Zorn, Hochmut oder Herzensträgheit? Wer lässt sich leicht von seiner Wut wegreißen?« Sein Zeigefinger sauste wieder durch die Luft wie ein Florett durch die nachlässige Deckung des Gegners. »Und wer grübelt lieber träge vor sich hin, statt zu handeln? – Und ich?« Der Conte bohrte sich den Finger in die Brust. »Bin ich nicht voller Hochmut, auch jetzt, da ich zu euch spreche?«

Der weiße Mann auf der Kanzel erschien plötzlich zur Marmorstatue erstarrt. Dann entspannten sich seine Glieder wieder, und er sprach in einem Allerweltston weiter, als plaudere er beim Mittagessen mit dem Philosophen. »Ich habe lange nachgedacht, in den vergangenen Nächten, in denen ich keinen Schlaf fand. Unser Freund Carlo Carmine – da drüben sitzt er, zwei Reihen vor dem Taufbecken – hatte recht, als er schon vor Wochen hier auf der Piazza sagte, die Morde seien eine Strafe Gottes. Alles spricht dafür. Die Verbindung mit den Sünden. Die Unerreichbarkeit des Täters. Nur, so habe ich mich gefragt: Warum Morcone? Wieso hat Gott ein Städtchen in der Toskana ausgesucht, um der Menschheit den Weg zu weisen?« Wieder schwieg der Conte. Alle Augen starrten ihn an.

»Warum Bethlehem?«, donnerte der Prediger in der weißen Tunika los. »Warum ist Jesus in einem unbedeutenden Städtchen Palästinas am Rande der römischen Zivilisation zur Welt gekommen? Warum nicht in Rom? Warum nicht in Alexandria? Gottes Wege sind unergründlich. Und es ist nicht unsere Aufgabe, Ihn zur Rechenschaft zu ziehen.« Der Conte senkte sein Kinn zur Brust, schien im Gebet zu verharren. Minuten. Dann sagte er so leise, dass sich alle anstrengen mussten, ihn zu verstehen: »Es ist nicht zu spät, Morconesi. Solange noch einer von uns lebt, ist es nicht zu spät. Gott selbst ist es, der uns zeigt, was wir tun können. Willst du Frieden, Morcone? Willst du Tröstung? Übe Gerechtigkeit! Gerechtigkeit ist nichts anderes, als jedem das zu geben, was ihm zukommt. Gib also Gott die Seele, denn sie gehört Ihm. Ihr fragt, wie das geschehen soll? Alles wird sich richten, wenn wir der Sünde widerstehen. Daher werden unsere Kinder, Gottes Ministranten, nun von Haus zu Haus gehen, um die Gaben des Teufels einzusammeln. Putz und Pelz, Bücher der Unzucht, triviale Musik, Würfelspiele, weiche Kissen, aufreizende Wäsche, Zigaretten ... Jeder weiß, was er geben kann. Denn eure Herzen sind jetzt nicht mehr mit Blindheit geschlagen. Am Samstag wollen wir alles zu einem Scheiterhaufen auf dem Platz vor meinem Gutshaus schichten. Dann soll es brennen, bis es leuchtet nach Morcone. Falls es genug ist, wird Gott nicht mehr richten.«

»Amen«, summte von unten der Chor der Ministranten wie ein Bienenschwarm.

Als die Menschen in den Kirchenbänken wieder nach oben schauten, war der Conte verschwunden.

Ein unbeschreibliches Tohuwabohu brach los. Die Spannung, die sich während der Rede des Conte aufgestaut hatte, entlud sich. Die Morconesi packten sich am Arm, schrien durcheinander, drängten zum Ausgang und quollen aus dem Portal von Santa Lucia. In der dichtgedrängten Menge auf der Piazza brach Panik aus. Die Leute rissen die Absperrgitter nieder und rannten davon, wie von Furien getrieben. Sieben Verletzte mussten an der Erste-Hilfe-Station bei der Porta Senese versorgt werden. Ein Kleinkind wurde vermisst, aber bald gefunden. Es hatte sich in einem Ligusterstrauch am Rande der Piazza verkrochen. Alle Hilfe zu spät kam dagegen für den alten West Highland White Terrier des noch betagteren Bauunternehmers Carlo Carmine. Das Tier wurde von der Menge überrannt.

Giada Bianchi schaffte es trotz des Getümmels in der Kirche, sich mit Robert Lichtenwald zu verständigen. »Kann ich dich nachher sprechen, Robert?«, schrie sie ihm zu.

Robert Lichtenwald nickte.

»Um drei Uhr in der Bar Roma?«

Er nickte noch einmal.

Dann hatten sie sich im Gewühl verloren.

# FÜNFUNDZWANZIG

Vielleicht war es sein Phlegma, vielleicht aber auch die Tatsache, dass er als Ausländer vor den Tiefenströmungen der morconesischen Seele geschützt war. Robert Lichtenwald gelang es jedenfalls, sich dem Chaos zu entziehen und unter der steinernen Kanzel zu warten, bis sich die Kirche geleert hatte. Sogar Don Désiré war, gefolgt von den Messdienern, hinausgeeilt, um auf die Davonstürmenden einzureden, sie sollten doch zur Besinnung kommen. Von draußen klangen das Kreischen der Panischen und die Schmerzensschreie der Verletzten herein. Doch hier drinnen, im gedämpften Licht der Buntglasfenster, war es still wie unter Wasser. Robert vergewisserte sich, dass niemand mehr in der Kirche war. Dann ging er zum linken Seitenschiff und öffnete leise die Tür zur Sakristei. Der weißgetünchte Raum war spartanisch eingerichtet, ein paar billige Holzschränke, ein alter Tisch, Plastikstühle. In einer Ecke war unter einem halbblinden Spiegel ein Waschbecken angebracht, darunter eine grünliche Tresortür. Eine weitere Tür führte aus der Sakristei auf eine Gasse. Sie war menschenleer. Robert ging hinaus und machte die Tür hinter sich zu. Er hatte, wie so oft in diesen Tagen, das Gefühl, beobachtet zu werden.

Ein paar Minuten später saß Robert in der Trattoria Tramonto am Tisch in der hintersten Stube, was sein Lieblingsplatz geworden war. Sandra schlenderte, in sprengbrüstiger Bluse wie an einem x-beliebigen Werktag, zu ihm und meinte gelangweilt, der Padrone sei noch auf der Beerdigung. Er werde bald kommen. Ob sie schon etwas bringen müsse. Robert Lichtenwald bestellte Brot, Olivenöl und einen viertel Liter Weißwein und war froh, von Sandra allein gelassen zu werden. Er wollte nachdenken. Ordnung schaffen. Doch es gelang ihm nicht, den Wirrwarr in seinem Kopf zu entknoten. So ging er hinaus zur Theke und bestellte noch ein Viertel, was die Sache nicht besser machte. Sein Kopf fühlte sich dumpf und heiß an. Dann kam Mario Pianigiani, verstört und wortkarg. Er wich dem Blick Robert Lichtenwalds aus, empfahl ihm aber eine *Bistecca alla Fiorentina* und einen gemischten Salat. Für das Gelingen komplizierterer Speisen könne er heute nicht garantieren. Die *Bistecca* war zäh und trocken, der Salat schlecht geputzt und mit kleingewürfeltem rohen Knoblauch versetzt. Robert spülte alles mit dem Weißwein hinunter.

Um kurz vor drei Uhr ging Robert Lichtenwald, leicht schwankend, über die leere Piazza. Die Absperrgitter und die Sicherheitsschleuse waren verschwunden, doch in einem Wachhäuschen vor dem Garibaldi-Denkmal stand stocksteif ein Carabiniere mit umgehängter Maschinenpistole. Auch auf dem Glockenturm waren weiterhin Carabinieri postiert. Robert trat in die dunkle Bar Roma und sah Giada, die vor einem Pisco Sour an der Theke saß. Ein Pisco um drei Uhr nachmittags. Robert schüttelte den Kopf. Das Mädchen trank zu viel. Sie begrüßten sich mit flüchtigen Küssen auf die Wangen.

»Ciao, Robert. Du riechst nach Weißwein und Knoblauch.«

»Und du? Pisco Sour und …« Er schnupperte. »Issey

Miyake, A Scent.« Robert kannte das Parfum, Stefanie benutzte es gern im Sommer.

Giada sah ihn erstaunt an. »Das hat mir Mara zum Geburtstag geschenkt.«

»Wo ist Paolo?«

»Zu Hause. Er sagt, er könne jetzt keine Leute sehen. Hat mir den Schlüssel gegeben.«

Robert setzte sich seufzend auf den Barhocker neben Giada. »Was für ein Tag!«

»Das kann man sagen. Der Auftritt des Conte hat mich brutal überrumpelt.«

»Ich glaube, das ging allen so.«

»Ja. Aber was mich entsetzt, ist, wie sich die Leute mitreißen ließen. Hast du das beobachtet? Die waren hypnotisiert. Wie ferngesteuert.«

»Es war gespenstisch. Wie aus der Zeit gefallen. Ich fühlte mich in einen Mittelalterfilm versetzt, in dem ein fanatischer Bußprediger die Menge aufputscht.«

Giada schnaubte. »Wenn er die Leute aufgefordert hätte, mich auf der Piazza als Hexe zu verbrennen – sie hätten es getan.«

Robert musste lachen. »Dann wäre ich auf einem Schimmel herangesprengt und hätte dich gerettet.«

»Du?« Giada legte den Kopf schräg. Dann sagte sie leise, während sie mit dem Löffel die Limettenscheiben in dem Glas mit dem dicken Boden zerquetschte: »Wir werden sehen …«

Beide schwiegen. Robert glotzte auf die Regale mit den Flaschen hinter der Theke und widerstand der Versuchung, sich einen Grappa einzuschenken. Nach einer Weile murmelte er, wie zu sich selbst: »Und was machen wir nun?«

»Du kannst zurück nach München gehen. Ich muss hierbleiben. Es ist mein Morcone.«

»Ich werde auch bleiben.«

»Warum?«

»Ich habe meine Gründe.«

»Danke.« Giada klang ehrlich erleichtert. »Montag wird der nächste Mord passieren, das spüre ich.«

»Leider könntest du recht haben. Morcone hat fünftausend Einwohner, oder? Da können die Carabinieri nicht hinter jeden Hochmütigen, Trägen oder Wütenden eine Wache stellen. Der einzige Weg, das Morden zu stoppen, führt über den Täter.«

»Der ein Phantom ist. Oder glaubst du, es ist wirklich der Conte? In der Kirche erschien mir das sicher. Doch jetzt, wenn ich darüber nachdenke … Falls er der Mörder ist, warum hätte er sich dann selbst derart verdächtig gemacht mit seiner Rede? Das passt einfach nicht.«

»Vielleicht ist er sich seiner Sache so sicher. Fühlt sich unverwundbar. Er hat selbst gesagt, dass er hochmütig ist.«

»Vielleicht. Aber warum sollte er das alles tun? Der Conte entstammt der angesehensten Familie Morcones. Es geht ihm gut, seine *tenuta* entwickelt sich prächtig. Und er tut viel für den Ort, nicht nur finanziell. Die Ministranten zum Beispiel. Sie sind begeistert. Stell dir das vor! Pubertierende Mädels und Jungs wie mein Leo gehen lieber in seine Ministrantengruppe als ins Kino. Sie lieben den Conte. Warum sollte er ein Serienmörder sein? Du glaubst doch nicht im Ernst, dass der Conte eine alte Bekannte wie Maria Pianigiani zu Tode peitscht. Das ist absurd.«

»Aber absurd war auch sein Auftritt in der Kirche. Der Conte hat offensichtlich noch eine Seite, die niemand kennt. Er war lange weg aus Morcone. Was hat er in dieser Zeit gemacht?«

Giada zog die Augenbrauen zusammen. »Das weiß ich auch nicht so recht. Ich war selbst lange weg. Ich weiß nur, dass er seine Eltern früh verloren hat, sie starben kurz hintereinander, ich glaube, an Krebs. Der Conte war ihr einziges Kind. Er kam in ein Heim, ein Internat oder so. Später hat er als Lehrer in Florenz gearbeitet, das hat er den Ministranten erzählt. Aber mehr weiß ich auch nicht.«

»Dann müssen wir da ansetzen. Wir müssen herausbekommen, wer der Conte wirklich ist. Als ich vorhin beim Mittagessen war, drüben in der Trattoria Tramonto, habe ich versucht, die Puzzleteile zusammenzusetzen, die ich bisher nicht einordnen konnte: Teil eins – der Kapuzenmann, den du vor meinem Fenster gesehen hast. Teil zwei – die Gestalt, die dir unten in der Abteiruine erschienen ist. Teil drei – die mittelalterliche Geschichte von Saligia und den sieben Todsünden, die den Mörder inspirieren. Teil vier – der Conte als fanatischer Bußprediger bei der Beerdigung heute. Wie passt das alles zusammen? Womöglich liegt das Rätsel in der Geschichte des Conte begründet.«

Giada sprang auf und rief: »Weißt du, was wir machen?« Ihre Ohrläppchen tanzten auf und ab, auch ohne Hexen. »Wir fahren nach Florenz!«

Donatella Laganà saß in ihrem Büro in Grosseto und rieb sich mit den Händen über das Gesicht. Die Reste ihres Abendessens standen noch auf dem Schreibtisch, in der Plastikbox, in der sie sich das Sushi hatte liefern lassen. Beim Essen hatte sie das Video gesehen, das die Carabinieri von der Trauermesse für Antonio Giusti gedreht hatten. Und sie hatte den Bericht gelesen, in dem *Maresciallo* Bartolami seine Eindrücke zusammenfasste. Sie war, und das kam sehr selten vor, verwirrt. Weniger wegen des Conte – Spinner outeten sich in jüngster Zeit ja immer schamloser, wobei sie ihn eigentlich nicht dazugerechnet hätte – als wegen ihres Kollegen, des *Maresciallo*. Aus seinem Bericht ging hervor, wie sehr ihn der Auftritt des Conte beeindruckt hatte. Man konnte fast glauben, er wolle sich ihm als Jünger anschließen. Seltsame Welt.

Kurz darauf meldete die Wache den Conte. Er gab sich, wie sie ihn kannte, höflich, ironisch, selbstbewusst. Was sein Auftritt in der Kirche von Morcone sollte? Nun, er trug Verantwortung für diesen Ort, der ihm und seiner Familie immer so viel bedeutet hatte. Und die Morconesi achteten ihn und erwarteten sich in diesen schweren Zeiten von ihm Hilfe. Dem Mörder das Handwerk zu legen, vermochte er nicht – das war ja auch Aufgabe der Carabinieri. Aber er konnte verhindern, dass die Menschen in Panik gerieten oder verzweifelten. Das ging am besten, indem er dem schrecklichen Geschehen einen Sinn gab. Genau das hatte er getan.

Laganà befriedigte diese Erklärung in keiner Weise. Sie ließ das den Conte spüren. Sie fand nicht, dass er die Leute beruhigte, im Gegenteil. Sie bat ihn dringend, sich fortan mit Interventionen in Morcone zurückzuhalten und die Ermittlungen nicht zu gefährden. Auch solle er sich auf Gut Montecivetta für weitere Befragungen bereithalten.

# SECHSUNDZWANZIG

Robert fühlte sich zum ersten Mal seit Wochen völlig entspannt. Er summte die Songs von Paolo Conte mit, während sein Audi über die Staatsstraße 223 Richtung Siena glitt. Die Klimaanlage war auf 23 Grad eingestellt, Giada auf dem Beifahrersitz eingenickt. *»Sotto le stelle del Jazz«*, brummelte Paolo Conte. Durch Roberts Sonnenbrille wirkte die Landschaft noch südlicher, als sie es ohnehin war. Sonnenblumenfelder, Wein, Oliven. Ab und an eine Fernfahrerbar am Wegrand und, oben auf den Bergkuppen, Orte, entrückt und uneinnehmbar im flimmernden Licht. Aus diesen Adlernestern ragten die *campanili* wie Ausrufezeichen heraus. Batignano. Civitella Marittima. Dann, tief unten, in schwindelerregender Schlucht am Lauf des Flusses Farma, das Thermalbad Bagni di Petriolo. Robert liebte es, unterwegs zu sein, insbesondere in Italien, wo schon der Klang der Ortsnamen seine Phantasie anregte. Das zerklüftete Land mit seiner verschlungenen Geschichte war für ihn wie eine Schatzkammer, in der es in jeder Kiste, hinter jedem Schrank, unter jeder Bodenplatte Erstaunliches zu entdecken gab. An diesem Tag genoss er es besonders, auf Reisen zu sein. Vielleicht, weil Morcone ihn zuletzt verstört und erdrückt hatte, vielleicht auch wegen der jungen Frau neben ihm, die im Schlaf ihr Madonnengesicht zeigte. Doch darüber dachte er jetzt nicht weiter nach. Er steuerte den Wagen durch immergrüne Wälder, in denen die Wildschweine hausten, und dann durch die umbrabeigen, fast graphisch kargen Ackerlandschaften, die Siena umgaben. Von dort aus führte die gefährlich enge, kurvige Superstrada entlang der Berge des Chianti in einer Dreiviertelstunde nach Florenz.

Robert war schon länger nicht mehr in der Stadt gewesen, die ihn mit ihrer erbarmungslosen Schwüle überraschte. Wie musste es erst im August hier sein? Er ließ sich vom Navi in die Innenstadt lotsen und weckte Giada. Sie nahm ihre nackten Füße mit den schwarzlackierten Zehennägeln vom Armaturenbrett und zog ihre weißen Chucks an. Sie war gespannt, was für ein Hotel Robert ausgesucht hatte. Er sagte, es werde ihr gefallen, doch das war mächtig untertrieben. Giada war so begeistert von der musealen Atmosphäre des ehemaligen Klosters aus der Renaissancezeit, dass sie für eine Weile alles Unglück von Morcone vergaß, zumal sie Leo gut bei ihrer Freundin Mara untergebracht wusste. Sie nahm Robert bei der Hand und zog ihn durch die Salons, Gewölbe und Treppenhäuser zur Jugendstilbar und weiter hinaus in die breite, elegante Säulenloggia, von deren Schatten aus sie das Leben auf der Piazza SS. Annunziata mit dem Medici-Denkmal und den beiden Bronzebrunnen betrachten konnten. Robert hatte zwei nebeneinanderliegende Einzelzimmer genommen, und Giada fragte sich, ob sie das erleichterte oder enttäuschte. Ein Draufgänger war er jedenfalls nicht.

Giada und Robert wussten nicht genau, wonach sie in Florenz suchen sollten, doch sie hatten einen Plan, was sie sich anschauen wollten. Ein Taxi brachte sie zum *Liceo Dante*, untergebracht in einem Palazzo aus dem 19. Jahrhundert an der mit Schirmpinien bestandenen Piazza della

Vittoria. Der Samstagsunterricht war gerade zu Ende, die beiden hatten Mühe, sich durch die Schülermassen zu drängen, die aus dem Hauptportal strömten. Die Mädchen und Jungen sahen in ihren bedruckten T-Shirts, löchrigen Jeans, mit den Rucksäcken und Umhängetaschen wie x-beliebige junge Leute aus und stellten doch, jedenfalls nach dem Verständnis ihrer Schule, eine Elite dar. Das Dante war das älteste altsprachliche Gymnasium von Florenz, gegründet vor mehr als hundertfünfzig Jahren und bis heute im Ruf stehend, besonders streng und gut zu sein und den ganzen Menschen im Schüler zu fordern. Man machte etwas her in Florenz, wenn man auf dem Dante war, wie zum Beispiel der Ex-Premier Matteo Renzi. Hier also hatte der Conte lange unterrichtet, und hierher schien er mit seiner souveränen Aura auch gut zu passen.

Giada Bianchi hatte lange überlegt, wie sie sich im *Liceo Dante* präsentieren sollten. Sie hätte sich eine Geschichte ausdenken können, etwa, dass sie eine Nichte des Conte sei, die ein Buch über die Familie schreiben wolle. Doch dann hielt sie es für am besten, bei der Wahrheit zu bleiben. Daher meldete sie sich bei der Verwaltung als Journalistin an, die wegen einer Recherche einige Fragen zu einem ehemaligen Lehrer hätte.

Sie wurde vom Verwaltungsdirektor empfangen, einem kühlen jüngeren Mann, der ihr sofort zu verstehen gab, dass er das Gespräch für Zeitverschwendung hielt. Giada versprühte all ihren Charme. Sie gab sich als Bewunderin Dante Alighieris, brachte eine Lobeshymne auf das legendäre Gymnasium aus, fragte höflich und beharrlich immer weiter nach. Vergebens. Der Direktor fertigte sie mit ein paar Floskeln ab. Ja, Emanuele Cardi sei ein beliebter und engagierter Lehrer gewesen. Nein, es habe keine besonderen Vorkommnisse mit ihm gegeben. Er habe weder radikale Ansichten noch religiöse Eiferei gezeigt und auch keine Feinde gehabt. Nein, über sein Privatleben wisse er nichts, der Conte sei ein zurückhaltender Mann gewesen. Giadas Hexen sprangen vor Ungeduld und Ärger an ihren Ohren auf und ab, und als sie nach exakt viereinhalb Minuten hinauskomplimentiert wurde, hätte sie am liebsten die Tür zugeschmissen. Zu ihrer Überraschung wartete Robert draußen im Eingangsbereich nicht allein. Er unterhielt sich, gestikulierend wie ein Italiener, mit einem kleinen Mann mit Halbglatze. Es war der *bidello*, der Hausmeister.

»Rate mal, wo Signor Sergio aufgewachsen ist, Giada! In München! Sein Vater hat bei Siemens gearbeitet.«

Sergio nickte eifrig. »Ich habe in München studiert und bin dann nach Florenz zurückgekehrt, weil ich dachte, da hätte ich als italienischer Ingenieur bessere Karten. Jetzt arbeite ich als Hausmeister – immerhin am besten Gymnasium der Stadt. Der *Signore* hier hat mir erzählt, Sie wollen etwas über Emanuele Cardi wissen, diesen Conte. Leider kenne ich ihn kaum. Er ging, kurz nachdem ich kam. Aber *Dottor* Fabbri kennt ihn auf jeden Fall. Er ist das Gedächtnis der Schule. Er genießt seine Pension oben in Fiesole, wo es kühler ist. Ich schreibe Ihnen seine Nummer auf. Grüßen Sie ihn von Sergio.«

*»Complimenti«*, sagte Giada beim Hinausgehen grinsend zu Robert. »Du bist richtig gut im Recherchieren.«

Der *Dottore* wohnte in einem Reihenhaus mit ochsenblutroten Außenwänden und peinlich aufgeräumtem Garten. Kein Kräutchen störte den Rasen, kein Blatt befleckte den Plattenweg. Der Gipsbrunnen mit den Petunien war offensichtlich frisch getüncht. *Dottor* Fabbri erwartete sie am Zaun. Der alte Lehrer freute sich darauf, mit jemandem reden zu können, der sich für die Geschichten von früher interessierte.

»Emanuele war ein eigentümlicher Mann«, sagte er, als sie bei einem *caffè* auf der Terrasse saßen. »Er war nach außen ganz ruhig, aber in ihm brannte ein Feuer, das mich manchmal erschreckte. Als Philosophielehrer war er phantastisch. Er konnte so anschaulich, so greifbar über die verschiedenen Denker und deren Lehren erzählen, dass sich noch der trägste seiner Schüler packen ließ. Dabei argumentierte und handelte er selbst von einem rigoros moralischen Standpunkt aus, den er mit dem Naturrecht begründete. Wer seinen hohen Ansprüchen nicht genügte, den strafte er mit kalter Verachtung. Daher liebten ihn seine Schüler nicht. Sie fürchteten ihn.«

»Und wie lebte er selbst so, nicht als Lehrer, sondern als Mensch?«

*Dottor* Fabbri gluckste. »Das eine schließt das andere nicht aus. Aber bei ihm vielleicht schon. Einige Kollegen lästerten jedenfalls, er sei gar kein Mensch. Er schien immun gegen die Versuchungen zu sein, denen wir alle in der einen oder anderen Form unterliegen. Er rauchte nicht, er trank nicht, er aß wenig und fleischlos, er fluchte nie, interessierte sich nicht für Besitz und hatte, soweit bekannt, keine Affären. Es war gespenstisch …« Der Alte kicherte wieder.

Giada beugte sich vor, während ihr Stift über das Papier flog. »Wo lebte er? Wie sah seine Wohnung aus?«

»Das weiß ich nicht, er hat niemanden an sich herangelassen. Er muss irgendwo in der Nähe der Kirche San Francesco gelebt haben. Jedenfalls haben Schüler ihn oft auf der Piazza davor sitzen sehen, auf einer Bank, vertieft in seine Lektüre. Aber wieso wollen Sie das eigentlich alles wissen?«, fragte der *Dottore*, und seine Augen wurden schmaler. »Sind Sie vielleicht – von der Finanzpolizei?«

Jetzt kicherte Giada und wies mit einem Nicken zu Lichtenwald hinüber. »So weit sind wir noch nicht, dass die *Guardia di Finanza* Deutsche als Steuerfahnder bei uns einsetzt. Aber es könnte bald so kommen … Im Ernst: Wir leben in Morcone. Ich bin Journalistin, Robert Lichtenwald ist ein Freund. Ich recherchiere zu den Morden.«

»Oh!« Fabbri fiel vor Begeisterung der Kaffeelöffel aus der Hand, mit dem er den Zucker vom Boden seiner Tasse schabte. »Die Morde von Morcone! Ich lese jeden Artikel darüber, lasse mir keine Sondersendung entgehen.« Plötzlich verstummte er. Seine Augen weiteten sich. Er murmelte: »Ich verstehe. Sie glauben, Emanuele könnte eines der nächsten Opfer sein.«

Giada Bianchi unterdrückte ihre Überraschung. »Wie kommen Sie darauf?«

»Nun, wegen des Hochmuts.«

»Des Hochmuts?«

»Genau. Das Monster von Morcone …« Fabbri schnaubte. »… diese Journalisten … Also, der Mörder von Morcone mordet sich doch die sieben Todsünden entlang, stur und stupide wie ein Bürokrat, nicht wahr? So steht es jedenfalls in den Zeitungen. Und zu Emanuele passt nur eine Todsünde, die aber richtig. Er war nicht geizig, gierig, geil … Aber er war hochmütig. Denn was ist Tugend im Übermaß anderes als Hochmut?«

Robert Lichtenwald und Giada Bianchi warfen sich einen raschen Blick zu. Der Alte fuhr fort. »Ja, der Hochmut. Spätestens an dem scheitern sie alle, die Tugendbolde. Dabei ist es nicht nur die schlimmste, sondern auch die dümmste aller Sünden.«

»Das ist Ihre Interpretation?«, fragte Giada.

»Nein. Hybris. Hoffart. Superbia. Arroganz. Das ist die Sünde aller Sünden, die Ursünde. Hochmut verführte Luzifer, den Lichtträger, dazu, dass er sein wollte wie Gott. Hochmut ist der schlimmste Götzendienst, denn er vergöttert das Ich. Daher straft Gott die Hochmütigen. Sie wissen ja, was der Prophet Jesaja dem König Babels über Luzifer berichtete:

*Ach, du bist vom Himmel gefallen,*
*Du strahlender Sohn der Morgenröte.*
*Zu Boden bist du geschmettert,*
*Du Bezwinger der Völker.«*

Fabbri machte eine dramatische Pause, ergriffen von seinem eigenen Vortrag. Dann fuhr er fort: »Hochmut trieb Adam und Eva dazu, vom Baum der Erkenntnis zu essen, weil sie sein wollten wie Gott. Hochmut steckt in jedem Ich, das sich absondert von den anderen. Daher lehrt Buddha, das Ich zu überwinden.«

Giada Bianchi und Robert Lichtenwald hatten Mühe, den Redeschwall des Alten zu stoppen. Was er ihnen sagen konnte, hatte er gesagt. Sie verabschiedeten sich mit der Notlüge, sie müssten nun leider zu einem anderen Termin. Fabbri winkte ihnen vom Zaun aus nach. Er kicherte. Emanuele würde ihnen noch zu schaffen machen.

»Nun wissen wir mehr und sind verwirrter als zuvor«, sagte Giada, als sie wieder hinunter nach Florenz fuhren. »Was Fabbri über den Conte erzählt hat, würde zum Täter passen. Doch er sieht ihn als mögliches Opfer. Selbst das ist nicht ausgeschlossen. Was machen wir jetzt?«

»Wir müssen noch mehr über den Conte herausbekommen.«

»Aber wie. Als Lehrer kennen wir ihn nun. Und als Privatmensch scheint er niemanden an sich herangelassen zu haben.«

Lichtenwald trommelte mit den Fingern auf dem Lenkrad. »Immerhin hat uns Fabbri erzählt, dass der Conte oft vor der Kirche San Francesco saß. Wahrscheinlich hat er tatsächlich da in der Gegend gewohnt. Er ist vermögend. Womöglich hat er die Wohnung noch immer. Wir sollten uns da mal umsehen.«

Als sie bei San Francesco ankamen, hatten sie Hunger. Außer einem *cornetto* vor dem Aufbruch in der Bar Roma hatten sie noch nichts gegessen. Sie fanden ein Lokal an der Nordseite der Piazza und bestellten Ravioli mit einer Füllung aus Lachs und Nüssen. Sie aßen schweigend und blickten auf die Piazza mit ihren Wegen, Bänken, Zedern, Pinien und Linden. In der Mitte stand, auf einem Sockel, eine überlebensgroße Figur, die, soweit man das aus der Entfernung erkennen konnte, ein Kreuz emporreckte. »Wer ist das?«, fragte Robert Lichtenwald.

»Keine Ahnung. Ich war hier noch nie. Wahrscheinlich der heilige Franziskus, wenn die Kirche hier schon so heißt.«

»Das glaube ich nicht. Er wendet der Kirche ja den Rücken zu.«

Da beide nicht frei vom Laster der Besserwisserei waren, schlenderten sie nach dem Essen hinüber zu dem Monument. Robert hatte recht. Es war nicht der sanfte Franz von Assisi, der mit den Vögeln sprach, sondern ein ganz anderer Mönch in wallender Kutte, der, die Kapuze über dem Kopf, mit harten Gesichtszügen und fanatischem Blick, in Marmor gehauen, der Stadt das Symbol des Gekreuzigten entgegenreckte. Auf dem Sockel stand sein Name: Girolamo Savonarola.

# SIEBENUNDZWANZIG

Robert Lichtenwald wurde urplötzlich schwindlig. Schweiß stand ihm auf der Stirn. Er setzte sich auf eine Steinbank. »Was hast du, Robert?«, fragte Giada.

»Nichts, es geht gleich wieder. Es war mir nur gerade, als hätte mich ein Stromschlag getroffen. Kennst du das, wenn sich auf einmal Dinge klären, über denen du lange gebrütet hast, ohne einen Zusammenhang zu erkennen?«

Giada wiegte zweifelnd den Kopf.

»Girolamo Savonarola! Sicher kennst du ihn.«

»Na ja. Nicht persönlich. Aber wir haben in der Schule was gelernt über ihn. Ich habe damals nicht aufgepasst, weil ich mich mehr für Marco in der Bank hinter mir interessierte als für den toten Mönch, ich Wachtel. Aber ein bisschen was ist doch hängengeblieben, denn seine Geschichte ist faszinierend. Er war doch so ein radikaler Bußprediger, ich glaube, in der Renaissance, der die Macht in Florenz an sich riss, um den Leuten alles zu verbieten, was Spaß macht. Wurde er nicht am Ende verbrannt?«

»So ist es. Stefanie musste einmal den Vortrag eines Geschichtsprofessors über Savonarola übersetzen und hat mir einiges über ihn erzählt. Auch mich hat er fasziniert. Savonarola war ein Dominikanermönch, der unglaublich feurig predigen konnte. Lorenzo de'Medici holte ihn Ende des 15. Jahrhunderts nach Florenz, obwohl Savonarola in seinen Predigten die Reichen und Mächtigen angriff und die dekadente Kirche herausforderte. Dennoch ließen die Medici es zu, dass er zum Prior eines Dominikanerklosters in Florenz gewählt wurde. Nach deren Sturz riss er die Herrschaft an sich. Er wollte Florenz in einen Tugendstaat verwandeln. Tatsächlich wurde es ein Tugendterror. Savonarola versuchte, die Sünde mit Feuer und Schwert auszumerzen. Der Papst, ich glaube, es war Alexander VI., der Borgia, ließ ihn schließlich stürzen und als Ketzer auf der Piazza della Signoria verbrennen.« Robert schaute hoch zu der Marmorstatue. »Aber seine Gedanken leben weiter, sonst hätte man ihm kaum dieses Denkmal errichtet.«

»Okay, das ist ja ganz spannend, aber warum bringt dich das jetzt so aus der Fassung?«

»Weil plötzlich alles zusammenpasst: Dir erscheint zweimal, vor meinem Wohnzimmerfenster und in der Abteiruine, ein Mann mit einer Kapuze, also ein Mönch. Aus meinem Bücherregal wird von einem Unbekannten ein Buch herausgezogen, das von Savonarola handelt und auf dem Titel sein Porträt mit Kapuze zeigt. In Morcone werden Menschen ermordet, die für die Todsünden stehen, die Savonarola seinerzeit ausrotten wollte. Und der Conte hält bei der Beerdigung in Santa Lucia eine Ansprache, die einer fanatischen Bußpredigt gleicht. Kann es sein, dass sich der Conte für Girolamo Savonarola hält?«

»Aber das ist unmöglich!« Giada schrie vor Aufregung.

»Wieso?«

»Der Conte ist nicht verrückt. Im Gegenteil. Er ist ein besonnener Mann …«

»Können wir in ihn hineinschauen? Denk an seinen Auftritt in der Kirche. War das nicht verrückt? Jedenfalls nach normalen Kriterien? Und jetzt erinnere ich mich auch, dass er schon früher über die Verkommenheit der Zeit und die Gier der Menschen geredet hat.«

»Womit er nicht so unrecht hat.«

»Wir müssen die Carabinieri verständigen, bevor noch mehr Unheil passiert«, sagte Robert. »Aber bei dieser Beweislage würden sie unseren Verdacht wahrscheinlich als Hirngespinst von Hobbyermittlern abtun. Wir brauchen etwas Handfestes. Eine Verbindung zwischen Savonarola und dem Conte. Mehr als nur die Tatsache, dass er gern lesend auf diesem Platz saß.«

»Hm. Wenn der Conte so von Savonarola besessen ist, dann hat er in der Zeit, als er in Florenz lebte, sicher über ihn nachgeforscht. Du hast doch da was von dem Kloster erzählt, dessen Boss Savonarola war.«

»Prior, Giada, nicht Boss. In Orden, die das Amt des Abts nicht kennen, heißt der Vorsteher eines Klosters Prior.«

»Also der Boss. Sag ich doch!«

»Wie auch immer. Dieses Kloster könnte es noch geben. Vielleicht finden wir dort tatsächlich Spuren des Conte. Zum Beispiel im Ausleihverzeichnis der Bibliothek.«

Giada schien ihm nicht zuzuhören. Sie tippte auf ihrem Smartphone herum und starrte auf den Bildschirm. »Robert!« Sie sprang von der Steinbank und tänzelte vor ihm herum, als wollte sie ihn zu einem Kampf provozieren. »Da steht es!« Sie boxte ihm vor Begeisterung gegen die Schulter. »Savonarola wurde 1491 Prior – also Boss – des Dominikanerklosters San Marco. Das Kloster existierte bis 2014. Also bis vor zwei Jahren! Der größte Teil ist seit längerem Museum. Und jetzt kommt's: Im ersten Stock des Konvents können die drei kleinen Zellen besichtigt werden, in denen Savonarola einst als Boss lebte.«

»Als Prior. Die Zellen sollten wir uns anschauen.«

»Das Museum hat samstags bis fünf Uhr geöffnet, steht da.«

»Dann nichts wie hin.«

Fünf Minuten später erreichten sie die Piazza San Marco. Sie parkten den Wagen in einer Seitenstraße im Halteverbot und rannten zum Eingang des Museums neben der Barockfassade der Kirche San Marco. Die Frau an der Kasse wollte gerade schließen. Als Giada Bianchi ihren Presseausweis vorzeigte, ließ sie die beiden noch hinein. »Wollen Sie auch die Zellen von Fra Girolamo sehen? Ja? Dann stören Sie bitte Fra Alberto nicht. Er betet dort samstags um diese Zeit immer«, sagte sie. Dann drückte sie den beiden späten Besuchern einen Plan des Klosters und eine Broschüre über Savonarola in die Hand. Giada und Robert eilten achtlos durch den Kreuzgang des Michelozzo, ohne die Fresken des Fra Angelico auch nur eines Blickes zu würdigen. Sie stiegen die Treppe zum ersten Stock hinauf und gelangten in einen langen Gang mit rotem Fliesenboden, von dem die Klosterzellen abgingen. Der Gang war leer. Die wenigen Touristen, die an diesem schwülen Spätnachmittag noch im Museum waren, hielten sich unten bei den Kunstschätzen auf. Giada und Robert liefen an das Ende des Korridors, bogen um die Ecke in einen weiteren Gang und fanden sich endlich bei den drei Zellen Girolamo Savonarolas wieder. Abrupt blieben sie in der Tür stehen. Auf dem Steinboden der ersten Zelle kniete ein uralter Mann. Er trug einen schwarzen Radmantel über einer weißen Tunika. Seine Ohren wirkten übergroß an dem knochigen, fast skelettartigen Schädel. Fra Alberto bewegte sich nicht. Nur das Murmeln, das über seine Lippen kam, ließ vermuten, dass er betete. Giada und Robert wichen zurück. Sie konnten diesen Mann nicht im Gebet stören. Daher lehnten sie sich draußen auf dem Gang an die Wand und warteten. Giada nahm das Heft, das ihnen die Kassiererin gegeben hatte, las und flüsterte Robert die interessantesten Informationen zu.

Hier, in diesen drei Zellen, hatte Savonarola gelebt, gebetet, geschrieben und wie ein religiöser Diktator versucht, aus der Republik Florenz einen Gottesstaat zu machen. Hier schwankte er zwischen Triumph und Verzweiflung. Hier wartete er schließlich, bis die Schergen der *Signoria* ihn verhafteten und der Folter zuführten. In den Zellen wurden heute ein paar weltliche Dinge gezeigt, die von ihm geblieben sind. Ein Holzhocker, Gemälde, seine Mönchskutte, ein Büßerhemd, sein Rosenkranz, Schriftstücke, ein Stück Holz von dem Kreuz, an dem er hing, als man ihn verbrannte. Keine Reliquien seines Körpers. Obwohl es welche geben musste. Denn nach seiner Verbrennung, so stand es in dem Büchlein, suchten adelige Damen, die Savonarola verehrten, als Dienerinnen verkleidet, in der Asche auf der Piazza nach seinen Überresten. Als die Reste in den Arno geworfen wurden, um jeden Kult um den Hingerichteten zu vereiteln, tauchten Anhänger danach. Angeblich soll einer von ihnen ein Stück von Savonarolas Herzen aus dem Fluss geborgen haben. Wo immer diese Reliquien auch sein mochten, Savonarolas Nachruhm hänge nicht von ihnen ab, hieß es in der Broschüre. Bis heute habe er viele Anhänger, die ihn als Vorläufer der Reformation, politischen Revolutionär oder schlicht als einen Mann verehrten, der die Werte der katholischen Kirche hochhielt, als das Papsttum unter Alexander VI. seinen moralischen Tiefpunkt erreichte. Die Dominikaner, las Giada vor, verehrten Savonarola heute als einen ihrer Größten. Sie betrieben in Rom seine Seligsprechung.

Aus der Zelle kam ein Ächzen. Der Alte zog sich an einem Pult hoch und drehte sich zu ihnen um. »Guten Abend«, sagte er schlicht. »Sie interessieren sich für unseren *Frate*?« Dann winkte er sie, ohne eine Antwort abzuwarten, herein und führte sie durch die drei Zellen. »Es ist ein Jammer, dass das Kloster San Marco aufgelöst wurde«, murmelte er. »Nach mehr als siebenhundert Jahren! Aber wir waren nur noch vier Brüder. Deswegen haben sie uns dem Dominikanerkonvent von Santa Maria Novella zugewiesen. Es ist traurig für San Marco. Aber wer weiß, vielleicht wirkt der *Frate* heute stärker denn je, wo so viele Menschen aus aller Welt seine Zellen besuchen.«

Während Fra Alberto vor sich hin redete, blieb Robert Lichtenwald vor einem Gemälde über einer Glasvitrine stehen. Es zeigte, in Braun- und Rottönen, ein von lichten Hügeln umrahmtes Florenz der Renaissancezeit. Aus den dicht stehenden Häusern ragte der Palazzo Vecchio hervor. Ein hölzerner Steg führte vom Palazzo zu einer Plattform in der Mitte der Piazza della Signoria. Flammen quollen an dem turmhohen Holzkreuz auf der Plattform empor, an dem drei Männer in weißen Hemden hingen. Die roten Zungen leckten bereits an ihren Füßen. Unten auf der Piazza schleppten Träger Bündel mit weiterem Brennholz heran.

»Ein schreckliches Bild, nicht wahr?«, sagte Fra Alberto zu Robert Lichtenwald. »Nicht einmal die Ordensgewänder durften Fra Girolamo, Fra Domenico und Fra Silvestro bei ihrem Martyrium anbehalten. Was für ein Verbrechen haben die Signoria und Papst Alexander VI. da begangen!«

Doch es waren nicht die Details der Hinrichtung Savonarolas und seiner beiden Mitbrüder, die Robert Lichtenwald so aufwühlten. Es war etwas anderes. Er hatte dieses Bild erst vor kurzem gesehen. Nur wo? Er war seit Wochen in keinem Museum mehr gewesen, immer nur in Morcone und auf Gut Montecivetta. Richtig! Im Salon des Conte. Dort hing eine Kopie dieses Bildes. Konnte das noch ein Zufall sein? Der alte Dominikaner zog ihn weiter zu einem Ölbild, das Savonarola im Profil zeigte. Das helle, naturalistisch gemalte Gesicht mit der langen, gebogenen Nase und den vollen Lippen leuchtete aus dem schwarzen Hintergrund und der schwarzen Mönchskapuze hervor. Der Blick ging in die Ferne. *»Requiescat in pace«*, murmelte Fra Alberto. Dann wandte er sich wieder Robert Lichtenwald und Giada Bianchi zu. »Spüren Sie die Kraft, die von ihm ausgeht? Nicht jeder ist ihr gewachsen. Ich habe Menschen erlebt, die vor diesem Bild zusammengebrochen sind. Und den einen oder anderen, der unserem Orden beitreten wollte, mussten wir abweisen, weil seine Verehrung für Savonarola an Fanatismus grenzte.«

»Kennen Sie Emanuele Cardi, den Conte di Montecivetta?«, fragte Giada Bianchi abrupt.

Der Alte reckte den Kopf hoch und schaute mit halb geschlossenen Augen durch sie hindurch. Er schien etwas zu sehen, in weiter Ferne. »Emanuele Cardi«, sagte er leise. »Ein außergewöhnlicher Fall. Er hatte schon Philosophie und Theologie studiert, als er zu uns stieß. Er schien mit seinem Glaubenseifer, seiner Sittenstrenge, seiner Gelehrsamkeit und seiner Sprachgewalt dazu bestimmt, ein Großer unter uns Dominikanern zu werden. Doch wir mussten ihn schließlich wegschicken. Nur psychisch gesunde Menschen können Dominikaner werden. Da hatten wir große Zweifel.«

»Warum?«, fragte Giada leise, um den Alten nicht aus seinen Gedanken zu reißen.

Fra Alberto schaute sie zornig an. »Weil er hochmütig war und meinte, er sei dazu berufen, der neue Savonarola zu werden.« Sein Blick wurde wieder matter. Erschöpft ließ er sich auf den Hocker sinken, den einst der *Frate* benutzt haben soll. Er knackste bedenklich. Fra Alberto schwieg. Giada befürchtete schon, die Quelle sei versiegt. Doch dann begann er wieder zu murmeln, wie zu sich selbst. »Er hat sich an den Gedanken geklammert, das Werk des *Frate* fortzuführen. Wie ein Ertrinkender.«

»Aber warum?«, fragte Giada.

»Savonarola muss ihn damals, in seiner Jugend im Waisenhaus, vor dem Selbstmord gerettet haben. Savonarolas Bild hing in der Bibliothek des Heims, und der gepeinigte Bub identifizierte sich mit ihm und seiner Leidensgeschichte.«

»Wieso gepeinigt?«

»Emanuele Cardi hat mir einmal davon erzählt, beim Spaziergang hier unten im Kreuzgang. Mehr angedeutet als erzählt, denn er war sehr verschlossen. Doch den Rest konnte ich mir denken. Als Einzelkind und junger Graf auf der *tenuta* der Familie in der Maremma verhätschelt, fand er sich nach dem frühen Tod der Eltern in diesem verwahrlosten Heim oben in den Bergen des Casentino wieder. Weiß der Himmel, warum sie ihn dorthin geschickt haben. Er hatte niemanden mehr, der sich um ihn kümmerte, und vielleicht war da gerade ein Platz frei. Es waren andere Zeiten. Die Buben im Heim haben dem kleinen Grafen wohl grausam zugesetzt. Noch schlimmer als diese Meute muss jedoch der Leiter gewesen sein, ein arroganter Sadist … Traurig, das alles. Das Heim wurde später von der Justiz geschlossen. Für den Conte kam das zu spät. Aber interessiert Sie das überhaupt, was ich da vor mich hin brabbele?«

»Sehr sogar. Wir arbeiten für ein deutsch-italienisches Forschungsprojekt zu religiösem Fanatismus«, log Giada.

»Aha! Savonarola dürfen Sie aber nicht einfach als Fanatiker einordnen. Aber ich glaube, es ist jetzt Zeit zu gehen. Das Museum hat schon geschlossen. Ich kenne die Wärter gut. Sie werden uns hinauslassen.«

Als Robert Lichtenwald und Giada Bianchi wieder bei ihrem Wagen waren, nickten sie sich zu. Der Besuch im Kloster war ergiebiger, als sie es erwartet hatten. »Schade nur, dass sich Fra Alberto nicht an den Namen des Waisenhauses erinnern konnte, in dem der Conte war«, sagte Robert, während er das kurze Stück zum Hotel fuhr.

»Das sollte nicht schwer herauszufinden sein. So viele Waisenhäuser wird es im Casentino nicht gegeben haben. Ich werde heute Abend ein bisschen recherchieren. Dann können wir morgen früh hinfahren und uns bei den Leuten in der Gegend umhorchen. Vielleicht erinnert sich ja jemand an was.«

Robert schüttelte den Kopf. »Ich glaube nicht, dass wir noch so viel Zeit haben. Lass uns gleich im Hotel mal Kriegsrat halten.«

Die Nachmittagssonne warf ihre Schatten und verlieh der Stadt eine sinnliche Tiefe, die nicht einmal der enorme Verkehr stören konnte. Touristenbusse, monströsen Raupen gleich, robbten von Ampel zu Ampel. Junge Burschen und Mädchen flitzten mit ihren *motorini* zwischen ihnen hindurch, wie ein Heer angriffslustiger Zentauren. Robert parkte sein Auto in der Tiefgarage des Hotels. »Gehen wir zu dir oder zu mir?«, fragte er grinsend.

»Das kommt aufs selbe raus, nachdem du zwei Zimmer mit Verbindungstür genommen hast«, sagte Giada.

Sie öffneten die Zwischentür und ließen sich, jeder in seinem Zimmer, aufs Bett fallen. Der heiße Tag und die Recherchen hatten sie müde gemacht. Robert Lichtenwald bestellte *tramezzini*, Obst und eine Flasche Spumante aus der Franciacorta aufs Zimmer. Er wusste nicht, ob das mit dem Sekt in dieser Situation schicklich war, aber er vertraute darauf, dass Giada es schon richtig deuten würde. Doch was war richtig?

Sie öffneten die Fenster und ließen die Wärme und das Licht des Florentiner Abends herein. Dann setzten sie sich an ein Tischchen in Giadas Zimmer, aßen und tranken. Giada hatte nichts an dem Spumante auszusetzen. Sie ließen sich eine Weile durch Zeit und Raum treiben. Giada hatte ihre Schuhe ausgezogen und ihre nackten Füße mit den kleinen, runden Zehen auf das Tischchen gelegt. Sein Blick krabbelte, ohne dass er darauf viel Einfluss hatte, von ihren braunen Beinen hinauf über die Knie mit den feinen weißen Narben aus der Kinderzeit bis zum Saum ihrer Khakishorts. Vor zehn, fünfzehn Jahren ... Er wischte den Gedanken beiseite. Es ging darum, den fünften Mord am Montag zu verhindern. Und es war Samstagabend.

Giada lümmelte bequem in ihrem Sessel, ließ den Kopf nach hinten kippen und schaute an die Decke mit den allegorischen Malereien. Einhörner, Löwen, Seejungfrauen. Draußen schnatterten sich die Touristengrüppchen für den Abend ein. »Also, was haben wir: Der kleine Conte kommt nach dem Tod der Eltern in ein böses Waisenhaus mit einem ganz bösen Direktor. Wie im Märchen. Er wird gequält und flüchtet sich in eine religiös aufgeladene Phantasiewelt. Ins Florenz der Renaissance. Er vertieft sich in ein Bild Savonarolas, liest in der Bibliothek über ihn, entdeckt Gemeinsamkeiten. Beide wollen sie das Gute und werden dafür von den Bösen verfolgt. Beide wollen die Menschheit retten, indem sie die Sünde bekämpfen. Unser Held studiert Philosophie und Theologie und sucht dann genau in dem Dominikanerkloster in Florenz Aufnahme, in dem Savonarola wirkte. Doch er wird abgewiesen, weil sein Fanatismus den Mönchen unheimlich ist.«

Giada hielt inne, griff nach ihrem Spumante, nahm einen Schluck und strich sich mit den Fingern über die Lippen. Robert schaute sie erwartungsvoll an. Sie fuhr fort: »Tief gekränkt wendet sich Emanuele Cardi von der Religion ab. Er wird Philosophielehrer an einem Gymnasium, um die Jugend das rechte Leben zu lehren. Doch was machen die Mädels und Jungs, in die der Conte sein ganzes Können, seine ganze Hoffnung investiert? Sie albern herum, besaufen sich auf Partys, rauchen Joints, hüpfen mal mit diesem, mal mit jener ins Bett, tragen zerrissene Jeans und obszön kurze Röcke, gieren nach dem neuesten Smartphone, stopfen Süßigkeiten in sich hinein, lavieren sich in der Schule so durch, ohne die Perlen menschlichen Geistes zu beachten, die ihr Lehrer vor ihnen ausbreitet. Er ist frustriert. Er schmeißt hin und zieht zurück auf das Gut seiner Väter in der Maremma. Und er beschließt, seine Vision, Savonarolas Vision vom himmlischen Jerusalem, nun eben dort, in Morcone zu verwirklichen, um der ganzen Welt ein Beispiel zu geben ...«

»Giada!«, rief Robert Lichtenwald dazwischen. »Was redest du da? Wie kommst du darauf? Das klingt so einleuchtend und ist doch reine Spekulation!«

»Ich reihe aneinander, was wir wissen, und fülle die Lücken mit Intuition. Auch ich war mal klein und schwach und verletzt und hyperidealistisch. Das waren wir alle irgendwann, nicht wahr? Die meisten haben es nur verdrängt. Und wer klein und schwach ist, aber hehre Ziele hat, der flüchtet sich gern in den Größenwahn.«

»Mag sein. Aber das ist nur eine Hypothese. Und ich kenne den Conte seit zwei Jahren, habe oft mit ihm gesprochen. Er wirkte – von dem Auftritt bei Antonio Giustis Beerdigung einmal abgesehen – immer kühl, überlegt, souverän, vernünftig, das hast du doch zuvor selbst gesagt.«

»Stimmt. Aber Wahnsinnige können sich manchmal sehr gut tarnen, wenn das nötig ist, um ihre Ziele zu erreichen.«

»Nehmen wir einmal an, du hättest recht. Jedenfalls so ungefähr. Dann hätte der Conte also beschlossen, in Morcone sieben Menschen zu ermorden, um symbolisch die sieben Todsünden auszumerzen und so die Menschen im Ort zur Läuterung zu zwingen. Tatsächlich hat er ja in der Kirche selbst gesagt, Angst sei die Quelle alles Guten. Doch warum hat er mich dann selbst zu der toten Prostituierten in der Abteiruine geführt? Damit hätte er sich doch nur verdächtig gemacht, was seinen weiteren Plan gefährden konnte.«

»Hm.« Giada zog einen Schmollmund und versank ins Grübeln. Robert beobachtete, wie die Gedanken über ihr Gesicht huschten. Plötzlich sah er, wie die Hexen an ihren Ohren zu zucken begannen. »Ich hab's!«, rief sie, nahm ihre Füße vom Tischchen und setzte sich abrupt im Sessel auf. »Überleg mal: Was hätte der Conte denn davon, wenn er all die Leute umbringt und keiner kapiert, warum? Er musste dafür sorgen, dass die Menschen die Morde als Strafgericht oder Sühneopfer deuteten. Daher ritzte er seinen Opfern die Zeichen ein. Aber er brauchte auch noch so eine Art Übersetzer, der das richtig interpretierte. Da hat er dich ausgewählt, weil er dachte, du als Jurist und als Deutscher wärst gut im logischen Kombinieren. Er konnte ja nicht ahnen, dass du so lange auf der Leitung stehen würdest …«

Robert stupste sie mit dem Fuß gegen die Wade. Giada zog die Beine an ihren Körper, umfasste mit den Armen ihre nackten Knie und fuhr fort: »Also musste er dir noch mehr Hinweise geben. Daher erschien er, als Mönch verkleidet, vor deinem Kaminzimmerfenster, als wir gerade aßen. Und daher hat er dann das Buch über Savonarola in deinem Arbeitszimmer aus dem Regal gezogen. Er hat wahrscheinlich einen Schlüssel zu deinem Rustico, oder?«

Robert starrte sie mit halboffenem Mund an. »Ja, das stimmt. Er hat als Einziger außer mir einen Schlüssel. Weil er sich um das Haus kümmert, wenn ich in Deutschland bin.«

»Und als er dann merkte, dass du immer noch nichts raffst, wurde er noch deutlicher und hat sich jemanden ausgesucht, den er für cleverer hielt.« Giada grinste ihr schelmisches Grinsen, bei dem sich ihre Mundwinkel weit in die Wangen schoben, was sie aussehen ließ wie einen neapolitanischen Weihnachtsengel. »Also sprühte er das Graffito an die Abteiruine und erschien mir dort erneut als Mönch.«

»Und sein Auftritt in der Kirche, Miss Marple?«

»Darüber denke ich noch nach. Im Moment fallen mir zwei Möglichkeiten ein: Entweder ist der Wahnsinn in ihm ausgebrochen. Oder er dachte, nach dem vierten Mord sei die Zeit dafür reif, ganz offen den Savonarola zu geben.«

»Falls du recht haben solltest, wird der Conte jetzt einerseits versuchen, Morcone als Bußprediger unter seine Kontrolle zu bringen, und andererseits, seine Mordserie zu vollenden. Es fehlen ja noch der Hochmut, der Zorn und die Trägheit.«

»Für Zorn und Trägheit könnten wir beide stehen, wie wir ja wissen.« Sie lachte unsicher.

»Wir können jedenfalls nicht einfach abwarten wie Schlachtlämmer. Giada, wir sollten abhauen. Das Ganze wächst uns über den Kopf. Wer auch immer der Mörder ist, der Conte oder ein anderer, es sind die italienische Polizei und die Justiz, die mit ihm fertig werden müssen.«

»Und wenn sie dazu nicht in der Lage sind? Zum Beispiel, weil es ihnen an Phantasie fehlt? Oder umgekehrt, weil sie zu kompliziert denken? Nein, Robert, wir können und müssen ihnen helfen. Und ich kann jedenfalls nicht abhauen und die Morconesi ihrem Schicksal überlassen. Alles, was ich habe, mein Sohn, mein Haus, mein Laden, meine Identität, gehört zu Morcone. Ich musste Jahre nach Rom gehen, um zu verstehen, dass ich in diesen kleinen, idyllischen, stinklangweiligen Ort gehöre. Wobei, so langweilig ist er ja jetzt gar nicht mehr …«

»Dann sollten wir zumindest hier in Florenz bleiben, bis alles aufgeklärt ist, und von hier aus die Carabinieri informieren, was wir herausgefunden haben, über den Conte und Savonarola.«

»Das wäre eine Möglichkeit. Ich könnte dann Leo zu uns kommen lassen, schon alleine, damit er aufpasst, dass du mir nicht weiter auf die Schenkel starrst.« Giada lachte und wippte mit angezogenen Beinen auf dem Sessel hin und her.

»Ich starre nicht, ich betrachte. Und wenn du so lasziv da sitzt …«

»Lasziv ist gekünstelt. Ich bin authentisch.«

»Miss Marple als Vamp! Bemerkenswert! Also rufen wir jetzt die Carabinieri an?«

»Lass mich vorher noch mit Mara telefonieren, wie es Leo geht.« Giada schwenkte die rechte Hand, als wollte sie ihn hinauswedeln. Robert zog sich in sein Zimmer zurück und schloss die Zwischentür.

# ACHTUNDZWANZIG

Als Giada Bianchi wieder in Roberts Zimmer trat, lag er auf dem Bett und las in der Zeitschrift *Bell'Italia*, dem aufwendig gestalteten Zentralorgan all derjenigen, die der Schönheit dieses Landes verfallen sind. Giada war bleich. Ihre Hände zitterten. »In Morcone ist der Teufel los«, wisperte sie und ließ sich auf einen Sessel sinken.

Robert sprang auf und hockte sich neben sie. »Was ist los? Giada, nun sag doch!«

Doch sie schluchzte nur in sich hinein. Robert nahm ihre Hand und drückte sie fest. Sie ließ es geschehen. Erst nach einer Weile war sie in der Lage, ihm zu berichten, was ihr Mara erzählt hatte.

Der Conte hatte seine Ankündigung in der Kirche wahr gemacht und seine Ministranten losgeschickt, darunter auch Leo. Die Mädchen und Buben waren, in weiße Gewänder gehüllt, den ganzen Samstagnachmittag durch den Ort gezogen und hatten die »Gaben des Teufels« eingesammelt, Gegenstände, die nach Ansicht des Contes Ausdruck der Todsünden waren: Spiegel, Schminksets, Spitzenunterwäsche, Miniröcke, Sexspielzeug, Pornohefte, Spielzeugfiguren wie Batman, Darth Vader oder Lord Voldemort, Marshmallows, Würfel, Pokerkarten, Tanktops, Schlaftabletten, Faschingsmasken, Heavy-Metal-CDs, ein Poster von Mick Jagger, Percy-Jackson-

Bücher, Pirelli-Kalender, Kopien erotischer Gemälde wie Fragonards »Die Schaukel«, Gipsimitate nackter Renaissancestatuen, viele Bücher, etwa Boccaccios *Decamerone*, Netzstrümpfe, Zuckergebäck, zwei Buddhafiguren, ein Plastikwecker in Form einer Moschee und ein T-Shirt mit dem Aufdruck »Ich bin Jungfrau, doch das ist ein altes T-Shirt«, das Leo aus der Kleiderkiste seiner Mutter mitgenommen hatte. Mara sagte, der Junge sei einfach nicht zu halten gewesen, genauso wenig wie die anderen Ministranten. Anfangs hatten die Morconesi die Sache mit Humor genommen. Ein bisschen religiöse Begeisterung unter den Jugendlichen war ja nicht schlecht in diesen Zeiten, und der Conte sorgte mit diesem Spiel dafür, dass die Mädchen und Jungen die traumatischen Ereignisse aktiv verarbeiten konnten. Die Warnungen Don Désirés, der Conte fanatisiere die Jugendlichen und alles könne außer Kontrolle geraten, nahm kaum einer ernst. Im Gegenteil: Fast alle machten sich einen Spaß daraus, »sündige Gegenstände« im Haus zu suchen und Krimskrams loszuwerden, den man ohnehin mal wegwerfen wollte. Einige Eltern waren auch froh, die Kinder beschäftigt zu wissen und sich an diesem Samstag anderem widmen zu können. Und natürlich wurde hingebungsvoll spekuliert, wem die Leoparden-Tangas oder der *Kamasutra*-Prachtband gehörten, die die Ministranten wie Trophäen schwenkten und dann auf ihren Schubkarren und Leiterwagen fortbrachten.

Erst als die weißen Engel begannen, Frauen auf der Straße anzumachen, sie dürften keine engen Jeans tragen und sollten ihre Lippenstifte herausgeben, merkten einige, dass das Spiel ausartete. Doch die Versuche mancher Eltern, ihre Söhne und Töchter ins Haus zu holen, waren erfolglos. Die meisten hörten einfach nicht oder türmten gleich wieder. Und die Carabinieri? Sie schauten dem Treiben ratlos zu. *Maresciallo* Bartolami, der größten Respekt vor dem Conte hatte, sah keinen Grund zum Eingreifen. Seinen Vorgesetzten in Grosseto versicherte er, der Conte versuche in geradezu genialer Weise, die Wunden zu heilen, die der Mörder Morcone geschlagen habe. Falls er Erfolg habe, könnten die Taten am Ende dazu führen, das Verantwortungsbewusstsein und den Gemeinsinn der Morconesi zu stärken.

Bald sprach sich im Ort herum, dass die Ministranten ihre Beute zur *tenuta* des Conte brachten. Dort sollten sie in einem »Fegefeuer der Eitelkeiten«, wie es der Hausherr nannte, verbrannt werden. Der Conte selbst beruhigte besorgte Eltern, die ihn anriefen, es gehe um eine Art nachgeholter Sonnwendfeier. Das Feuer solle symbolisch die Dämonen vertreiben, die die Bürger heimsuchten. Dank dieser Aktion seien ihre Kinder nicht verstört und verängstigt, sondern begeistert und voller Tatendrang.

Mara und etliche andere Erwachsene fuhren trotzdem zur *tenuta*, und ihnen bot sich ein eigentümliches Bild. Auf dem Kiesplatz vor dem Herrenhaus war eine Stufenpyramide aus hölzernen Weinkisten aufgebaut. Auf den Absätzen lagen die Gaben des Teufels, die die Mädchen und Jungen tagsüber eingetrieben hatten. Auf der Spitze der Pyramide war der entrindete Stamm einer jungen Kiefer angebracht. Daran hing, mit schwarzen Seidenbändern befestigt, eine Kopie von Botticellis Gemälde *La Primavera*, die der Conte aus der Sammlung seines Vaters beigesteuert hatte. Während Mara mit Giada telefonierte, waren die Kinder immer noch dabei, weitere Beutestücke auf den Scheiterhaufen der Eitelkeiten zu schichten. Nach Einbruch der Dunkelheit sollte er angezündet werden.

»Um Himmels willen«, sagte Robert Lichtenwald, nachdem Giada geendet hatte. »Der Conte macht tatsächlich Ernst mit dem Plan, zum Savonarola Morcones zu werden. Ein Fegefeuer der Eitelkeiten zur Verbrennung der Sünden, so was hat es in der Geschichte immer wieder gegeben – auch und gerade im Florenz des Savonarola!«

»Und nun benutzt der Conte seine Ministranten, um diesen Wahnsinn in Szene zu setzen«, schluchzte Giada. »Und mein Leo ist mitten dabei!« Sie hieb mit der Faust auf die Sessellehne. Tränen der Angst und der Wut ließen ihren schwarzen Lidschatten zerlaufen. »Wir müssen den Conte sofort stoppen.«

»Ich werde jetzt *Capitano* Laganà anrufen.«

Giada beobachtete Robert, während er telefonierte. Sie sah die Verblüffung in seinem Gesicht, hörte ihn sagen: »*Ma non è vero!* Das kann doch nicht sein!« Nach ein paar Minuten legte er sein Handy auf das Bett und sagte zu Giada: »Sie haben ihn.«

»*Santa Maria*! Ich bin ja so froh! Und Leo? Die *ragazzi* sind in Sicherheit?«

»Laganà behauptet, ja. Mehrere Carabinieri sind auf Gut Montecivetta und erstatten laufend Rapport. Der Scheiterhaufen brennt, die Ministranten ziehen singend um ihn herum.«

»Wie, der Scheiterhaufen brennt? Die machen weiter, obwohl der Conte eingesperrt ist?«

»Nein, Giada«, sagte Robert vorsichtig. »Du hast mich nicht ausreden lassen. Es ist nicht der Conte.«

Giada schaute ihn entgeistert an. »Wie, nicht der Conte?«

»Nein. Eine Polizeistreife hat gestern Nacht an der Via Tiberina nördlich von Rom einen Fernfahrer überwältigt, als er einer Prostituierten im Streit sein Messer an die

Kehle setzte. Es ist das Messer, mit dem vor vier Wochen die junge Schwarze unten an der Aurelia erstochen wurde. Die Wunden passen genau. Und ihre DNA ist auf der Waffe. Es gibt keinen Zweifel. Der Fernfahrer hat inzwischen gestanden. Er erstach die Nigerianerin, als er merkte, dass sie ein Hermaphrodit war. Laganà sagt, womöglich habe der Kerl auch Maria Pianigiani, Ágnes Nagy und Antonio Giusti umgebracht. Er werde jetzt pausenlos vernommen.«

Giada ließ sich rückwärts aufs Bett fallen. »Wie kann das sein? Irgendein Fernfahrer? Warum sollte er es auf Morcone abgesehen haben? Und wieso glauben sie überhaupt, dass es derselbe Täter war?«

»Wegen der Schriftzeichen. Es ist eine Handschrift – so makaber das auch klingt. Allerdings wurden die Zeichen mit einem feineren Messer in die Opfer eingeritzt. Dieses Messer ist noch nicht gefunden worden.«

»Eigenartig«, wisperte Giada, »aber warum klinkt sich dann der Conte derart ein?«

»Mag sein, dass er die Morde tatsächlich als ein Zeichen Gottes deutet, dass sich Morcone von Sünden reinigen muss. Die Sache mit seiner Beziehung zu Savonarola stimmt ja. Und seine Predigt in der Kirche sowie sein Fegefeuer der Eitelkeiten passen dazu. Vielleicht ist der Conte eine Art Trittbrettfahrer, der die Verbrechen eines anderen für seine Zwecke ausnutzt«, sagte Robert.

»Das erklärt aber nicht, warum der Fernfahrer nach der Transe noch drei von uns Morconesi umgebracht hat.«

»Nein, das erklärt es nicht. Aber vielleicht wird der Lkw-Fahrer ja bald auspacken.«

»Wie auch immer, Robert, ich denke, wir sollten mit dem Conte reden. Er ist uns einige Erklärungen schuldig. Am besten, wir fahren sofort zurück nach Morcone.«

»Nein, Giada, es ist spät geworden, und ich bin zu müde, um jetzt noch zurückzufahren. Machen wir es so: Wir stehen morgen früh auf und fahren sofort los. Einverstanden? Heute Nacht können wir ohnehin nichts mehr ausrichten.«

»Ich würde lieber gleich zurückfahren. Ich hab so ein eigenartiges Gefühl.«

»Ich lad dich zum Essen ein. Irgendwo auf einer schönen Terrasse … Auf dem Weg dorthin kannst du Mara anrufen und fragen, wie es Leo geht.«

»Ich weiß nicht …«

»Und danach trinken wir noch hier in der Liberty-Bar einen Pisco Sour.«

»Na gut. Aber erst will ich Mara anrufen, duschen und mich umziehen. Dann können wir essen gehen. In einer Stunde bin ich wieder da.« Giada sprang aus dem Sessel und huschte durch die Zwischentür, die krachend hinter ihr ins Schloss fiel.

Als sie vom Abendessen zurückkamen, war es immer noch heiß. Robert und Giada nahmen sich ihren Pisco Sour mit auf die Dachterrasse. Unter ihnen funkelte die Stadt wie ein Schwarm Glühwürmchen in der feuchtwarmen Luft. Robert lag ausgestreckt auf einer Bank, Giada stand vor ihm an der Balustrade und blickte hinaus. Ihr korallenrotes Stretchkleid betonte ihre Hüften und ihren Hintern. Sie wiegte sich im Takt der Musik, die von unten heraufflog. Dann drehte sie sich um, schnell genug, um seinen Blick zu erhaschen. Sie lachte. Seit sie wusste, dass Leo nach dem Feuerspuk auf der *tenuta* gut bei Mara angekommen war, war sie gelöst. Sie tauchte zwei Finger in ihren Pisco Sour, beugte sich über Robert und betupfte seine Schläfen. »Tut gut, was?«

A Scent. Der Duft und die Berührung entspannten ihn. Giada betupfte auch seine Stirn und seine Lippen mit dem kalten Cocktail. Er spürte, wie die Hitze aus seinem Kopf entwich und endlich eine Brise von den Hügeln herabstrich. Er wollte diesen Augenblick einfrieren, diesen Schwebezustand einer Nähe, die noch alles offenließ. Doch schon war der Moment vergangen, und die Frage drängte sich in den Vordergrund, ob sie miteinander schlafen sollten. Würde sie das wollen? Oder fand sie ihn zu alt? Und würde er es verhindern können, dabei an Stefanie zu denken?

»An was denkst du?«, fragte Giada.

»An nichts.«

»Das sagt ihr immer.« Sie schaute ihn ernst an. »Du überlegst dir, ob ich mit dir vögeln werde.«

Robert sagte nichts.

»Weißt du, jeder meiner früheren Freunde hätte an deiner Stelle längst gehandelt. Noch ein Pisco Sour und noch einer – und dann ab, oder sie wurden sauer ... So berechenbar. So langweilig. Ich hasse Langweile. Mit dir ist es nicht langweilig, weil du anders bist und mich überraschst. Noch vor ein paar Tagen hätte ich nie gedacht, dass du trotz des vierten Mordes hierbleibst und mit mir in Florenz auf Verbrecherjagd gehst.«

»Ich hätte es auch nicht gedacht, Giada.«

*»Ecco!«* Ihr Gesicht war jetzt ganz nah über dem seinen. »Du kannst dich sogar noch selbst überraschen. Aber nun will ich dich auch überraschen: Wir werden heute Nacht miteinander ins Bett gehen, aber nicht miteinander schlafen.«

Später lagen sie bei offenem Fenster nebeneinander auf dem Rücken auf Giadas Bett und lauschten ihren Gedanken. Sie legte ihre Hand auf seinen Bauch, spürte das Kommen und Gehen seines Atems. »Solange Stefanie hier ist, ist die Zeit nicht reif«, sagte Giada. Robert brauchte lange, bis er einschlafen konnte.

# NEUNUNDZWANZIG

*Er leuchtete ihm ins Gesicht und versuchte sich zu erinnern. Der Mann war alt geworden, und die kalte Arroganz hatte seine einst schönen Züge versteinern lassen. Seine Augen waren offen, doch er schien nicht zu verstehen. Der Atem ging schwer durch die Nase. Die Lage auf den Olivenbaumästen und Pinienzapfen musste sehr unbequem sein. Er stopfte ihm den Knebel tiefer in den Mund. Dann beugte er sich vor und flüsterte ihm Satz für Satz ins Ohr, wie Gift, das man in einen Becher träufelt. Jetzt verstand er.*

*Dann berührte die Fackel seine Kleidung. Er wand und drehte sich in den Fesseln wie ein Aal im Netz.*

*Nach ein paar Minuten war es vorbei.*

# DREISSIG

Als Robert Lichtenwald und Giada Bianchi am nächsten Morgen in den Weg zur Tenuta di Montecivetta eingebogen, sahen sie ein Blaulicht zwischen den Bäumen flackern. Zwei Carabinieri stoppten sie. Robert Lichtenwald nannte seinen Namen und erklärte, er wohne auf dem Gut des Conte. Einer der Beamten sprach in sein Funkgerät. »Bitte fahren Sie bis zum Gutshof weiter. Melden Sie sich dort bei *Capitano* Laganà.«

»Was ist passiert?«

»Das werden Sie gleich erfahren.«

Als sie ausstiegen, kam ihnen der Geruch von verbranntem Fleisch, Horn und Kunststoff in die Nase. Der Kiesplatz vor dem Herrenhaus war mit verkohlten Holzbalken aus weißgrauer Asche, geschwärzten Glasstücken, verbogenen Metallteilen und zu Klumpen geschmortem Plastik bedeckt. Das ganze Areal war mit Bändern abgesperrt. Carabinieri in weißen Overalls, Gasmasken über dem Gesicht, stocherten mit Eisenstäben in der Asche. Sie bückten sich immer wieder, um etwas aufzuheben und in durchsichtige Plastiktüten zu stecken. Im Hintergrund standen Feuerwehrleute bei ihren Löschfahrzeugen und gönnten sich eine Zigarette. Donatella Laganà ging auf die Neuankömmlinge zu. »Der Mörder hat uns reingelegt und diesmal schon sonntags zugeschlagen. Genauer gesagt: in der Nacht auf den heutigen Sonntag.« Sie wies mit dem Kinn in Richtung Aschehaufen. »Nun hat es offenbar den Conte erwischt. Er ist heute Nacht auf seinem eigenen Fegefeuer der Eitelkeiten verbrannt. Makaber.«

»Selbstmord?«, fragte Robert Lichtenwald, schockiert von der Vorstellung, wie der Conte sich in seinen Scheiterhaufen stürzte.

»Das wissen wir noch nicht. Kleidung und Körper, auch mögliche Fesseln, sind praktisch restlos verbrannt. Es ist nicht einmal sicher, ob wir noch Teile finden, die auswertbare DNA-Spuren enthalten.«

»Gibt es denn keine Zeugen?«

»Wie es aussieht, nein. Das Fegefeuer der Eitelkeiten, das der Conte hier veranstaltet hatte, war ja schon gegen zehn Uhr vorbei. Danach gingen alle heim. Das Hausmeisterehepaar fuhr noch nach Montalto di Castro, wo es das Wochenende bei Verwandten am Meer verbringen wollte. Und dieser Schrat, der sich Philosoph nennt, behauptet, er habe in seiner *colombaia* geschlafen und nichts bemerkt. Ich werde mir diesen Vogel mal vorknöpfen. Aber eine Frage hätte ich jetzt gleich noch an Sie, *Avvocato*: Können Sie sich erinnern, ob der Conte Manschettenknöpfe trug?«

»Ja, immer«, sagte Robert Lichtenwald. »Edle Manschettenknöpfe. Ich denke, aus Platin. Mit dem eingravierten Wappen der Conte di Montecivetta. Es sind Erbstücke. Ich habe ihn einmal darauf angesprochen.«

»Wissen Sie noch, was für ein Wappen das war?«

»Ja, ich interessiere mich für so was. Als Kind fand ich es immer schade, dass die Lichtenwalds kein Familienwappen hatten. Dafür waren wir zu unbedeutend. Das Wappen auf den Manschettenknöpfen des Conte zeigt eine Eule mit gespreizten Flügeln auf einem Hügel.«

»So wie hier?« Die Offizierin hob eine Tüte in die Höhe. Darin waren zwei Manschettenknöpfe. Sie waren mit Aschestaub überzogen. Doch die Gravuren waren gut zu erkennen.

Robert Lichtenwald zögerte nicht. »Sie sind es. Der arme Conte.«

Laganà nickte ernst. »Damit wäre die Leiche wohl identifiziert. Aber ich werde Sie später noch brauchen, *Signor* Lichtenwald.« Sie sprach seinen Namen wie »Lickewad« aus. »Kommen Sie gerade aus Florenz?«

»Ja, zusammen mit *Signora* Bianchi.«

»Dann haben Sie diesmal wenigstens ein schönes Alibi.«

Die Offizierin wandte sich wieder ihren Leuten zu, sichtlich nicht gewillt, den beiden weitere Informationen zu geben.

Erst am Abend konnte Giada Bianchi ihren Freund Dario bei den Carabinieri in Grosseto erreichen. Er wirkte verdrossen, fast verzweifelt, und wollte erst gar nicht mit ihr sprechen. Sie musste in die Stadt fahren und ihn in eine Pizzeria einladen, damit er redete. Sie hatte sich, trotz der Hitze, schwarze Lederleggings zum bauchfreien Top angezogen, weil sie wusste, dass er das mochte. Prompt wurde er zugänglicher. Manchmal war es doch gut, dass die Kerle so langweilig berechenbar waren.

»Es ist zum Kotzen, Gia'«, sagte Dario. »Als wir den Typen hatten, der die Nutte abgemurkst hat, dachten wir, nun seien die Morde von Morcone so gut wie geklärt. Doch jetzt hat der Kerl für die späteren Morde ein blitzsauberes Alibi. Chef, Kollegen, Fahrtenschreiber, Überwachungskameras der Mautstellen und so. Und nun ist auch noch der Conte verbrannt worden – und wir haben keinerlei Idee, wer's war.«

»Verbrannt worden?«, hakte Giada ein. »Also kein Selbstmord?«

»Ausgeschlossen. In die Asche ist ein Zeichen geschrieben worden.«

»Lass mich raten: ein

S.«

Dario schaute verblüfft von ihrem Ausschnitt hoch. »Hast du es gesehen?«

»Nein, so nah kam ich nicht an den Tatort ran. Aber ist doch klar: S wie *Superbia* – Hochmut. Dafür stand der Conte.«

Dario nickte, während er an einem Stück seiner mit Speck, Zwiebeln und Oliven belegten Pizza kaute.

»Damit fehlen noch I und A für *Ira* und *Acedia* – Zorn und Trägheit. Habt ihr schon einen Plan, wie ihr diese beiden Morde verhindern wollt?«

Dario spülte die Pizza mit einem Schluck Cola hinunter, er war noch im Dienst, und *Capitano* Laganà war eine verflucht strenge Vorgesetzte. »Wir haben einen Plan. Wir setzen darauf, dass der Mörder fortan wieder montags mordet. Bis dahin haben wir Zeit, ihn zu finden.«

»Geiler Plan.«

»Jetzt mach mal halblang, Gia'. Wir tun, was wir können. Und die Spezialisten aus Rom, die sie uns geschickt haben, sind auch noch nicht weitergekommen. Immerhin haben wir den Mord an der Nutte aufgeklärt. Und wir haben eine Idee. Der Buchstabenmörder, so nennen wir unser Phantom, hat diesen ersten Mord zwar nicht begangen, aber ausgenutzt. Er hat ihn sozusagen in seine Serie eingebaut. Beziehungsweise zum Auslöser genommen. Verstehst du, was ich meine?«

»Es ist einfach, das zu verstehen, Dario. Ich habe mir das längst gedacht.«

»Bewirb dich doch bei uns«, sagte Dario.
»Mach ich. Wenn ich für den Journalismus zu alt bin.«
»Zicke!«
»Vollpfosten!«
Beide mussten so laut lachen, dass sie Pizzastückchen über den Tisch prusteten. Es war, als hätte jemand die Bremse ihrer Anspannung gelöst. Doch die Realität holte sie sofort wieder zurück.
»Die Presse wird uns morgen schlachten, Gia'. Schreibst du wenigstens was Nettes über uns im *Maremmano*?«
»Das könnte sogar sein. Vorausgesetzt, du hältst mich auf dem Laufenden.«
Doch Giada Bianchi kam nicht mehr dazu, etwas Nettes über den *nucleo investigativo* der Carabinieri in Grosseto zu schreiben. Gerade, als sie zahlen wollte, brummte ihr Handy auf. »Komm schnell. Wegen Leo. Mara«, stand auf dem Display.

Als Giada vor dem Einfamilienhaus am Ortsrand von Morcone, in dem ihre Freundin lebte, aus ihrer *ape* stieg, kam Mara aus dem Haus gestürzt und warf sich heulend an Giadas Brust. Mara war eine Frau, die sehr auf ihr Äußeres achtete, aber nicht gerne schwitzte und daher auch keinen Sport trieb, was ihr allmählich eine gewisse Fülligkeit verlieh. In ihrer Schulklasse waren die brave Mara und die wilde Giada Gegensätze gewesen. Dennoch verband sie eine belastbare Freundschaft, seit Mara einmal die Verantwortung für einen Streich von Giada übernommen und so verhindert hatte, dass Giada von der Schule flog. Das hatte sie ihr nie vergessen. Heute war Mara mit einem fünfzehn Jahre älteren Zahnarzt verheiratet, der seine Praxis in Grosseto hatte und, zu ihrem Unglück, partout keine Kinder wollte. Umso lieber kümmerte sie sich immer mal wieder um Leo, wenn Giada journalistisch unterwegs war. Jetzt sah Maras hübsches, rundliches Gesicht verquollen aus, und unter Schluchzen versuchte sie, Giada zu erzählen, was passiert war. »Leo kam nach der Kirche direkt zu mir. Er war todmüde, aber auch noch aufgekratzt wegen der Geschichte mit dem Scheiterhaufen auf Montecivetta. Wir aßen was. Dann setzte er sich ins Wohnzimmer, um Hausaufgaben zu machen. Ich ging später in den Ort zu meiner Kosmetikerin. Leo sagte noch, er würde bei uns auf dich warten …« Ihre Stimme versank wieder in Schluchzen.

»Schschsch … Mara, beruhige dich doch. Was ist dann geschehen?« Giada wunderte sich über sich selbst, wie kaltblütig sie auf einmal war. Ihr Herzschlag und ihre Atmung gingen ruhig. Zugleich war ihr Verstand hellwach, geradezu überwach, und registrierte jedes Detail.

»Dann kam ich heim, und dann lag da nur noch dieser Zettel …« Mara wimmerte wieder, holte jedoch ein Blatt Papier aus der Brusttasche ihrer hellblauen Leinenbluse. Giada strich den Zettel mit einer raschen Handbewegung glatt und sah die Schrift ihres Sohnes: »Sucht nicht nach mir. Mir geht es gut. Ich bin ein paar Tage fort mit meinem Meister. Mama, ich komme bald wieder.«

Giada starrte die blaue Schülerschrift an. »Er lebt«, murmelte sie, während sie das nassgeweinte Gesicht Maras sanft, aber bestimmt von sich schob. »Es ist gar nicht seine Art, einfach abzuhauen. Die Ministrantengruppe. Der Scheiterhaufen. Die Wahnideen des Conte. Das hat ihn aus der Bahn geworfen. Sein Meister! Ich hätte dableiben müssen.« Laut sagte sie: »Mara, du hast dir überhaupt nichts vorzuwerfen. Leo lebt, und ich werde ihn finden. Nur um eines bitte ich dich: Überlass es mir zu entscheiden, wann wir die Polizei verständigen. Denn das könnte Leo noch mehr in Gefahr bringen.«

# EINUNDDREISSIG

Robert raste mit Giada in seinem Audi durch die Nacht. Er kannte die kurvige Straße mittlerweile gut. Die Scheinwerferkegel holten hier den runzeligen Stamm einer Korkeiche aus der Dunkelheit, dort die roten, runden Früchte des Erdbeerbaumes. Einmal musste Robert Lichtenwald einer Kröte, groß wie eine Ratte, ausweichen, die über den Asphalt hopste. Am Beginn des Weges zur Tenuta di Montecivetta standen immer noch Carabinieri. Die Spitzen ihrer Zigaretten leuchteten auf und verblassten wieder in der Dunkelheit. Robert hielt neben ihnen an. Es waren Brogi und Pucci. Die beiden jüngsten Carabinieri der Station in Morcone mussten Wache schieben. Pucci leuchtete erst Robert und dann Giada ins Gesicht. Giada zog eine Grimasse und wollte die beiden gerade nach einem Joint fragen, als ihr einfiel, dass es womöglich unklug war, sich gerade jetzt mit ihnen anzulegen. Sie hatte keine Zeit zu verlieren. Leo war in Gefahr, das spürte sie. Und sie fürchtete, dass diese Gefahr noch größer würde, wenn die Staatsmacht mit Blaulicht und Sirene nach ihm fahndete. Deswegen hatte sie Robert überredet, dass sie beide erst einmal allein nach Leo suchten. Sein Verschwinden hatte mit dem Conte zu tun, das war Giada klar. Doch Emanuele Cardi war tot. Hatte er einen Nachfolger eingesetzt? Oder wusste Leo, als er abhaute, nicht, dass der Conte verbrannt war? Er wollte jedenfalls zu seinem »Meister«.

Das sprach dafür, dass er auf Gut Montecivetta war. Leo liebte es, wie seine Mutter, mit dem Fahrrad durch die Gegend zu preschen. Er kannte alle Wege hier.

*»Buona sera, Avvocato«*, grüßte Pucci mit einer zackigen Geste seiner rechten Hand. »Wohin fahren Sie?« Die Frage war überflüssig, denn Pucci wusste, dass Robert Lichtenwald auf dem Gut wohnte. Aber in so einer einsamen Sommernacht auf Wache im Gelände wollte er sich eine kleine Abwechslung nicht entgehen lassen.

»Ich fahre zu meinem Rustico«, sagte Robert Lichtenwald.

»Und die *Signora*?«

»Begleitet mich. Wir wollen noch die Details unserer Hochzeit bespre…«

Lichtenwald blieb kurz die Luft weg, weil Giada ihm mit dem Ellbogen einen Stoß in die Seite versetzte. Pucci blieb mit offenem Mund stehen.

»Sagen Sie, *Brigadiere*« – Giada beförderte ihn gerade so viel, dass es noch glaubwürdig wirkte –, »haben Sie heute meinen Sohn mit dem Fahrrad gesehen?«

»Das haben wir. Vor ein paar Stunden. Er wollte zum Conte. Wir sagten ihm, der Conte sei tot und sein Haus versiegelt. Da war er völlig verdattert. Er sagte, er werde nach Hause fahren. Ist er nicht angekommen?«

»Doch, doch. Es ist alles in Ordnung. Ich wollte nur wissen, wo er sich so rumtreibt. Ist der Philosoph zu Hause?«

»Nein, *Capitano* Laganà hat ihn heute Abend festnehmen und zum Verhör nach Grosseto bringen lassen.«

Giada und Robert sahen sich betreten an. »Warum denn das?«

»Er hat offenbar kein Alibi. Vielleicht haben die Kollegen auch etwas in seiner *colombaia* gefunden.«

Der Philosoph als das Monster? An ihn hätte Giada Bianchi zuletzt gedacht. Er war so freundlich entrückt, hatte sich vor den Zumutungen der Welt auf die Wolke seiner süffisanten Weisheit zurückgezogen. Aber womöglich versteckte sich hinter der Wolke ein ganz anderer Mann. Seltsam war er ja schon. Andererseits hatten die Carabinieri mit Antonio Giusti schon einmal falsch gelegen. Egal. Als Erstes musste sie Leo finden. Giada ahnte, dass ihr Sohn versucht hatte, auf anderem Weg zum Gutshaus des Conte zu gelangen. Sie brauchte sich nur zu überlegen, wie sie in seinem Alter gehandelt hätte. Leo hatte bestimmt einen der Pfade benutzt, die die Jäger und Pilzsammler über Jahrhunderte durchs Unterholz getrampelt hatten. Womöglich hatte er sein Mountainbike irgendwo ins Gebüsch geworfen und war zu Fuß weitergegangen. Sie selbst hatte in seinem Alter wie eine Wildkatze gesehen in der Nacht.

Als sie die Carabinieri passiert hatten, fing Giada trotz ihrer Ängste an zu prusten. »Was sollte denn das mit der Hochzeit, Robert?«

»Ich wollte lange Diskussionen vermeiden.«

»Das ist dir gelungen. Morgen wird ganz Morcone darüber reden.«

»Ist dir das peinlich?«

»Es geht mir am Arsch vorbei, was die Leute über mich reden.«

Robert zuckte zusammen. Es irritierte ihn immer noch, wenn dieselbe Giada, die in Florenz im roten Cocktailkleid so raffiniert und elegant gewirkt hatte, ordinär wie eine Straßengöre daherredete. Andererseits spürte er plötzlich ein wildes Verlangen, sie an sich zu ziehen, zu küssen und ihren Körper an seinem zu spüren. Gerade jetzt, wo Leo verschwunden war und auch sie selbst sich in Gefahr begaben. Er bog zu seinem Rustico ab und fuhr im zweiten

Gang mit viel Gas weiter, damit ihn die Carabinieri gut hören konnten. Bei seinem Haus angekommen, stellte er die Scheinwerfer aus. Langsam und so leise wie möglich fuhren die beiden nun zum Gutshaus. Auf die Entfernung würden Brogi und Pucci sie nicht hören. Sie stiegen aus, lauschten und musterten das Gelände. Die Jagdhunde des Conte schlugen nicht an. Offenbar waren sie weggebracht worden. Rechts und links vom Haupteingang hingen zwei Laternen, die jedoch nur die Stelle unmittelbar vor dem Portal erleuchteten. Robert und Giada wagten es nicht, ihre Handys als Taschenlampen zu benutzen. Doch der Himmel war klar, und die schmale Mondsichel gab gerade so viel Licht, dass die Umrisse des Platzes erkennbar waren. Es roch immer noch unangenehm, vor allem, wenn man wusste, dass hier ein Mensch verbrannt war. Es waren keine Carabinieri zu sehen. Sie schlichen zur Eingangstür. Sie war versiegelt. Robert machte Giada ein Zeichen, ihm zu folgen. Es gab noch eine Tür an der Rückseite, fürs Personal und die Lieferanten. Die beiden hatten sich ganz in Schwarz gekleidet, wie Schatten glitten sie voran. Giada deutete auf ihre Füße. Robert verstand. Der Kies. Mit Schuhen konnte man sie leicht hören. Sie zogen ihre Turnschuhe aus und schlichen barfuß weiter. Die spitzen Kiesel bohrten sich in ihre Füße. Einmal musste Robert einen Aufschrei unterdrücken. Er war auf einen Zweig der Bougainvillea getreten, die sich an der Hauswand hochrankte. Sie erreichten die rückseitige Tür aus schwerem, dunkel gestrichenem Holz. Das Siegel, ein abgestempeltes Formular, das mit Klebeband an Tür und Türstock befestigt war, war zerrissen. Giada und Robert schauten sich an. »Lass uns die Carabinieri rufen«, raunte Robert ihr zu.

»Nein! Wenn jemand da drinnen Leo als Geisel hat, bringt ihn das in Gefahr. Ich kenne Bartolami. Er würde hier sofort ein Riesentamtam veranstalten. Sirenen, Flutlicht, Lautsprecher – wahrscheinlich würde er sogar Helikopter anfordern. Weißt du, was das für Leo bedeuten könnte, wenn ihn dieses Monster da drinnen versteckt hat? Bartolami ist das Schicksal meines Sohnes scheißegal. Hauptsache, er steht morgen als Held in den Zeitungen.«

»Was willst du tun?«

Statt einer Antwort drückte Giada millimeterweise die Klinke herunter. Die Tür sprang auf. »Ich gehe hinein.«

»Du spinnst!«, flüsterte Robert. »Das ist zu gefährlich.«

»Bleib du hier draußen. Wenn ich in einer halben Stunde nicht zurück bin, dann ruf die Carabinieri.«

»Ich lass dich nicht allein da reingehen.«

»Dann komm mit.«

Ohne auf Roberts Antwort zu warten, zog Giada die Tür auf. Sie knarzte in den Angeln. *»Cazzo!«*, zischte sie. »Verdammt!« Dann verschwand sie in der dunklen Öffnung. Robert folgte ihr. Es war so finster und still im Haus, dass er sich nur an ihrem flachen Atem orientieren konnte. Zum Glück wusste er ungefähr, wo er sich bewegte. Der Conte hatte ihm und Stefanie damals, als sie das Rustico kauften, das Erdgeschoss seines Gutshauses gezeigt. Die Lieferantentür mündete in einen Gang, der direkt zur Küche führte, groß wie ein Wohnzimmer. Dort schien etwas Mondlicht durchs Fenster. Die Kupferkessel und Zinnteller schimmerten schläfrig. Ein Hauch von Olivenöl und Knoblauch hing in der Luft. Eine weitere Tür, die offen stand, ging hinaus auf die Diele. Robert spürte die kühlen, rauen Terrakottafliesen an den Fußsohlen. Im Salon war es etwas heller. Die Bereitschaftslämpchen von Fernseher, WLAN-Router und Stereoanlage genügten, um sich zurechtzufinden. Die dicken blaugoldenen Vorhänge der Fenster waren zugezogen. Es war niemand zu sehen.

Giada schloss die Tür ohne einen Laut. Dann knipste sie die Taschenlampe ihres Handys an. Robert deutete an die Wand mit den Bildern. Der Lichtstrahl schwenkte über die Stiche und Ölgemälde und blieb an dem Bild hängen, das Savonarolas Verbrennung auf der Piazza della Signoria in Florenz zeigte. Daneben hing eine Kopie des Profilbildes des *Frate*, das sie tags zuvor im Kloster von San Marco betrachtet hatten. Es hatte bei seinen früheren Besuchen beim Conte nicht hier gehangen. Und noch etwas irritierte Robert an dem Porträt, doch er wusste nicht, was.

Vorsichtig, als könnte hinter jeder Ecke der Tod oder noch Schlimmeres lauern, durchsuchten sie das ganze Haus. Nichts. Keine Spur von Leo. Weder im Erdgeschoss noch oben im Schlafzimmer des Conte, noch in den Bädern und Gästezimmern. Giada und Robert gingen wieder hinunter. Ihre Sinne waren durch das Suchen in Dunkelheit und Stille empfänglich für den kleinsten Reiz geworden. Jetzt hörte Giada, was sie vorhin überhört hatte. Sie stupste Robert an, betastete sein Gesicht und klopfte dann mit dem Zeigefinger leicht an sein Ohr. Robert lauschte noch aufmerksamer. Und jetzt hörte er es auch. Ein feines Summen oder Brummen. Oder war es ein klagender Gesang? Es kam von irgendwo – aus der Luft, aus den Wänden. Robert konnte nicht sagen, ob es nah war oder fern. Aber je länger er lauschte, umso sicherer wurde er, was es war: ein gregorianischer Choral. Er flüsterte es Giada zu. Sie schlichen noch einmal durch das Haus, um zu horchen, wo der Gesang am stärksten war. Es war der Salon. Und die Musik kam von unten. »Wir Idioten! Der Keller!«, wisperte Robert. »Ein Weingut ohne *cantina*, das kann nicht sein.«

»Du hast recht«, flüsterte Giada. »Aber es gibt keine Treppe.«

»Vielleicht ist sie später zugemauert worden. Wer weiß. Jedenfalls scheint die Musik aus dem Keller zu kommen.«

Sie gingen noch mal hinaus in die Diele und leuchteten mit dem Handy den Boden ab. Tatsächlich. Wenn man genau hinsah, konnte man erkennen, dass ein Rechteck auf dem Terrakottaboden mit helleren Platten belegt war als der Rest. Hier musste einst die Kellertreppe hinabgeführt haben. Robert klopfte den Boden ab. Er klang massiv. Die Treppe war offenbar dick zugemauert. Dann gab es vielleicht einen anderen, später gebauten Zugang. Sie gingen zurück in den Salon. Robert leuchtete noch einmal alles ab. Den Boden. Die Wände. Dabei fiel sein Blick wieder auf das Porträt Savonarolas, und jetzt erkannte er, was ihn vorhin irritiert hatte. Auf dem Gemälde im Kloster von San Marco schaute Savonarola nach links. Auf der Kopie blickte er dagegen nach rechts. Robert folgte dem Blick. Was würde Savonarola sehen? Die Wand neben dem Kamin. An der die schwere Truhe stand. Robert ließ den Lichtkegel darauffallen. Es war eine Renaissancetruhe, reich verziert mit geflügelten Wesen, Wappen, Akanthusblättern. Sie war bestimmt drei Meter lang und gut einen Meter breit und stand, ohne Füße, direkt auf dem Boden. Robert packte die beiden Doré-Bibeln, legte sie auf den Boden und versuchte, den Deckel der Truhe anzuheben. Er rührte sich nicht. Giada deutete nach unten auf das Schloss, in dem ein klobiger Schlüssel steckte. Sie bückte sich und versuchte mit beiden Händen, den Schlüssel umzudrehen. Erst bewegte er sich kaum. Doch als sie an Leo dachte, der womöglich im Keller gefangen war, steigerte sich ihre Kraft. Der Schlüssel gab nach. Das Schloss klackte. Der Deckel der Truhe sprang auf. Robert hob ihn mühsam hoch. Sie leuchteten hinein. Kissen und Decken, die darin aufbewahrt wurden, waren zur Seite geräumt. Ein

Stück des Holzbodens der Truhe war herausgesägt. Nun hörten sie den gregorianischen Gesang viel deutlicher.

*Qui timent Dominum.*
*Iustus ut palma.*
*Mirabilis Dominus.*

Er kam eindeutig von hier unten. Giada richtete ihr Handy auf das schwarze Loch. Betonstufen führten hinab. Auf der ersten lag ein Zettel. Darauf stand, in Druckbuchstaben geschrieben: »Wenn ihr die Prüfung besteht, kommt Leo frei. Holt ihr fremde Hilfe, wird er nie gefunden werden.«

Robert spürte, wie ihm der Schweiß ausbrach. Giada blickte ihn panisch an. »Ich würde es verstehen, wenn du jetzt kehrtmachst. Du bist eh schon weit mit mir gegangen«, murmelte sie.

Robert wischte sich den Schweiß mit dem Arm von der Stirn. Dann holte er ein großes Holzscheit aus einem Korb neben dem Kamin. Er stieg in die Truhe und verschwand in der Dunkelheit. Giada folgte ihm sofort. Sie griff nach seiner Hand und drückte sie. Da wusste er, dass er diesmal die richtige Entscheidung getroffen hatte.

Die Treppe endete in einem hohen Gang, der grob aus dem Tuffstein gehauen war. In der Ferne waren flackernde Punkte zu sehen. Der Choral war jetzt fast unangenehm laut, und je weiter Robert und Giada schlichen, desto mehr schwoll er an.

*Alleluia.*
*Laudate pueri Dominum,*
*laudate nomen Domini.*

Robert hielt das Holzscheit zum Schlag erhoben. Er hatte keine Ahnung, was ihn erwartete. Aber er war bereit. Er wünschte sich nur, dass Stefanie und Lea im Fall des Falles erfahren würden, dass er diesmal nicht gezaudert hatte. Die Lichter kamen näher. Es waren Kerzen, die links und rechts von einer Öffnung im Fels angebracht waren. Dahinter musste ein Raum sein, aus dem der Gesang kam. Er war nun ohrenbetäubend.

*Eripe me*
*de inimicis meis,*
*Deus meus:*
*et ab insurgentibus in me*
*libera me.*

# ZWEIUNDDREISSIG

*Endlich kamen sie. Wie schwerfällig die Menschen doch waren, im Denken wie im Handeln. Es ist Teil ihrer Schuld. Nur die Angst verleiht Flügel.*

*Nun konnte sie der Meister empfangen.*

*Sein Plan ging auf. Dank seiner Hilfe. Noch zwei Opfer der Sühne – und die Welt würde Morcone nie mehr vergessen. Der Name würde sie stets daran erinnern: Das Gericht ist nah.*

*Er kniete sich auf den Felsboden und betete:*

*»Ecce gladius Domini super terram, cito et velociter!«*

# DREIUNDDREISSIG

Robert lehnte sich an die Felswand und schaute vorsichtig um die Ecke. Was er sah, erschien ihm unglaublich. Vor ihm lag die Zelle Savonarolas aus dem Kloster San Marco in Florenz. Der Hocker, das Lesepult und darüber Savonarolas Bild. Der rote Fliesenboden und das Deckengewölbe waren originalgetreu nachgebildet. Allerdings ging das Fenster mit dem massiven Gitter auf keinen Kreuzgang hinaus. Dahinter war Fels.

Robert und Giada gingen so vorsichtig in die von Kerzen erleuchtete Zelle, als könnten im Boden Tretminen versteckt liegen. »Wo ist Leo?«, rief Giada gegen den Choral an.

Sie schauten in die beiden Nebenzellen, die ebenfalls so gebaut waren wie die Vorbilder in San Marco. Nur dass sie leer waren, bis auf drei Dinge: das Bild von der Verbrennung Savonarolas auf der Piazza della Signoria, einen an der Wand befestigten Pfahl und eine Holzpritsche, an der eine Art Steuerrad angebracht war. Robert kannte sie von Bildern aus der Kriminalgeschichte: Es war eine Streckbank.

~~SALIG~~IA

war an die Wand gesprüht, wobei die ersten fünf Buchstaben durchgestrichen und die beiden letzten in Rot aufgesprüht waren. »Schnell hinaus, das ist eine Falle«, schrie Robert, packte Giada am Arm und zog sie zur vorderen Zelle. In diesem Augenblick gab es einen Knall. Ein Eisengitter, das offenbar aus der Decke herabgeglitten war, versperrte den Ausgang. »Verdammt«, brüllte Robert, während er wie toll an den Stäben rüttelte. Giada klammerte sich an ihn. Die Choräle verstummten.

Minuten vergingen, ohne dass etwas geschah. Giada versuchte, um Hilfe zu telefonieren, doch hier im Fels gab es keinen Empfang. Dann hörten sie Schritte auf dem Gang. Eine große Gestalt tauchte im Kerzenlicht vor dem Gitter auf. Sie trug einen schwarzen Mantel über dem weißen Habit, die Ordenstracht der Dominikaner. Die prominente, gebogene Nase, der Basiliskenblick – Savonarola. Doch die Starrheit der Züge verriet die Maske. *»Buona sera«*, sagte die Gestalt mit dumpfer, von der Maske verzerrter Stimme. »Wer sucht, der findet. Sie haben den Mörder von Morcone gesucht. Hier ist er.«

»Wo ist Leo, du Drecksau«, schrie Giada, sprang gegen die Gitterstäbe, langte zwischen ihnen hindurch und versuchte, nach dem Mönch zu greifen. Sie fletschte die Zähne, so dass der Smaragd in ihrem Schneidezahn aufblitzte, und brüllte: »Ich zerreiß dich in Stücke, wenn du Leo ein Haar krümmst.«

Der Mönch wich einen Schritt zurück, gerade so weit, dass die Arme ihn nicht packen konnten. »Nicht nötig«, sagte er. »Leo ist in Sicherheit. Ganz in der Nähe Ihres Rusticos übrigens, *Avvocato*. Ich habe ihn in eine der Tuffsteinhöhlen in der Schlucht hinter Ihrem Haus gesperrt. Er ist geknebelt und kann nicht schreien. Aber ich halte mein Wort. Sobald Sie Ihrer Bestimmung zugeführt sind, lasse ich ihn frei. Er ist ein feiner Junge.«

»Wer sind Sie überhaupt?«, fragte Robert Lichtenwald mit langsamer, ruhiger Stimme. In so einer Lage gab es nur eine Taktik: seinen Schlächter in ein Gespräch verwickeln. Je länger es dauerte, desto besser. Womöglich würde er irgendwann einen Fehler machen.

»Nennen Sie mich einfach *Frate.*« Er nickte zu dem Savonarola-Porträt über dem Schreibpult hinüber. »Wie man ihn einst nannte. San Girolamo.«

*»San?«*, fragte Robert Lichtenwald. »Die Kirche hat diesen Fanatiker bisher nicht heiliggesprochen.«

»Was ein Fehler ist, der noch behoben wird. Aber warum nennen Sie ihn einen Fanatiker? Ist der Arzt fanatisch, der ein Krebsgeschwür entfernt?«

»Menschen sind kein Krebsgeschwür.«

»Ich meine nicht die Menschen, sondern ihre Sünden. Diese wollte Savonarola in Florenz ausrotten, um die Stadt strahlen zu lassen in alle Welt. Wenn ihn der Antichrist im Vatikan nicht umgebracht hätte, wäre die Geschichte anders verlaufen. Aber San Girolamos Martyrium war nicht umsonst. Sobald Saligia fertig in Blut geschrieben ist, wird Morcone in diesen düsteren Zeiten heller strahlen als einst der Leuchtturm von Alexandria. Die Menschen werden wieder lernen, Angst zu haben vor dem göttlichen Gericht. Denn so wie heute darf es nicht weitergehen mit der Menschheit.«

»Sie reden wie der Conte. Warum haben Sie ihn umgebracht?«

»Finden Sie nicht, dass er hochmütig war?«

»Mag sein. Aber dann sind auch Sie hochmütig«, sagte Robert Lichtenwald.

»Sie sind nicht mein Richter, *Avvocato.*«

»Und Sie nicht der meine.«

»Aber Ihr Henker.«

Giada hatte sich verstört und doch erleichtert zu Boden gekauert, als sie hörte, dass Leo am Leben war und freikommen sollte. Sie wusste nicht, warum, doch sie glaubte diesem Mönch. Er schien in seinem Wahnsinn berechenbar zu sein. Und sie war bereit zu sterben, wenn dies der Weg war, Leo zu retten. Aber Robert? Ihn durfte sie nicht opfern. Und doch war sie es, die ihn in diese Lage gebracht hatte. Ihre Gewissensbisse brachen sich in einem erneuten Wutanfall Bahn. Sie sprang wieder gegen das Gitter und brüllte den Mönch an: »Du Wichser! Übelkrähe! Haben sie dich als Kind zu heiß gebadet, du Wurm?«

»Jedenfalls habe ich als Kind mehr mitgemacht als Sie, *Signora* Bianchi. Und ich bin dankbar dafür. Denn es hat mir die Augen für das Böse geöffnet, das in jedem Menschen haust.«

»Und dagegen wollen Sie mit Morden ankämpfen?«, schaltete sich Robert Lichtenwald wieder ein.

»Es sind nicht wirklich Morde, sondern Sühneopfer. Es macht mir keine Freude zu töten. Es ekelt mich davor. Aber es ist nötig, um die Menschen gottesfürchtig zu machen.«

»Der Zweck heiligt die Mittel?«

»Dieser Zweck heiligt dieses Mittel.«

»Sie könnten sich bei den Terroristen des Islamischen Staates bewerben.«

»Das ist ein interessanter Gedanke, *Avvocato*. Denn auch die IS-Terroristen bringen im Namen Gottes Menschen um. Dennoch unterscheiden wir uns fundamental. Der Islamische Staat ermordet Tausende Unschuldige. Ich töte sieben sorgsam ausgewählte Menschen, die sich der sieben Todsünden in besonderem Ausmaß schuldig gemacht haben. Und dann sind da die Ziele: Der Islamische Staat strebt eine totalitäre Männergesellschaft an, in der Frauen unterdrückt, Andersgläubige geschlachtet und mit größter Grausamkeit Regeln durchgesetzt werden, die vielleicht vor tausendfünfhundert Jahren auf der Arabischen Halbinsel ihren Sinn gehabt haben mögen. Ich dagegen baue am neuen Jerusalem, in dem die Menschen einander Schwestern und Brüder sind und in dem erfahrbar wird, dass Gott die Liebe ist.«

»Die Liebe tötet nicht. Sie verzeiht. Und sie lässt den Sünder niemals fallen. Sie aber sprechen von Strafe, Sühne, Angst. Genauso wie die Islamisten.«

»Schauen Sie sich die Menschheitsgeschichte an, *Avvocato*. Und sehen Sie sich die Welt von heute an. Wir hätten alle Möglichkeiten, im Einklang mit Gott und der Natur zu leben. Ja, hier könnte das Paradies sein. Und was tun wir? Wir fahren jeden Kilometer mit dem Auto, obwohl wir wissen, dass dies unser Klima zerstört. Wir essen Unmengen Fleisch, obwohl wir erkennen, dass das die Erde überfordert. Wir spekulieren an den Börsen mit Schulden und Rohstoffen, obwohl das ganze Staaten ins Unglück stürzt. Wir lesen in den Zeitungen, dass afrikanische Flüchtlinge als Sexsklaven oder Arbeitssklaven in der Landwirtschaft missbraucht werden, und gehen achselzuckend unserem Tagwerk nach. Denn wir wollen mehr, immer mehr. Mehr Besitz, mehr Reisen, mehr Vergnügen, mehr Sex, mehr Kicks. Alle Appelle an die Vernunft scheitern am Egoismus des Bauches. Und da werfen Sie mir vor, dass ich Angst säe, wo doch diese Angst, die Angst vor der Strafe Gottes, das einzige Medikament ist, das gegen den kollektiven Wahnsinn hilft? Eine bittere Pille, gewiss, aber eine heilsame!«

Das war nicht mehr das Spiel der Katze mit den Mäusen. Der Mönch hatte sich in Rage geredet, er atmete heftig, sein Körper bebte. Robert Lichtenwald merkte daran, dass er auf dem richtigen Weg war. »Und wer hat Sie zu Gottes Arzt gemacht? Wer gibt Ihnen das Recht, über Ihre Mitmenschen zu Gericht zu sitzen und die Urteile gleich selbst zu vollstrecken? Lautet nicht Gottes Gebot: Du sollst nicht töten? Taugt Gift als Dünger, lässt Angst die Liebe wachsen?«

»Er hat durch Savonarola gesprochen, und Savonarola spricht jetzt durch mich. Ich habe mir das nicht ausgesucht und wäre froh, wenn dieser Kelch an mir vorüberginge. Doch er wurde mir gereicht, und ich muss ihn bis zur Neige trinken.« Er schwieg einen Moment, dann sagte er: »Wir haben genug philosophiert. Morcone wartet auf den Tod des Zorns und der Trägheit. Sie wissen, wen ich damit meine. Und ich wusste, dass ich Leo benutzen konnte, Sie vor den Richter zu zwingen.«

Der Mönch zog aus seiner Kutte eine Pistole mit langem Lauf und richtete sie auf die Zelle. Giada schrie auf und wollte sich zu Boden werfen, blieb dann aber stehen und starrte dem Mönch ins Gesicht. Robert suchte fieberhaft nach einer Frage, die ihn stoppen könnte. »Eines verstehe ich nicht«, sagte er. »Zumindest den ersten Mord haben Sie nicht begangen. Die Carabinieri haben einen Fernfahrer überführt. Sind Sie am Ende nur ein Hochstapler?«

Der Mönch ließ die Waffe sinken. Seine Stimme wurde wieder laut, fast hysterisch. »Ich, ein Hochstapler? Ich habe Jahre über diesem Plan gebrütet und alle erdenklichen Vorbereitungen getroffen. Doch ich wollte gerade nicht Richter und Vollstrecker im eigenen Auftrag sein. Ich wartete auf das Signal, das Signal von ihm. Von Gott oder seinem Diener Savonarola. Am frühen Morgen des 23. Mai, dem Jahrestag, an dem er einst in Florenz verbrannt wurde, ging ich hinunter zur Ruine der Abtei, um für ihn zu beten. Und er erhörte mich. In der Apsis lag die Leiche der Wollust. Es konnte kein Zufall sein. Es war das Zeichen. Sein Zeichen an mich, zu beginnen. Ich griff zum Taschenmesser und markierte sie mit dem L. Und dann legte ich das Amulett mit der dreifachen Sechs daneben, das ich schon länger als Warnung bei mir trug, meine Mission zu beginnen. Es sollte Morcone zeigen, dass dies mehr als nur ein Mord an einer Prostituierten war.«

Der Mönch hob seine Pistole wieder, und ehe Robert Lichtenwald noch etwas sagen konnte, ertönte ein Zischen, wie wenn man einen Autoreifen aufbläst. Robert und Giada griffen sich an die Brust. Dann schauten sie sich ungläubig an, weil sie noch lebten. Giada wollte etwas sagen, doch dann zog Nebel in ihr auf, sie sackte zusammen. Kurz darauf sank auch Robert zu Boden.

Als Robert Lichtenwald wieder erwachte, glaubte er sich im Krankenhaus nach einer Narkose. Seine Handgelenke schmerzten. Offenbar war da was mit der Sehnenscheide. Doch seine Fußgelenke schmerzten auch. Und warum stand er und lag nicht im Bett? Er machte die Augen auf. Er war an den Pfahl in der hintersten Zelle gefesselt. Der Mönch. Was war mit Giada? Er blickte um sich und sah sie in der Zelle nebenan, auf die Streckbank geschnallt. Sie war noch betäubt. Das Blut war aus ihrem Gesicht gewichen. Sie sah aus wie eine Wachsfigur in einem Gruselkabinett. Er wollte schreien, doch sofort war ihm klar, wie sinnlos das war, tief unter der Erde. Er würde nur die letzten friedlichen Minuten Giadas stören. Sie hatte offensichtlich keine Schmerzen. Die Streckbank war noch nicht in Betrieb. Giada schlug die Augen auf und blickte in die seinen. Sie lächelte. Dann verdüsterte sich ihr Blick, und sie fing an zu schreien.

Als der Mönch in ihre Zelle trat, verstummte sie. Er

blickte ernst auf die beiden. »Da ich Sie schätze, wegen der Tugenden, die Sie neben Ihren Lastern haben, will ich Sie nicht im Unklaren über das lassen, was jetzt passiert.«

»*Vaffanculo*«, brüllte Giada und wandte ihren Kopf ab.

»Nicht so stürmisch, *Signora* Bianchi. Denken Sie an Ihren Sohn.«

Giada drehte ihren Kopf sofort wieder um und schaute ihn entsetzt an. Sie schwieg.

»Giada Bianchi, die Wut, der Sie sich immer wieder überlassen, ist eine Todsünde. Sie zerreißt einen in Stücke, wie das *tremotino*, das Rumpelstilzchen im Märchen. Diese Streckbank ist mit einem Timer versehen. Sie wird Sie langsam auseinanderreißen. Wenn meine Berechnungen stimmen, werden Sie kommenden Montag sterben. Ich werde Ihre Leiche und die Streckbank nach draußen schaffen und dafür sorgen, dass die Morconesi sie finden. Sie erlauben, dass ich Ihnen schon jetzt das I für *Ira* einritze.«

Mit einem Satz, der seinen schwarzen Mantel flattern ließ, war er neben ihr und riss ihre schwarze Bluse auf. Er stutzte. Sie trug keinen BH. Er zog ein rotes Schweizer Messer hervor und ritzte ihr, bevor sie noch schreien konnte, ein

I

in die rechte Brust. Sie schrie auf und versank dann in ein Wimmern.

Der Mönch ging in die Nebenzelle und wandte sich Robert zu. »Sie werden etwas mehr Geduld aufbringen müssen als Ihre Freundin, *Avvocato*«, sagte er. »Ihr Tod ist für übernächsten Montag eingeplant. Ihre Sünde ist die Trägheit. Dazu passt eine passive Todesart. Ich werde Ihnen einen venösen Katheter legen – keine Sorge, es tut kaum weh. Darüber werden Sie mit Flüssigkeiten und Nährstoffen versorgt. Diese werden so dosiert, dass Sie am übernächsten Montag verenden. Dann werde ich den Carabinieri einen Hinweis auf Ihr Gefängnis geben. Leider wird Ihr Tod weniger qualvoll als der Ihrer Gefährtin sein. Deshalb werden Sie länger im Fegefeuer darben müssen. Aber wie sagt man so schön: Ladies first.« Der Mönch beugte sich vor und riss auch ihm das Hemd herunter. Dann ritzte er ihm mit dem Messer ein

A

in die Brust. *Acedia* – Trägheit des Herzens.

Robert sah, wie das Blut hervorquoll, doch er spürte keine Schmerzen. Zu mächtig war die Wut, die in ihm hochkochte. Er wollte gerade losbrüllen, als er, halb unbewusst, ein schleifendes Geräusch hörte, als ob Stoffbahnen über den Boden gezogen würden. Er beherrschte sich und sagte laut und theatralisch: »Sie haben vom Gott der Liebe gesprochen. Und davon, dass die Morde leider ein unvermeidliches Mittel zum Zweck seien. Warum dann diese sinnlose Grausamkeit?«

»Ich verabscheue Grausamkeit«, sagte der Mönch, während er Robert den Katheter legte. »Aber hier muss sie sein. Ihr Tod soll doch größtmögliche Wirkung erzielen, nicht wahr? Nehmen Sie es als Privileg, für Ihre Sünden zu Lebzeiten büßen zu können.«

Ein Schatten schob sich heran.

»Fahren Sie zur Hölle«, zischte Robert Lichtenwald.

»Bedaure«, sagte der Mönch. »Ich muss jetzt nach oben.«

Der Schatten hob ein Holzscheit über seinen Kopf und ließ es heruntersausen. Der Mönch sackte ohne einen Laut in sich zusammen. Giada schrie, und Robert erkannte ungläubig, dass seine Verzögerungstaktik aufgegangen war.

Drei Minuten später waren sie frei. Luigi La Torre hob sein Philosophengewand an und tupfte damit die Wunden der beiden ab. »Der Wahnsinnige«, murmelte er. »Ich hätte ihn früher durchschauen müssen.« Dann bückte er sich und riss dem Mönch die Maske herunter. Blut floss aus einer Wunde am Kopf über sein Gesicht. Giada Bianchi stammelte: »Der Conte! Aber er ist doch tot?«

»Das dachte ich auch, als ich wegen Mordes an ihm festgenommen wurde«, sagte der Philosoph. »Doch der Untersuchungsrichter hat mich gleich wieder laufenlassen. Gab ja auch rein gar nichts gegen mich. Keine Spuren von mir am Tatort, keine Schmauchspuren an meinen Händen oder an meiner Kleidung. Niemand, der mich am Tatort gesehen hätte. Und so ganz ohne Indizien darf die Polizei nicht einmal in Italien einen freien Mann einsperren, nur weil er in einem Taubenschlag lebt und auch sonst ein bisschen anders tickt als die anderen. In der *colombaia* habe ich mich dann am Laptop informiert, was eigentlich los ist. Dabei stieß ich zufällig auf eine kleine Polizeinotiz. In Poppi im Casentino ist ein fünfundachtzig Jahre alter Mann spurlos verschwunden. Als eine Nachbarin ihn am Samstag zum Spazierengehen abholen wollte, war er nicht mehr in seinem Haus. Die Suche verlief ergebnislos.«

»Im Casentino, sagen Sie?«, fragte Robert Lichtenwald. »Ist das nicht die Gegend, wo der Conte als kleiner Junge in einem Heim lebte?«

»So ist es. Deswegen war ich so alarmiert, als ich in dem Artikel weiter las, der vermisste Mann sei einst der Leiter eines Waisenhauses in der Gegend gewesen. Da fügte sich alles zusammen. Emanuele hatte mir von seiner Zeit im

Waisenhaus oben in den Bergen über Poppi erzählt. Und von dem Direktor, einem harten, arroganten Hund, der ihn offenbar hasste.«

»Aber was hat das mit den Morden von Morcone zu tun?«, fragte Robert Lichtenwald geistesabwesend, während er die zitternde Giada Bianchi umschlungen hielt. Seine Wunde schmerzte, der Conte lag, womöglich tot, in seinem Blut, und er wollte mit Giada so schnell wie möglich raus ans Licht, ans Leben.

»Ganz einfach«, sagte Luigi La Torre. »Emanuele hat den alten Mann verschleppt und hierher aufs Gut gebracht. Dort hat er ihm seine eigenen Kleider angezogen, einschließlich eines Hemds samt den Manschettenknöpfen mit dem Familienwappen. In der Nacht zum Sonntag verbrannte er den Greis dann auf den Resten des Fegefeuers der Eitelkeiten. Und alle Welt musste glauben, der Conte selbst sei verglüht. Ist dies schon Wahnsinn, so hat es doch Methode – Shakespeare.«

»Aber wie passte das zu seinem Plan mit den Todsünden?«

»Nun: Der Direktor war ein besonders hochmütiger Mann. Er war daher, aus Sicht Emanueles, das passende Opfer. Und auch der Conte selbst galt im Ort, trotz all seiner Großzügigkeit, als hochmütig. Somit stimmte auch die Außenwirkung: Die *Superbia*, die Todsünde des Hochmuts, war gerichtet.«

Robert Lichtenwald starrte den Philosophen entgeistert an. Er hatte ihn bisher nicht recht ernst genommen. Luigi La Torre erriet seine Gedanken. »Höchste Narrheit ist aus der höchsten Weisheit gewebt – wenn ich so unbescheiden sein darf, La Rochefoucauld zu zitieren. Jedenfalls: Ich kenne den Conte schon so lange. Wahrscheinlich besser als irgendwer sonst. Aber dass er ein Psychopath ist, hat er auch mir verheimlichen können. Sein Plan war es wohl, nun, da ihn alle für tot hielten, seine Mordserie in Ruhe zu Ende zu bringen und sich dann irgendwohin abzusetzen, um von dort aus sein Werk zu betrachten.«

»Und Giada und ich hätten die Schlusssteine dieses Werkes bilden sollen?«

»So ist es. Bringen Sie sie nun hinaus und rufen Sie Hilfe. Ich verbinde die Platzwunde Emanueles und bewache ihn, bis die Carabinieri kommen. Er atmet noch.« Und dann, vielleicht, um sich Mut zu machen oder um den Conte aus seiner Ohnmacht zu holen, begann der Philosoph plötzlich eine Opernarie zu singen, aufreizend langsam und getragen:

*»Ecco respiro appena,*
*Io son l'umile ancella*
*del genio creator.«*

Giada Bianchi schüttelte sich. »Robert, nichts wie raus hier! Zu Leo! Wir müssen als Erstes zu Leo!«

Robert rannte hinter ihr her aus der Zelle und den Gang entlang zur Treppe nach oben. »Warte doch«, keuchte er. »Wir fahren sofort zu ihm. Unterwegs rufen wir die Carabinieri an.« Draußen war es taghell. Sie mussten viele Stunden lang narkotisiert gewesen sein.

Als sie in Roberts Auto saßen, sprang es nicht an. Sie öffneten die Motorhaube und sahen, dass die Batterie fehlte. *»Der Conte! Questo coglione di merda!«*, fluchte Giada. »Komm! Wir laufen!«

Robert Lichtenwald hatte Mühe, der jungen Frau zu folgen und dabei auch noch mit den Carabinieri zu telefonieren. Er landete in einer Warteschleife. Es war zum Verzweifeln. Erst als Giada Bianchi und er verschwitzt und keuchend über dem Tal mit den Gräbern ankamen, war die Leitung frei. Zum Glück verstand *Capitano* Laganà schnell. Sie versprach, sofort die Kollegen aus Morcone zu schicken und sich selbst auf den Weg zu machen.

Robert und Giada stolperten und rutschten einen Pfad hinab, der zwischen Ginsterbüschen und Brombeerranken zur Talsohle führte. »Leo!«, schrie Giada. »Wir kommen! Alles wird gut!«

Ihre Wunden auf der Brust pulsierten, Blut und Sekrete tränkten ihre zerrissenen Hemden. Unten angekommen, blieben sie einen Moment stehen, um Atem zu schöpfen. Als ihr Keuchen leiser wurde, hörten sie Vogelgezwitscher und das Zirpen der Grillen. Sonst nichts. »Leo!«, schrie Giada wieder. »Wo bist du? Ich bin's, deine Mama!«

Das Echo hallte von den löchrigen rötlichen Tuffsteinfelsen des schmalen Tals zurück. Doch kein Laut von Leo.

»Er hat ihn doch geknebelt«, rief Robert. »Wir müssen die Höhlen absuchen. Wo fangen wir an?«

Überall an den Hängen waren halb aus dem Fels geschlagene Kuben und Halbkuben zu sehen, in denen dunkle Löcher wie Wunden klafften – die Eingänge zu den Grabhäusern der etruskischen Nekropole. Zu manchen führten in den Stein geschlagene Stufen empor, andere waren durch Erdrutsche unerreichbar geworden. Ein paar verbeulte braune Schilder wiesen auf besonders sehenswerte Gräber hin. Ansonsten war die Nekropole nicht gesichert und kaum durch Wege erschlossen. Dem Staat fehlte das Geld, um all die vielen archäologischen Stätten Etruriens zu erforschen und zugänglich zu machen. In Macchia und Strauchwald schlummerten zahllose noch unentdeckte Gräber. Ein Eldorado für Grabräuber.

»Du nach links, ich nach rechts«, schrie Giada und lief

zum Eingang einer am Talboden liegenden Höhle. Robert Lichtenwald rannte in der entgegengesetzten Richtung davon. Giada überlegte, während sie über verwitterte Stufen und Wurzeln stolperte, fiel, sich aufrichtete, weiterlief. Der Conte würde Leo nicht in eine Höhle am Talboden gesteckt haben, da er dort zufällig von Wanderern entdeckt werden konnte. Andererseits war es unwahrscheinlich, dass der Conte, immerhin Mitte sechzig, mit ihrem Sohn die kaum zugänglichen Höhlen in den oberen Felswänden erklettert hatte. Er musste ihn also in ein Grab auf mittlerer Höhe gebracht haben. Versteckt und doch relativ leicht aufzusuchen. Sie hastete einen Hang hinauf, erreichte einen Absatz, trat in die erste Höhle, leuchtete mit dem Handy umher. Die Wände waren so behauen, dass sie ein Wohnhaus simulierten, mit Pilastern und Dachbalken, alle aus dem Tuff geschlagen. In den Seitenwänden klafften Nischen, in denen einst die Toten lagen. Es roch modrig. Aus der Ferne waren Sirenen zu hören. Sie wurden lauter, dann wieder leiser. Die Carabinieri waren auf dem Weg zum Gutshaus, dachte Giada Bianchi erleichtert. Als sie in die nächste Höhle trat, blickte sie in einen Pistolenlauf. »Dies ist keine Betäubungsmunition«, sagte der Conte. »Die ist scharf.« Giada stieß einen Schrei aus, der im ganzen Tal nachhallte.

Emanuele Cardi trug noch die weiße Tunika der Dominikaner. Sie war mit Erdkrümeln und Blutflecken verschmutzt. Um den Kopf hatte er ein Tuch gebunden, durch das schwarzrotes Blut sickerte. Er hielt die Waffe auf Brusthöhe von sich gestreckt in der rechten Hand, die linke umklammerte das Handgelenk. Trotz des Schocks bemerkte Giada Bianchi das Loch, das zwei, drei Schritte hinter dem Conte im Boden der Grabkammer klaffte. Der Conte nickte. »Ja, da drinnen ist Leo. Gefesselt und geknebelt, aber quicklebendig. Das Loch haben Grabräuber gebuddelt, die hofften, einen Schatz zu finden. Offensichtlich Amateure. Aber für meine Zwecke genau das Richtige. Ein Grab im Grab sozusagen. Leo hat es darin wenigstens schön kühl.«

Giada Bianchi wollte ihn anspringen, doch er scheuchte sie mit dem Pistolenlauf zurück wie ein Dompteur einen Panther. »Was machst du mit ihm?«, fauchte sie.

»Ich werde ihn leider auch töten müssen. Er hat mein Gesicht gesehen.«

In diesem Moment kam Robert Lichtenwald angerannt. Er blieb abrupt stehen, als er den Conte mit der Waffe sah.

»Da haben wir ja unsere beiden Sünder«, feixte Emanuele Cardi.

»Der Philosoph?«, stammelte Robert Lichtenwald.

»Ist tot«, sagte der Conte. »Er war nicht mehr reaktionsschnell genug, der Gute. Ich habe ihm immer geraten, mehr auf seine Fitness zu achten. *Mens sana in corpore sano.* Aber nun zu Ihnen: Leider haben Sie mich gezwungen, meinen Zeitplan zu ändern. Ich werde Sie sofort töten müssen. Aber was soll's. Sie sind bereits gezeichnet. Die Morconesi werden das zu deuten wissen. Und von mir wird sich jede Spur verlieren. Das Werk lebt ohne den Künstler weiter.« Er richtete den Lauf der Pistole auf die junge Frau. »Giada Bianchi, wenn Sie sich jetzt bitte hinknien und Gott um Vergebung bitten. Sie sollen nicht unnötig lange im Fegefeuer schmoren. Immerhin sind Sie Teil einer heiligen Mission.«

Giada Bianchi sackte auf ihre Knie, wie hypnotisiert vom Lauf der sich senkenden Waffe. Die kleinen Hexen an ihren Ohrläppchen hingen schlaff herab. In diesem Augenblick sah Robert, wie hinter dem Conte eine Hand aus dem Höhlenboden auftauchte. Sie schien nach dem

Conte greifen zu wollen, um ihn geradewegs in die Unterwelt zu zerren. Doch sie erreichte ihn nicht. Robert spürte, wie sich die Zeit dehnte. Er hörte die Vögel und Grillen, spürte die Sonnenstrahlen in seinem Rücken, roch die kühle, moosige Luft der Höhle. Er sah Giada knien. Er sah den Conte, der den Lauf der Pistole auf ihren Kopf richtete. Und er sah, was er selbst gleich tun würde, so als hänge es nicht mehr von seinem Willen ab. »Ihnen ist jedenfalls die Hölle sicher«, hörte er sich sagen, während er auf Emanuele Cardi zuging. Der Conte machte reflexartig einen Satz zurück und richtete die Waffe auf Robert Lichtenwald. »Dann Sie zuerst«, brüllte er.

Plötzlich ging alles rasend schnell. Robert sah, wie die Hand den Knöchel des Conte packte, während dieser den Zeigefinger krümmte. Der Conte strauchelte, und der Schuss jagte mit einem peitschenden Knall in die Höhlendecke. Steine fielen herab. Der Conte stürzte. Seine Waffe fiel zu Boden. Giada flog wie ein schwarzer Schatten durch die Luft und landete auf der Brust des Conte. Sie packte die Pistole und drückte ihm den Lauf auf die Stirn. »Schießen Sie«, sagte der Conte.

Und wieder spürte Robert Lichtenwald, wie sich die Zeit dehnte. Seine Gewissheit war verschwunden, er wusste nicht, was er jetzt tun sollte. Giada blickte dem Conte in die Augen. Ihre Hexenohrringe tanzten wild auf und ab. Sie krümmte ihren Zeigefinger. Dann schüttelte sie den Kopf.

Kurz darauf waren die ersten Carabinieri da. Sie legten dem Conte Handschellen an und zogen Leo aus der Grube. Seine Mutter nahm ihn weinend in den Arm. Später, als ein Notarzt die drei untersucht und ihre Wunden versorgt hatte, erzählte der Junge, wie er die endlosen Stunden in dem Felsloch halb betäubt verbracht hatte. Erst als er die Rufe seiner Mutter hörte, spürte er wieder Kraft in sich. Er erinnerte sich an die Entfesselungstricks aus seinem Zauberlehrbuch.

Giada sah erst ihren Sohn an und dann Robert. Ein Lächeln huschte über ihr Gesicht. »Wenn man euch wirklich braucht, dann seid ihr da.«

# EPILOG

Er nahm sie an den Hüften und hob sie auf die Stadtmauer, und sie ließ es geschehen. Dann schwang er sich selbst hinauf. Er goss aus der Thermoskanne dampfenden *caffè* in zwei Espressotassen, während sie zwei *cornetti* auspackte, die sie in der Bar Roma geholt hatte.

Die Schwalben und Mauersegler hatten ihre Jagd um die Türme und Palazzi Morcones gerade begonnen, und weit unter ihnen ließ die aufgehende Sonne den Monte Argentario aus einem dunstverhangenen Meer aufleuchten, als sei es Dantes Läuterungsberg. Ein neuer Tag in der Maremma begann, ein Tag der Freuden und Kämpfe, der Treue und des Betrugs. Die Ängstlichen würden wieder gesenkten Kopfes durchs Leben huschen, die Mutigen sich die Stirn blutig schlagen. Schrecken, Schalk und Zuversicht spukten durch die Olivenhaine, während unten an den Stränden von Capalbio, Ansedonia, Osa und Principina al Mare Burschen mit braungebrannten Beinen in roten Shorts Liegestühle in den Sand reihten. Alles war wie immer, und der Furor, der in diese Welt hineingedonnert war, trollte sich ins Reich der Erinnerungen, um auf seine Verwandlung in den Mythos zu warten.

Sie nahm seine Hand, ohne den Blick von Meer und Hügeln abzuwenden. »*Grazie*«, sagte sie.

Er nickte. Sie schauten sich an. Alles Fremde oder Ironische zwischen ihnen hatte sich aufgelöst. Beide begannen zu lächeln, während sie bereits an Leo dachte, der sie nun besonders brauchte hier in Morcone, und er an Lea, die er nach ihrer Rückkehr aus Lateinamerika in München empfangen wollte. Er brauchte Abstand, diesmal nicht von Bayern, sondern von der Toskana. Vielleicht würde er in München ja auch Stefanie wiederfinden ... Aber das war eine andere Geschichte.

Während er Giadas Hand in der seinen spürte, wurde ihm klar, dass ein Teil von ihm nun zu Morcone gehörte. Und dass dieser Teil sich irgendwann mit jenem wiedervereinen musste, der jetzt nach München zurückkehrte. Wann und unter welchen Umständen, das wusste Robert an diesem Morgen nicht zu sagen. »*Arrivederci*, Giada«, sagte er.

»*Ciao*, Robert«, sagte Giada wie beiläufig. Die Hexen an ihren Ohrläppchen hüpften wild auf und ab. *»Ci vediamo!«*

Sie sprang von der Mauer, lief den Wehrgang entlang und die Treppe hinunter, um zu Hause zu sein, wenn Leo aufwachte. Er ließ noch einmal den Blick über die Ziegeldächer schweifen. Dann stieg auch er von der Stadtmauer, durchquerte den Borgo und die Porta del Sole, stieg in den Wagen und fuhr Richtung Norden davon.

Stefan Ulrich

**Arrivederci, Roma! Ein Jahr in Italien**

Originalausgabe

ISBN 978-3-548-28143-8
www.ullstein-buchverlage.de

*Dolce Vita* in *Bella Italia*! Wovon so viele Deutsche träumen, ist für Familie Ulrich wahr geworden: Ein Leben in Rom, in einem echten *Palazzo*. Und das beinhaltet erst mal so einige Überraschungen. Als nach und nach jedoch der Alltag Einzug hält, beschließt Stefan Ulrich, im kommenden Jahr alle Regionen Italiens zu bereisen, von Südtirol bis Sizilien. Zum Glück wissen er und seine Lieben noch nicht, worauf sie sich da einlassen. Denn *Bella Figura* zu machen ist nicht immer einfach.

Die Fortsetzung des Bestsellers *Quattro Stagioni*